Michael Weger

# SHARE

## Die Teile der Liebe

Roman

SHEEMA

Theres

Michael Weger

# Share

## Die Teile der Liebe

Roman

**Bibliografische Information der Deutschen Bibliothek**
Die Deutsche Bibliothek verzeichnet diese Publikation in der Deutschen Nationalbibliothek; detaillierte Daten sind im Internet über http://dnb.ddb.de abrufbar.

1. Auflage 2016
Originalausgabe

Inh.: Cornelia Linder, Hirnsbergerstr. 52, D - 83093 Antwort
Tel.: +49 (0)8053 – 7992952, Fax: +49 (0)8053 – 7992953
http://www.sheema-verlag.de


ISBN 978-3-931560-63-8

**Coverabbildung:** © shutterstock | repbone
**Autorenfoto:** © Isabella Weitz
**Umschlaggestaltung:** Sheema Medien Verlag, Schmucker-digital, Patrick Connor Klopf | bluepepper.at
**Gesamtkonzeption:** Sheema Medien Verlag, Cornelia Linder
**Druck und Bindung:** FINIDR, s.r.o., Český Těšín

Für Isa, Luc und die *Rebellen*

*Mag sein, die Strudel reißen uns hinab.*
*Mag sein, wir landen an den glücklichen Inseln.*
*Wird uns auch manches genommen,*
*so erwächst uns doch viel.*
*Und haben wir oft nicht mehr die Kraft,*
*die einst den Himmel und die Erde hat bewegt –*
*wir sind doch, was wir sind:*
*die immer gleiche Glut heroischer Herzen,*
*durchdrungen von Zeit und Schicksal,*
*stark im Willen, unverzagt zu kämpfen,*
*zu suchen und zu finden, irgendwann.*

(Homer, Odyssee, um 790 v. Chr.)

*Spalte ein Stück Holz und ich bin da.*
*Heb` einen Stein auf und du wirst mich finden.*

(Thomasevangelium, Logion 77, um 150 n. Chr.)

*Im siebten Himmel befinden sich Gerechtigkeit und Recht,*
*Reichtum und Heil, die Schätze des Lebens,*
*die Schätze des Friedens und die Schätze des Segens,*
*die Seelen der Gerechten, die Geister,*
*die Seelen derer, die einst geboren werden,*
*und der Tau, der einst die Toten beleben wird.*
*Gefunden sind fernerhin: die Ophanim, die Seraphim,*
*die heiligen Tiere, die Dienstengel*
*und der Thron der Herrlichkeit.*

(Talmud, Hagiga II,1; 12b, 0 bis 800 n. Chr.)

# I

# Die Schatten der Krieger

# 1

Der junge Mann war in Rom angekommen.
Er stand vor dem Kolosseum und starrte in den Himmel.
Das helle Blau hing wie ein unwirklicher Baldachin über dem baufälligen Wahrzeichen.
Richtung Süden zog ein Großer Brachvogel vorbei.
Im Westen türmten sich Gewitterwolken.
Es würde Regen geben.

Vorsichtig betrat er einen der Bogengänge, die in das Innere des Amphitheaters führten. Das Gewölbe erweckte den Eindruck, als könnte es jeden Augenblick Brocken der Mauern auf ihn herabstürzen lassen. Er zog den Kopf ein und beeilte sich, die gefährlichen letzten Meter schnell hinter sich zu bringen.
Am Eingang der Arena hielt er inne und sah sich um. Traurigkeit stieg in ihm hoch und mit ihr Erinnerungen an die vielen trostlosen Erlebnisse und ähnlichen Anblicke im Laufe seiner langen Reisen.
So viel Verwahrlosung und Elend hatte er in der ewigen Stadt nicht erwartet, im Gegenteil: Er war guter Hoffnung gewesen, endlich sein Ziel zu erreichen.
Was ihm jedoch begegnete, schien das erlebte Grauen noch zu übertreffen.
Oder täuschten ihn seine Sinne? War er einfach zu hungrig, zu erschöpft und leer, um all der Not ein weiteres Mal gewappnet entgegenzutreten?

Wellblechdächer armseliger Quartiere, vor Jahren als Notlösung errichtet, hatten sich über morschen Holzbalken abgesenkt und waren zusammengefallen. Davor reihten sich, unter verschlissenen Planen, Lager aus Pappkartonagen, voll von vermodernden Konservendosen, Stofffetzen, Unrat – würdelose Behausungen, die jeder zivilisierten Kultur spotteten.
Männer und Frauen, allen Alters und aller Hautfarben, saßen teils dicht gedrängt in Gruppen beieinander, mit gesenkten Köpfen über angezogenen Knien, die sie umschlungenen hielten, als wollten sie mit letzter Kraft einen Funken Geborgenheit heraufbeschwören.
Mütter reichten ihre Säuglinge an jene weiter, die noch stärker und genährt genug schienen, um die schreienden Bündel mit wenigen Tropfen Milch aus ihren Brüsten am Leben zu erhalten.
Etwas abseits spielten die älteren Brüder und Schwestern, stellten, mit Holzstöcken in dünnen Händen, alte und neue Kriegsszenarien nach. Sie hatten sich einige Jahre länger ins Dasein gerettet, hieben aber, als wollten sie es trotzig beenden, wild aufeinander ein. Traf sie ein Hieb, flohen sie, versteckten sich, preschten hervor, stürzten erneut ins Getümmel, fielen wieder, rappelten sich hoch und kämpften weiter. Hätten sie echte Waffen in Händen gehalten, ihr Spiel hätte nicht anders ausgesehen. Denn obwohl es weithin, als einzige Szene dieses Dramas, etwas von Leben versprühte, handelte es nur vom Tod. Und der Zorn der Kleinen, gespeist aus der Not, befeuert vom Elend des täglichen Überlebenskampfes, stand jenem ihrer Väter und Brüder, die lange zuvor, irgendwo in der Welt,

gefallen waren, um nichts nach. Das hatten sie erlebt – und nur davon konnten ihre Spiele zeugen.

Der junge Mann stand noch immer am Eingang der Arena – erschöpft, sprachlos, den Tränen nahe.
Vergeblich hielt er nach Hilfskräften Ausschau, nach Sozialarbeitern, Dolmetschern, Sanitätern oder Ärzten, denen er auf seinen Reisen, an Orten wie diesen, stets begegnet war. Er hatte den Glauben nie aufgegeben, vielleicht ja gerade an den traurigsten Plätzen der Welt, jene beherzten Menschen anzutreffen, jene Rebellen der Hoffnung, nach denen er auf der Suche war.
Erst als sein Blick an der gegenüberliegenden Seite der Arena auf eine Menschenschlange fiel, wurde er fündig. Einige Frauen und Männer verteilten Suppe aus großen Plastikeimern, andere winkten Kranke und Verletzte zu sich.
Was er aus der Entfernung jedoch beobachten konnte, gab ihm wenig Zuversicht: Auch ihre Gesichter waren fahl, ihre Augen leer, die Bewegungen mechanisch, teilnahmslos. Das Mehr an Lebensenergie, das es brauchte, um neben routinierten Handlungen etwas an Wärme, Obhut und Nähe zu spenden, war ihnen scheinbar schon lange verloren gegangen.
Trotz allem entschied der junge Mann, nicht aufzugeben, schritt die gut neunzig Meter über den Platz und reihte sich in die Schlange ein.

Stunden später, es dämmerte bereits, saß er neben den anderen Fremden an einer der offenen Feuerstellen auf dem Boden und

schöpfte mit trockenen Brotstücken Suppe aus einem Metallteller. Das gab ihm ein wenig Kraft zurück.
Die Kapuze seines bodenlangen Mantels hatte er tief über die Stirn gezogen. Der widerstandsfähige Stoff bot Schutz vor Hitze und Kälte und würde auch den Regenströmen des aufziehenden Gewitters standhalten, das nun bedrohlich schnell näher kam.
Es war still in der Arena.
Die Kinder hatten ihre Spiele um Leben und Tod für diesen Tag beendet. Nur hie und da war ein Murmeln zu hören oder das Bellen eines Streuners, der um eine der Gruppen herumstrich, in der Hoffnung, etwas von dem kärglichen Mahl abzubekommen.
Die Feuer warfen ihr flackerndes Licht auf die ansteigenden Ränge des Amphitheaters und für Momente schien es, als würden die Jahrhunderte über die Menschenschar hereinstürzen, als wolle der Geist eines Gladiators sein Schwert erheben, um den endgültigen Hieb zu setzen.

Mit den ersten Tropfen machten sich vereinzelt kleine Gruppen auf den Weg in die Wandelgänge unter der Arena, um eine trockene Kammer zu finden.
Der junge Mann blieb ruhig sitzen. Er vertiefte sich gerade in eine der Übungen, die er von Kindheit an erlernt hatte. Und es gelang ihm, einmal mehr, sich der Trauer zu entledigen und jene Gelassenheit heraufzubeschwören, die es ihm erlaubte, dem Schicksal und den Wirren des Lebens mit milden, liebevollen Augen zu begegnen.

Er beobachtete weiterhin die wenigen freiwilligen Helfer, die den Armen und Siechen zur Seite standen, bemühte sich, in deren Gesten und Blicken etwas Seele, Funken aus dem Feld der Seele, zu entdecken, doch mangelte es ihm in diesen Stunden an der nötigen Energie, um ihnen oder seiner Aufgabe gerecht zu werden.
Er würde die Nacht im Freien verbringen und es morgen erneut versuchen. Sein Mantel würde ihn schützen und wenn der Regen später über seine Wangen liefe, würde er es genießen. Sonne und Wind hatten seine Haut über Tage hin ausgetrocknet.
Er zog den Kragen enger und legte sich eingerollt auf die Erde.
Wo vor seinen Augen nun Tropfen auf den sandigen Boden fielen, stiegen kleine, rötliche Staubwolken auf. Der Südwind hatte seit Wochen in Wellen von Wolkenbänken Saharasand mit sich gebracht und ihn über der Stadt verteilt. Schon in den Randbezirken war ihm der rote Staubfilm aufgefallen, der sämtliche Gebäude und Denkmäler in einen alles begleichenden Ton getaucht hatte.

Auf seiner Kapuze hörte er das Trommeln schwerer Tropfen. Das Geräusch nahm an Regelmäßigkeit zu, wurde zu einem Tosen, einem aufgewühlten Meer, in das er versank.
Langsam übermannte ihn die Müdigkeit, die er nach den Strapazen der langen Schiffsreise – westlich der Atlantikküste Afrikas entlang nach Norden, durch die Straße von Gibraltar und das Mittelmeer bis Rom –, schon viel früher erwartet hatte.

Morgen würde seine Suche erneut beginnen.
Hier, in der ewigen Stadt, glaubte er trotz allem fündig zu werden und auf ein paar jener seltenen Menschen zu stoßen, die der *Kolonie des Glücks* neue Hoffnung bringen mochten.

# 2

Die ersten Sonnenstrahlen malten eine Sichel aus Licht auf die hohen Arkadenbögen des Amphitheaters. Der junge Mann blinzelte sich den Schlaf aus den Augen und ließ seinen Blick eine kurze Weile auf diesem Gemälde ruhen, das am oberen Rand in tiefem Blau von einem intakten Himmel erzählte.

Seine Glieder fühlten sich schwer an, doch konnte er mit einzelnen geübten Bewegungen die Muskeln dehnen, den Blutstrom stärken und schließlich zumindest im Ansatz zu jener Kraft zurückfinden, die ihn sonst so verlässlich trug. Er erhob sich, schüttelte den Sand von seinem Mantel und steuerte den Ausgang der Arena an.

Er sah sich noch einmal nach den Hilfskräften um, doch entschied endgültig, dass es die Mühe nicht lohnte, ihr Wesen weiter zu erforschen oder sie gar zu befragen.

Er schlug den Weg Richtung Norden ein.

Dort sollte sich den Berichten nach unter einem der sieben Hügel eine andere, intakte, wieder genesene Völkergemeinschaft befinden. Zwar, hieß es, seien Rassen- und Glaubenskonflikte nach wie vor Teil des Alltags, doch wäre es einigen der neuen Anführer geglückt, Ordnung und Gerechtigkeit herzustellen. Diese Anführer, Männer und Frauen aus aller Welt, waren nach ihren ersten Hilfseinsätzen vor Ort geblieben oder zurückgekehrt, um nach dem Niedergang der sozialen Strukturen, den Wiederaufbau zu unterstützen. Der monatelange Bürgerkrieg, der auf das Eintreffen Hunderttausender

Flüchtlinge innerhalb weniger Jahre gefolgt war, hatte in vielen betroffenen europäischen Städten und Ländern nur Chaos und verbrannte Erde hinterlassen. Ohne das aufopfernde Engagement solcher beherzten Seelen hätte es keine Zukunft gegeben, wären alte Seuchen ausgebrochen, neue Hungersnöte, neue Kriege und der Tod hätten weiter regiert, mit all der Härte und Brutalität, die der Mensch ihm seit Jahrtausenden beigebracht hatte.

Jenen, die ihn, den Tod, schließlich besiegten – wenn auch nur an wenigen Orten Europas –, wollte der junge Mann begegnen. Sie sollte er beobachten, ihre Seelen erkunden, um dann vielleicht Einzelne den Prüfungen zu unterziehen. Je nachdem, wozu ihn Zufall und Weisungen anleiten mochten.

Auf seinem Weg durch verwinkelte Gassen, Straßen und über Plätze der römischen Innenstadt kam er ins Staunen, wie viele unterschiedliche Eindrücke ihm innerhalb weniger Kilometer begegneten. Mit den Jahren hatten sich viele neue Bezirke gebildet, die wie durch unsichtbare Grenzen voneinander getrennt schienen. Er hielt sich jedoch nicht lange auf, folgte seiner Route mit schnellen Schritten und die Eindrücke zogen wie im Flug an ihm vorbei.

In einer Nebengasse reihten sich pittoreske Geschäfte aneinander, die von einzelnen Passanten besucht wurden. Deren Bekleidungen nach musste es sich um die wenigen Übriggebliebenen einer betuchten Gesellschaft handeln, die, wider besseren Wissens und zu sehr verwurzelt, ihre alte Heimat nicht aufgegeben hatten.

Gleich darauf folgten ausgestorbene Häuserreihen und Straßenzüge, verwahrloste Ecken, in denen jeder Schritt von den Wänden widerhallte, als rhythmisches Echo, das sich im Nirgendwo verlor.
Wenig später tauchte unversehens ein bürgerkriegsähnliches Szenario auf, mit Rauchwolken aus Gullys, aufgerissenen Pflastersteinen und Erkern voll Einschusslöchern.
Keine Hundert Meter weiter mündete sein Weg in ein beschaulich anmutendes Viertel, mit blühenden Orangenbäumen in eingefassten Blumenbeeten und alten Leuten, die gebückt des Weges trotteten oder auf Holzbänken beieinandersaßen.
Dann wieder stieß er auf Häuserfronten, deren Fassaden oft Stockwerke hoch, über und über mit Graffitischriftzügen oder Nachahmungen berühmter Fresken bemalt waren. Eines der obersten Geschosse war eingefallen – und so reckte Adam die Hand vergeblich seinem Gott entgegen.
Hier schienen selbst die Trittgeräusche von der Stille verschluckt zu werden und er fühlte, wie sich die Traurigkeit erneut seiner bemächtigen wollte.
Diesmal nahm er – mit einem kurzen Blick auf sein inneres Feld, indem er seinen Atem regulierte und eines seiner schönsten Erlebnisse erinnerte – dem aufkommenden Schmerz schon im Keim die Energie.

Schließlich gelangte er auf einen der Hügel. Um welchen es sich handelte, wusste er nicht zu sagen. Von hier aus konnte er einen Marktplatz überschauen, der etwas unter ihm in lebhaftem Treiben pulsierte. In der Mitte des Rondeaus ragte

ein ägyptischer Obelisk in die Höhe und schien mit seiner Pyramide an der Spitze auf den einzigen Ausweg hinzuweisen: Vergiss nicht, dort wartet ein Himmel.
*Immer der Himmel, der einen die Hoffnung gemahnt.*
Der junge Mann hatte seinen Mantel abgestreift, ihn auf dem Boden ausgebreitet und saß in Trägershirt und Jeans auf dem doppelt gewebten Stoff. Durch sein Fernsichtgerät, ein Monookular der letzten Generation, beobachtete er das weitläufige Areal.
Und tatsächlich schien das Leben hier in neuen und anders geordneten Bahnen zu verlaufen: Menschen unterschiedlichster Hautfarben lachten und feilschten an Marktständen; Kinder jagten verspielt Hunden und geflickten, ledernen Bällen hinterher; Junge und Alte saßen tratschend beieinander, hielten sich an Händen, spielten Karten, tranken Kaffee und Likör oder rauchten schwarzen Tabak.
Der junge Mann verstaute das Okular im Innenfutteral des Mantels, stützte die Arme auf, lehnte sich zurück und genoss für eine Weile die heiße Luft und das Licht der Sonne, die im Zenit stand.
Die Nacht in der Arena und der zügige Marsch durch die Stadtviertel hatten ihm einiges abverlangt; und noch immer steckte ihm die lange Schiffsreise in den Gliedern.
Er legte sich hin und schloss für einen Moment die Augen, um an seine Heimatinsel, an seinen Lieblingsplatz über den Klippen, zu denken, wo er seit frühester Kindheit Stunden um Stunden verbracht hatte. Jahrelang war er immer wieder dorthin zurückgekehrt.

Er saß auf der äußersten Kante des Felsbruchs, ließ die Beine über dem Abgrund baumeln und betrachtete das Meer darunter, das sich an den Felswänden brach und an manchen Tagen die Gischt bis zu ihm hochspülte.
Beinahe konnte er das Salz auf den Lippen schmecken.

„Du bist nicht von hier“, ertönte die helle Stimme eines Jungen hinter ihm, „die von hier haben nicht so was“, er formte mit den Fingern das Okular nach, „wie heißt das denn? Und auch so einen Mantel haben die nicht. Wo bist'n du her? Was is das denn? Da drin?“ Er wies auf das Futteral. Offensichtlich hatte der Junge ihn schon eine ganze Weile beobachtet und setzte sich nun, ohne Scheu, direkt an seine Seite.
Der Mann sah ihn an und freute sich über das offene Wesen des Kleinen, der ihn jetzt aus großen, braunen Augen anblickte. Aus Gewohnheit streifte er mit seinem inneren Blick kurz über dessen Feld und was er empfing, löste einen Funken Glück in ihm aus. Er musste lächeln.
„Komm. Ich zeig dir was“, trällerte der Junge, war schon wieder auf den Beinen, hatte die Hand des Fremden genommen und versuchte, ihn hochzuziehen.
Er folgte ihm, stand auf, griff nach dem Mantel und lief, an der Hand des Kleinen, den Hügel und einige Treppen hinab, mitten hinein in das Treiben des Platzes.
„Komm! Komm!“ Der Junge ließ nicht nach, ihn durch die Menschenmassen irgendwohin zu zerren.
„Amid!“ Eine großgewachsene Frau mit rötlich gelockter Mähne war hinter einem der Marktstände hervorgetreten.

„Was stellst du denn wieder an?", tadelte sie ihn liebevoll auf Farsi und strich ihm über die Haare. „Entschuldigen Sie", sprach sie den Mann an. „Ich hoffe, er hat Sie nicht belästigt. Wie dumm von mir: Sprechen Sie überhaupt diese Sprache?" Den letzten Satz hatte sie auf Italienisch formuliert.
Der junge Mann nickte, doch bevor er etwas erwidern konnte, wandte sich die Frau wieder an den Jungen.
„Ich hab dich überall suchen müssen. Das geht so nicht, Amid. Die anderen Viertel sind gefährlich und ich mache mir Sorgen." Schuldbewusst blickte der Junge sie mit großen Augen an. „Und nicht diesen Blick. Du weißt genau, das zieht nicht bei mir." Sie sah wieder zu dem Mann. „Es tut mir leid, aber wir müssen weiter. Amid hat heute schon seine monatliche Untersuchung verpasst und ich habe nur mit Mühe einen späteren Termin bekommen. Entschuldigen Sie uns, ja?"
Damit machten sie sich auf den Weg. Amid winkte ihm noch zu, und dann waren die zwei auch schon in dem bunten Treiben verschwunden.
Während die Frau mit dem Jungen gesprochen hatte, konnte der Mann auch in ihrem Feld entdecken, wonach er suchte. Sollte das Schicksal sich fügen, würde er gewiss bald wieder auf die beiden treffen.

Zufrieden, so schnell schon mögliche Kandidaten gefunden zu haben, wandte er sich nun den Menschen zu, die um ihn herum fröhlich ihren Alltag verlebten. So viel Unbekümmertheit hatte er lange nicht mehr gesehen.

Mit wenigen Handgriffen formte er einen Rucksack aus seinem Mantel, schulterte ihn lässig und ließ sich hineinziehen in das Treiben der Menge. Er folgte dem Menschenstrom, der ihn, wie als natürliches Element eines inneren Kreislaufs, mal an den Rand, dann wieder ins Zentrum des pulsierenden Organismus trug. Stundenlang trieb er in Mäandern durch dieses Flussbett aus Menschen und Nutztieren, vorbei an Marktständen, Brunnen und Skulpturen. Der Platz kam ihm so, während er kreuz und quer herumwanderte, noch um vieles weitläufiger vor.
Erst gegen Abend ließ er sich erschöpft auf dem Holzsessel eines rustikalen Straßenlokals nieder. Die auf dem Tisch ausgelegte Speisekarte erinnerte ihn daran, wie hungrig er eigentlich war und dass er den ganzen Tag über noch nichts gegessen hatte. In einem der Straßenläden hatte er gerade mal ein paar Flaschen Wasser erstanden, die er in regelmäßigen Abständen mit kleinen Schlucken geleert hatte.
Die Kellnerin, eine zierliche Frau mit dunklem Teint, warf, während sie Bestellungen an den anderen Tischen aufnahm, wiederholt verstohlene Blicke auf seinen muskulösen Oberkörper. In dem Trägershirt sah er aus wie einer der Männer aus dem Arbeiterviertel, die sich an den späten Nachmittagen gerne hier sehen ließen. Trotzdem unterschied er sich von ihnen. Ob es an seinen klaren, dunklen Augen lag oder an der Haltung, mit der er am Tisch saß und die Menschen beobachtete, hätte sie nicht zu sagen vermocht. Als sie schließlich vor ihm stand, konnte sie ihre Augen nicht von ihm lassen.
Er strich sich eine Strähne seiner schwarzen Haare aus dem Gesicht und blickte zu ihr hoch. Das Interesse in ihren Augen

war nicht zu übersehen und er erwiderte es mit einem freundlichen Lächeln. Als ihr bewusst wurde, dass sie ihn anstarrte, sah sie verlegen zur Seite, nahm dann aber, ohne weiteren Versuch einer Annäherung, seine Bestellung entgegen.
Er bestellte ein Steak mit Salat und ein großes Glas Limonenwasser.
Nach kurzer Zeit, in der er müde dasaß und das Treiben auf dem Platz nur noch an sich vorüberziehen ließ, kam die Kellnerin mit dem Essen zurück.
Mit Bedacht kaute er lange an jedem Bissen des zu heiß gebratenen Fleisches, um seinen Magen nicht zu überfordern
Zusehends kam er wieder zu Kräften.
Das Abendlicht warf in immer größeren Schatten die Vorboten der Nacht über den Markt. Langsam leerten sich die Stände. Planen wurden aufgezogen, Rollläden heruntergelassen und die Menschen verschwanden in den Nebengassen, als würden sie, nach dem großen Spiel des Tages, eine ganz andersartige Arena verlassen, eine, die nie für den Kampf um Leben und Tod errichtet war, sondern zur puren Lebensfreude und zum fairen Wettstreit, bei dem es nur Gewinner gab.
Der junge Mann blieb noch länger sitzen und ließ den Tag Revue passieren.
Nur wenige weitere Kandidaten waren ihm begegnet. Immer wieder hatte er, wenn eine Äußerung, eine Geste oder ein besonderes Funkeln im Antlitz Einzelner seine Aufmerksamkeit erregt hatten, einen Blick auf ihr Seelenfeld geworfen. Doch die in Frage kommende Energie war wie üblich rar.

Sein Essen bezahlte er mit einer der flachen Goldmünzen in Größe eines Zehncentstückes, die er in einem versteckten Schutzbeutel bei sich trug. Die Kellnerin freute sich über das seltene Geldmittel, war jedoch wenig überrascht. In diesen Tagen wurde mit allem gehandelt, was sich anderenorts wieder eintauschen ließ. Und Gold und Silber waren, wie zu allen Zeiten, die beliebtesten Währungen.

Langsam musste er sich um einen Schlafplatz kümmern.

Mit gewohnten Handgriffen langte er in den Rucksack, entfaltete ihn wieder zum Mantel, streifte ihn über, erhob sich und entschwand, nach wenigen Schritten, aus dem trüben Licht, das noch aus den Fenstern des Lokals strömte, ins Dunkel der Nacht.

# 3

Er wählte, den Weisungen des Zufalls folgend, eine Nebengasse aus, deren hellerer Schein ihn anzog.
Ganz still war es nun in dem Viertel. Nur das stotternde Brummen einzelner Stromaggregate unterbrach den Widerhall der Nacht. Die Bewohner der Häuser hatten ihre Fenster allesamt verschlossen. Sie schützten sich, so gut es ging, vor dem Sand und der Hitze, die schon seit Jahren im beständigen Wandel der Klimazonen auch die Nächte beherrschten.
Durch einzelne Glasscheiben fiel Licht auf die Pflastersteine. Helle Rauten breiteten sich als schräges Muster vor ihm aus. Er folgte den Lichtstellen, trat mit seinen Schritten hinein, empfand immer mehr Freude dabei und hüpfte bald, verspielt wie ein Kind, über das Schachbrett der abendlichen Stunde.
Es erinnerte ihn an seine Eltern, an gemeinsame Abende in der Jugendzeit, als sie am offenen Kamin über einem Brettspiel um die Wette geeifert, miteinander gelacht und sich unterhalten hatten.
Dann fiel ihm seine Geliebte ein, eine junge dunkelhaarige Frau, mit der er so gern seine Nächte verbrachte, die ihm nun jedoch seltsam fern und wie entfremdet schien.
An die Freunde dachte er, den nächsten, vertrauten Kreis seiner Weggefährten. Je länger seine Reise angedauert hatte, desto schwerer war es ihm gefallen, ihre Ströme und inneren Bewegungen im großen, kosmischen Feld nachzuvollziehen.
Umso mehr freute er sich auf das Wiedersehen mit den geliebten Menschen. Vor allem, da ihn jetzt nur noch wenige Tage

von seiner Inselfamilie trennen sollten. Allerdings hatten die Erinnerungen die kurze ausgelassene Stimmung gedämpft. Er empfand einen Anflug von Einsamkeit. Gedankenverloren schritt er weiter durch eine der Gassen, die nun in einen nächsten, um vieles kleineren Platz mündete.

Sein Blick fiel auf einen vierschrötigen Mann, der eben erst seinen Marktstand mit Holzplanken sicherte. Es handelte sich wohl um einen der Bauern aus den umliegenden Landstrichen, von denen ihm auch am großen Platz einige begegnet waren. Dieser hier hatte scheinbar besonders lange ausgeharrt, um seine exotischen Früchte und Getreidewaren anzubringen.
Der junge Mann wollte seinen Weg eben im Schatten der angrenzenden Häuserfronten fortsetzen, als plötzlich ein seltenes Leuchten hinter dem Laden aufflackerte.
Er sah genauer hin und erkannte im dämmrigen Licht einer Gaslaterne ein Mädchen, das hinter der Rückwand zum Vorschein gekommen war. Ihre Energie strahlte aus sich heraus quer über den Platz. So ein Feld war ihm lange nicht begegnet. Er hielt inne und beobachte die Kleine.
Ihr verschlissenes Kleidchen flatterte im Wind. Sie mied das Licht, hielt sich versteckt und spähte mit großen Augen verstohlen um sich.
Eine ganze Weile beobachtete sie gespannt den Bauern, wie er noch einige Steigen seiner Waren in das Heck eines verbeulten Kombis verlud. Dann, als sie glaubte, seine Abläufe einschätzen zu können, trat sie auf Zehenspitzen hervor, griff mit beiden Händen in den noch offenen Laden, entnahm ihm so viele

Paradiesäpfel, wie sie in Armen und Händen tragen konnte, und wollte ebenso schnell wieder verschwinden. Plötzlich erschien der Mann auf der anderen Seite des Holzverschlags. Er baute sich direkt vor ihr auf. Sie hatte sich getäuscht, er hatte sie schon lange bemerkt. Ausdruckslos blickte er sie an, holte mit seiner Pranke aus und schlug ihr ins Gesicht.

Das Mädchen flog ein paar Meter nach hinten, mit ihr die roten Äpfel, die auf ihrer Flugbahn einen Streifen des Laternenlichts querten und seltsam in der Luft tanzten, als hätte jemand mit ihnen jongliert. Der Kopf des Mädchens schlug hart auf dem Steinsockel eines Brunnens auf. Ein scharfes Knacken schoss über den Platz. Ihr Schädel war gebrochen. Sie blieb regungslos liegen. Die Äpfel kullerten noch hinterher und sammelten sich, als würden sie zu ihr wollen, nahe an dem verkrümmten Körper.

Dann war es still.

Der Bauer starrte auf die Kleine. Sekunden vergingen. Wie in Zeitlupe stapfte er schließlich auf sie zu, beugte sich hinunter, wollte sie berühren, hielt jedoch, als ihm bewusst wurde, was er angerichtet hatte, in der Bewegung inne. Er sank lautlos auf die Knie, stürzte seinen Kopf in die Hände und ein heftiges Schluchzen, einem Aufschrei gleich, schüttelte den groben Körper. Im nächsten Moment riss er seinen Kopf hoch, jagte mit den Blicken über den Platz, taumelte rückwärts, raffte hastig noch übrige Waren zusammen, sprang in den Wagen und raste mit jähem Aufheulen des Motors davon. Die roten Bremslichter warfen einen letzten Schein auf den Platz, als er um die Ecke der nächsten Gasse bog und verschwand. Das

Brummen des Motors verklang immer leiser hallend in den Häuserschluchten.
Im spärlichen Laternenlicht lag der Platz nun wieder friedlich da. Das Kleid des Mädchens flatterte immer noch im Wind.

Langsam löste sich der junge Mann aus dem Schock, der ihn seit dem Sturz der Kleinen hatte erstarren lassen. Er lief, wozu er minutenlang nicht in der Lage war, zu ihr.
An ihrer Seite angelangt, kniete er sich hin, tastete mit den Fingern am zarten Hals nach dem Puls. Ganz schwach nahm er die feine, unregelmäßige Wölbung ihrer Haut unter seinen Fingerkuppen wahr. Sie lebte noch.
Er setzte sich neben sie, nahm ihren Körper hoch. Sie wog nicht mehr als ein Vogel. Behutsam zog er sie ganz dicht an sich, umhüllte sie mit seinen Armen und barg sie für diesen letzten Moment ihres Lebens in seiner Wärme. Mit der ganzen Kraft des Herzens griff er in seinem Inneren nach der großen Liebe, zu der er fähig war wie kaum jemand sonst. Und er schenkte sie ihr. Ließ sie einströmen in sie und wiegte sie, sacht, wie ein blühender Baum ein Kind wiegt, wenn es hoch in seiner Krone sitzt im Sommerwind.
Ein letztes Mal schlug sie ihre schon trüben Augen auf und blickte ihn an. Tränen liefen ihr über die Wangen. Sie flüsterte etwas. Er neigte sein Ohr an ihre Lippen.
„Für meine Mutter. Äpfel aus Paradies. Sie krank. Braucht. Bringst du? Mutter. Bitte. Bitte." Im letzten Ausatmen verklang ihr Flüstern. Ihre Augen schlossen sich und ihr Herz verstummte.

Der junge Mann, der das Unsterbliche schon oft mit eigenen Augen gesehen hatte, blickte nun der sich lösenden Seele nach, die langsam dem Körper entwich. Staunend sah sie zu ihm herab und er erzählte ihr, mit einem einzigen Gedanken, von der Ewigkeit und den liebevollen Geistern ihrer Vorfahren, die sie erwarten würden. Schon erschien der helle Schimmer des Tores hinter ihr, das sich immer öffnet, wenn ein Mensch geht, und der sie nun umstrahlte und wie Flügel um ihre Schultern leuchtete.
Dorthin wurde sie nun gehoben, ganz sacht, wie ein Blatt im Wind vom Baum bricht und nach oben getragen wird, wenn das Leben entschieden hat, ihm, bevor es fällt, noch einmal die Weite und Schönheit der Welt zu zeigen.

Der junge Mann löste seine Umarmung und legte den leblosen Körper auf die Pflastersteine. Während das Blut aus ihrem Schädel sich mit dem Rot der Äpfel vermischte, ging er langsam seines Weges. Er blickte nicht zurück.
Ihren letzten Wunsch würde er nicht erfüllen können. Die Genesung ihrer Mutter musste er dem Schicksal überlassen. Für die Kleine war das aber auch nicht von Belang. Jetzt nicht mehr.

Nachdem er den Platz verlassen hatte, schälte sich langsam ein Schatten aus dem Dunkel einer Häuserfront. Eine junge Frau wurde sichtbar. Sie hatte die letzen Augenblicke mitverfolgt, nachdem sie bei einem nächtlichen Spaziergang wie zufällig auf den Platz gestoßen war. Sie wischte sich Tränen aus

dem Gesicht, fuhr sich zitternd durch die blonden Haare und ging einige Schritte auf den kleinen, toten Körper zu. Entsetzt wandte sie sich ab.
Dann sah sie dem jungen Mann hinterher, der wie ein schwarzer Engel in der Nacht verschwunden war.

# 4

*Es muss doch irgendwo ...* Claire wühlte in den Schubladen ihrer Kommode. Nachdem sie alle durchsucht hatte, gab sie es auf. Sie stand nackt vor dem Spiegel, der über der Kommode hing, sah hinein, zog die Augenbrauen hoch, drehte ihren Kopf nach rechts und nach links, blickte auf ihren neuen struppigen Kurzhaarschnitt, der sich nur schwer würde bändigen lassen, und schüttelte den Kopf.

Sie war knapp dran. In zwanzig Minuten sollte sie in der Redaktion sein.

*Wo könnte noch einer ...?* Die kleine Reisetasche fiel ihr ein, die sie für die Nächte bei Jerome immer griffbereit im Vorzimmer stehen hatte. Letztens hatte sie zwei, drei Slips mit einem Griff hineingestopft. Sie hastete in den Flur, nahm die Tasche vom Boden vor der Garderobe hoch und wühlte darin weiter.

*Ha!* Grinsend hielt sie einen weißen, spitzenbesetzten Slip in die Höhe wie eine Trophäe. Sie zog ihn an und dachte kurz nach. Auf einen BH musste sie notgedrungen wohl auch an diesem Morgen verzichten. Irgendwann, sehr bald, war dringend ein Waschtag angesagt.

Im kleinen Schlafzimmer ihrer Zweizimmerwohnung in Rive Gauche, dem fünften Pariser Arrondissement, zwängte sie sich in den engen beigefarbenen Rock, den sie am Vorabend in weiser Voraussicht nicht in eine Ecke geworfen hatte. Dazu passend nahm sie ihre letzte gebügelte weiße Bluse aus dem Schrank.

Jerome mochte diese Kombination, vor allem wenn sie in

seinem Chefbüro, mit den zum Redaktionsgroßraum offenen Glasscheiben, eine Besprechung hatten. Rock und Bluse, meinte er, wirkten zwar ausreichend sexy, aber auch seriös genug, um den kursierenden Gerüchten über ihre heimliche Liaison nicht noch mehr Zündstoff zu geben.
Doch eigentlich war es ihr heute egal. Im Gegenteil. Sollte er nur einen mittleren Kollaps erleiden, nachdem er ihren Artikel wieder gekürzt und auf Seite zwölf verbannt hatte. Bouvier, der widerliche Redakteur, dem die Endkorrektur der Texte oblag, hatte dann zu allem Überfluss auch noch den fehlenden Buchstaben in ihrem Namen übersehen und so hieß die Urheberin ihres Artikels in der heutigen Ausgabe von „Le Monde" Cladel statt Claudel. Es war der Mädchenname ihrer Mutter, den sie, schon von Beginn ihrer Journalistenlaufbahn an, als Pseudonym benutzte. So blieb sie, in gewissem Sinn, mit ihr verbunden und schaffte zugleich Distanz zu ihrem Vater.
Seufzend blickte sie kurz zur Seine, die sie, durch einen Spalt zwischen zwei Häusern der ersten Uferreihe, sehen konnte. Tiefe Wolken hingen über dem Fluss und zogen mit ihm durch die Stadt. Am liebsten würde sie den Rest des Vormittags blau machen, sich in eines der Künstlercafés im Viertel setzen, mit der Hand ihren nächsten Artikel schreiben und von den Touristen angestarrt werden, als wäre sie eine der jungen linken Schriftstellerinnen, die sich in Flugblättern und alternativen Zeitschriften immer radikaler zu Wort meldeten.
Sie zog den Rock wieder aus, knöpfte die Bluse auf und sah sich nach etwas anderem Brauchbaren um. Große Auswahl blieb ihr nicht.

Vor allem, weil sie mit Jerome nicht nur über den heutigen Artikel streiten musste, sondern ihn gleichzeitig dazu bewegen wollte, ihr die geplante Rechercherereise nach Rom zu genehmigen. Also musste sie taktisch vorgehen. *Am besten, ihm zuerst wegen der Kürzungen und Seite zwölf ein schlechtes Gewissen machen, dabei zugleich verführerisch und abweisend genug sein, dass er Angst bekommt, auch die folgende Nacht ohne mich verbringen zu müssen, und ihm dann im richtigen Moment die Zusage für die Romreise entlocken.*

Also doch der Rock und die Bluse. Sie zog beides wieder an. Ihr Café au Lait am Küchentisch war mittlerweile kalt. Das hasste sie. Sogar an einem perfekten Morgen hätte schaler Kaffee ihr die Laune verdorben. Sie ließ ihn einfach stehen, packte ihr Neopad in die lachsfarbene David-Jones-Tasche und stand ungeschminkt mit zerzausten Haaren vor der Eingangstür. *Das geht so nicht. Doch. Tut es. Anders schaue ich am Morgen, wenn ich neben ihm aufwache, auch nicht aus. Gerade verrucht genug, um ihn auf die richtigen Gedanken zu bringen.*

Sie stieg in die eleganten Stöckelschuhe und lief die drei Stockwerke nach unten. Vor der Haustür schlugen ihr der Wind und die feuchtwarme Luft entgegen. Es würde Regen geben. *Keinen Schirm dabei. Wird schon aushalten.* Eigentlich wollte sie nur die wenigen Meter zum nächsten Taxistandplatz laufen. Doch es war einer jener neuen, autofreien Tage in Paris. Mittlerweile durften Fahrzeuge, egal, ob mit Benzin- oder Elektromotoren, nur noch an jedem zweiten Tag unterwegs sein. Das hatte sie vergessen. Also musste sie wohl oder übel den zehnminütigen Fußweg zur nächsten U-Bahnstation auf sich nehmen. Sie würde sich um einiges verspäten, streifte darum die Stöckelschuhe wieder ab, stopfte sie in die Tasche und rannte barfuß los. So konnte sie wenigstens ein paar Minuten aufholen und die schmutzigen Fußsohlen würde ohnehin niemand bemerken. Aber ihr würde es Spaß machen, dass zumindest etwas ihrem wahren Wesen und so gar nicht den neuerlich erstarkten Rollenklischees der besseren Pariser Gesellschaft entsprach.

# 5

„Mon amour!“ Jerome sprang vom Ledersofa auf und kam mit ausgebreiteten Armen auf sie zu. „Toll! Diese neue Frisur! Was ist das für eine Farbe?“
„Blond, Jerome. Es ist einfach nur blond. Wie du mich gern hast.“ Ihr schnippischer Tonfall war nicht zu überhören.
„Aber es hat einen silbrigen Stich, nein?“, flötete er weiter, während er ihr durchs Haar fuhr und sie an sich zog.
„Ja, hat es. Meine Friseurin ...“ Er küsste sie auf den Mund.
*Gott, fühlt sich das gut an. Warum ist der nur so charmant? Und gut aussehend? Und warum lasse ich mich auf ein Gespräch über meine Haare ein? Und warum küsst er mich vor den offenen Glasscheiben und hört gar nicht mehr auf? Das geht in die völlig falsche Richtung.*
„Jerome“, sie schob ihn etwas von sich, „was ist denn los mit dir? Das stört dich doch sonst immer, wenn die ganze Belegschaft uns beobachtet.“
„Es wird Zeit, dass wir das ändern. Diese Heimlichtuerei geht mir auf die Nerven.“
*Das geht entschieden in die falsche Richtung.*
„Ach ja? Tut sie das?“
„Das hast du dir doch immer gewünscht, meine Kleine, nein? Also machen wir es offiziell. Nächste Woche, was meinst du? Am Abend der Charity-Gala für die Libyer. Vor der ganzen Pariser Gesellschaft.“ Er strahlte sie an.
*Meine Kleine.* Wie sie diese Anrede hasste. Sie rang sich ein Lächeln ab.

„Aber lass uns das in Ruhe besprechen“, er war auf dem Weg zum Sofa. „Heute Abend. Bei mir. Um neun. Oui, mon chérie?“ Er nahm sein Pad zur Hand, tippte darauf und aus der gegenüberliegenden Wand wurde ein einziger, die Fläche deckender Screen. Offensichtlich hatte er nicht vor, das Gespräch fortzusetzen.
„Sonst noch was auf dem Herzen?“, fragte er, ohne sie anzusehen.
*Er will es öffentlich machen.* Ja, das hatte sie sich gewünscht. Aber schon lange aufgegeben zu glauben, dass es wahr werden könnte. *Warum gerade jetzt? Geht sein schlechtes Gewissen so weit?* Oder spürte er irgendwo, unter den Schalen seiner Perfektion, dass sie sich mit leisen Schritten mehr und mehr von ihm distanzierte?
„Jerome“, plötzlich wurde ihr bewusst, dass sie an einem Wendepunkt in ihrem Leben stand. Irgendwie fühlte sie das jetzt ganz deutlich. „Die nächsten Wochen wollte ich in Rom sein und recherchieren. Hast du das vergessen?“
„Aber das lässt sich doch verschieben, nicht wahr? Die laufen dir doch nicht weg, deine *Rebellen*.“ Er bezog sich auf ihre Kolumne. Eine weitere kleine Spitze, die einmal mehr zum Ausdruck brachte, was er in Wahrheit von ihrer Arbeit hielt.
„Aber es ist mir wichtig. Das weißt du.“
„Und *ich* bin dir nicht wichtig?“
„Doch, natürlich.“ Etwas drängte jetzt in ihr. „Aber dabei geht es nicht um dich. Ich muss das für mich tun. Und für die Welt. *Le Monde.* Worum geht es denn *hier*?“
„Das frag ich mich auch langsam.“

„Du weißt, was ich meine.“ Sie blickte ihn an. „Wenn eine Institution wie Le Monde dem humanitären Auftrag nicht mehr nachkommt, dann bleibt nichts über, gar nichts, an dem sich eine geschundene Gesellschaft wieder aufrichten kann.“ Sie wandte sich ab. „Ich verstehe nicht, warum wir immer wieder darüber diskutieren müssen. Wie kannst du den Vorgaben der Eigner so widerspruchslos folgen?“ Aufs Neue hatte sie, im Gespräch mit ihm, eine Traurigkeit eingeholt, die sie in den letzten Monaten immer öfter gespürt hatte. Prompt kam ihr das Konfliktthema Nummer eins in den Sinn. *Kein allzu gutes Argument, aber es passt.* „Zum Glück willst du keine Kinder. Mir fällt es auch mit jedem Tag schwerer, mir vorzustellen, noch welche in die Welt zu setzen.“ Es wurde sehr still in dem ausladenden Büro. „Wir müssen etwas beitragen, Jerome, und an der Zukunft bauen. Hör wenigstens auf die Leser. Die lieben meine Kolumne.“

„Nur weil du diesen“, er fühlte sich in die Ecke gedrängt, „diesen Preis“, beinahe wollte er ‚lächerlichen' sagen, „von ihnen bekommen hast? Was glaubst du, warum wir den überhaupt ausschreiben? Das ist Leserbindung. Nichts sonst. Außerdem“, er wurde lauter, „hättest du diesen Preis nicht gewonnen, dann hätte ich mich bei den Eignern nicht so für dich eingesetzt und es gäbe deine kleine verträumte Kolumne schon längst nicht mehr.“ Er übersah, wie sie sich mehr und mehr versteifte. „Die *Rebellen der Menschlichkeit.* Was für ein rührseliger Kinderkram!“ Er war zu weit gegangen.

„Du willst unsere Beziehung öffentlich machen?“

„Wechsle jetzt nicht das Thema.“

„Wir reden doch über nichts anderes. Zuerst wolltest du mit mir ins Bett, das hat nicht geklappt. Dann hast du mir diese Kolumne gegeben und ich habe mich, naiv, wie ich war, erweichen lassen und tatsächlich geglaubt, dass du an mir, an meiner Person interessiert wärst – und nicht nur an meinem Aussehen und an Sex." Sie ließ ihre Worte kurz stehen. „Und vor allem: dass du an mich als Journalistin glaubst."
„Aber das tue ich doch, mon amour." Er kam wieder auf sie zu, versuchte sie zu beschwichtigen.
„Dann beweis es." Sie blickte ihm direkt in die Augen. „Lass mich nach Rom gehen. Lass mich dort recherchieren und dann gibst du mir eine Seite. Eine ganze Seite und verdammt noch mal nicht Seite zwölf!" Sie war so klar und bestimmt, wie es ihr ihm gegenüber selten gelungen war. „Und wenn ich zurück bin, dann reden wir über alles. Über uns und wie es weitergehen soll."

Mit der Genehmigung für die Reise saß Claire wenig später an der nordseitigen, drei Stockwerke hohen Glasfront der Großraumredaktion. Postmoderne Schalensessel waren in einer Reihe an der Wand befestigt und verstärkten den Eindruck einer Abflughalle, an die das neue Headquarter von Le Monde erinnerte.
Vor zehn Monaten, als die laufenden Kosten der erst vor wenigen Jahren errichteten Firmenzentrale im ersten Arrondissement alle Schätzungen sprengten, wurde das Prestigeobjekt schnell wieder abgestoßen und die Zeitung war in eine ehemalige Remise vor den Toren von Paris gezogen. Mittlerweile

überstiegen die Renovierungskosten erneut den Plan und so geriet die Eignergruppe mehr und mehr unter Druck. Die Abteilungen für Soziales, Kultur und Bildung wurden gekürzt, die Aufmachung abermals geändert, das Marketing mit allerlei Lesereinbindung forciert und alles, was die Sensationsgier der Leute befriedigte, wurde schreiend groß auf die ersten Seiten platziert.

Claires Artikelreihe über die *Rebellen der Menschlichkeit*, in der sie von außerordentlichen Leistungen einzelner Ärzte, Dolmetscher, Sanitäter und Lehrer in Krisengebieten berichtete, hatte einen dementsprechend schweren Stand. Und Jerome setzte sich tatsächlich für sie ein. Wenn auch aus anderen Motiven, als ihr lieb war.

In machen Stunden hatte sie ihr perfekter Chefredakteur – der hohes Ansehen genoss und in einem Loft über der Pariser Innenstadt wohnte – auch in sein Herz blicken lassen. Die Seiten, die sie in diesen Momenten an ihm kennengelernt hatte, waren gut, tief und vor allem freundlich. Sonst hätte sie es auch, um alles in der Welt, nicht schon zwei Jahre als seine heimliche Geliebte ausgehalten.

Vor allem aber glaubte Claire an ihre Arbeit. Und das ließ sie so manchen Kompromiss eingehen und über vieles hinwegsehen. Sie wusste, dass ihr Artikel über die sozialen Fortschritte in einem der afghanischen Transitlager die Leser berührt, ihnen Hoffnung und Trost gespendet hatte. Darum war er auch zum Bericht des Jahres gewählt worden. Sie erlebte es immer wieder: Die tiefe Sehnsucht der Menschen nach Einigung, Lösung und Frieden war ungebrochen erhalten.

Trotzdem fühlte sie sich jetzt gerade ernüchtert und leer.
Sie hatte in dem Gespräch – oder sollte sie sagen: in dem Streit – mit Jerome ein falsches Spiel gespielt. Sie hatte ihn emotional erpresst und war sich gleichzeitig, ganz nebenbei, durch all sein kränkendes Verhalten klar geworden, dass sie es nicht mehr lang an seiner Seite aushalten würde. Es fühlte sich schmutzig an.
Zwischen den Glasflächen, auf die TV-Berichte, Börsenkurse und allerlei Datenkolonnen projiziert wurden, gaben vereinzelte matte Stellen den Blick auf den Himmel frei.
Es hatte wieder zu regnen begonnen und der Smog zog in grauen Nebelfetzen über die Stadt, wie schon seit Monaten.
Auch der Blick in das Innere des Hallenbüros machte wenig Mut. Redakteure jagten gestresst über Bodenlaufbänder, tippten nervös auf ihre Pads und diktierten in gedämpftem Tonfall Berichte über immer neue ökologische Katastrophen, den weltweiten Kampf gegen den Terror oder menschliche Dramen, die sich irgendwo an meterhohen Grenzzäunen zwischen Sicherheitstrupps und flüchtenden Massen ereignet hatten.
Es war nicht zu leugnen: Die Welt stand sozial und ökologisch am Abgrund. Mit ihr Le Monde und die Freiheit. Doch nicht nur die der Presse, sondern die jedes einzelnen Menschen.

Claire öffnete eine App und verband sich mit der Onlinereservierung des Reiseunternehmens, das zur Firmengruppe gehörte. Auf der Plattform fand sich wie üblich alles, was sie brauchte. Sie gab die Rahmenzeiten für eine sichere Flugverbindung ein, markierte die Parameter zur gewünschten Unterkunft und

nach wenigen Minuten waren die Buchungen erledigt.
Schon am nächsten Abend sollte sie zumindest der Pariser Tristesse entflohen sein. Was auch immer in der Ewigen Stadt auf sie warten mochte, konnte nicht schlimmer sein als das Elend, das ihr hier auf den Straßen täglich begegnete.
Sie wollte den Berichten aus Rom nachgehen. In einem nordöstlich gelegenen Viertel der Stadt, nahe der Piazza del Popolo, sollte eine neue, intakte Völkergemeinschaft entstanden sein. Dorthin führte sie ihr Weg, um jene Menschen zu interviewen, die für den Wiederaufbau verantwortlich waren.
Vor ihrer Abreise hatte sie noch einiges zu erledigen. Der Berg von Wäsche auf ihrem Badezimmerboden war dabei das geringste Problem. Vor allem musste sie sich bei ihrem Vater verabschieden, den sie aus guten Gründen schon zwei Wochen vermieden hatte zu kontaktieren. In den letzten Tagen waren seine Nachrichten aber immer fordernder geworden und so sorgte sie sich, trotz allem, um seine Gesundheit und seinen Gemütszustand.
Sie zog das Headset aus ihrem Neopad und aktivierte einen Videocall.
Wie üblich blieb die visuelle Übertragung einseitig, da ihr Vater das Bild blockierte. Seine Stimme klang erschöpfter als sonst und obwohl er sich über ihren Anruf zu freuen schien, spürte sie, dass seine Gedanken bei anderen Themen blieben. Claire hakte nicht nach, sprach ruhig in ihr Pad und vereinbarte einen Besuch am Abend in der Villa, in der sie bei ihm aufgewachsen war.

Nach dem Telefonat öffnete sie ihren Newsground-Account. Das neue Social-Media-Netzwerk verzeichnete geradezu explodierende Userzahlen. Die Menschen zogen sich mehr und mehr in virtuelle Welten zurück. Viele Reiche hatten die Städte verlassen, um in abgeschotteten Arealen, umgeben von hohen Zäunen, zu leben. Städter setzten oft tagelang keinen Fuß vor ihre Wohnungen. Es lag auf der Hand, dass diese Netzwerke dadurch zu den wichtigsten Kontaktforen für Familien oder andere soziale Verbände zählten und die wichtigste Einkaufsquelle darstellten. Newsground war die neue Nummer eins. Vor allem, weil es sich in Sachen Datenschutz und Ethik höchsten Maßstäben verpflichtet zeigte und dieses Versprechen an seine User bislang auch hatte halten können.
Sie loggte sich auf ihrer Journalseite ein, überflog die neuesten Letters und stellte ihre News ins Netz. Sie erzählte in wenigen Worten von der bevorstehenden Reise, von ihrer Hoffnung, auch aus Rom über herausragende Leistungen der Menschlichkeit berichten zu können, und verabschiedete sich für die nächsten Wochen von ihren treuen Lesern wie üblich mit den Worten: Le Monde c'est à ceux, qu'espèrent – die Welt gehört denen, die hoffen.

Danach machte sie sich auf den Weg. Sie sah noch einmal über die Halle und für einen Moment war ihr, als würde sie zum letzten Mal den Blick über die lose befreundeten Redakteure, Journalisten und endlosen Reihen von Schreibtischen schweifen lassen. Sie schüttelte den Gedanken ab, trat aus dem ziegelroten Backsteingebäude und stand im Regen.

# 6

Der Kiesweg führte von den Parklauben bis hinauf zum Portal, der in französischem Neubarock erbauten Villa. Claire nahm, da sich der Regen gerade wieder beruhigt hatte, den alten Weg, den sie in den Jahren ihrer Schulzeit täglich hochgelaufen war. Sie kam an der verwitterten Steinbank vorbei, die immer noch am selben Platz stand und sie an ihre Mutter erinnerte. Es waren die frühesten Bilder aus ihrem Erinnerungsschatz und diese trug sie mit sich, behütet wie ein besonderes Kleinod.

Mit einem Taschentuch wischte sie die Steinplatte trocken, setzte sich kurz, legte die Hände in den Schoß und neigte ihren Kopf zur Seite. Wie gern hätte sie sich jetzt an die Schulter ihrer Mutter gelehnt, die hier oft auf sie gewartet hatte. Sie war der sichere Hafen gewesen, in den das damals kleine Mädchen einlaufen konnte, nachdem es, aus dem fremden Land der beginnenden Schulzeit, mit so vielen neuen Eindrücken nach Hause gekommen war.

Doch schon in Claires zweitem Schuljahr war die Mutter gestorben.

Still und ohne Aufhebens war sie durch Gift dem Leben entflohen – und hatte damit ein klaffendes Loch in Claires Seelenleben hinterlassen, das keine noch so große Bemühung des Vaters hatte füllen können.

Zudem gab Claire ihrem Vater im Stillen nach wie vor die Schuld am Selbstmord der Mutter. So schrecklich dieses Gefühl war, das sie erst viele Jahre später, in den Wirren der

Pubertät, überkam, sie konnte bis heute nicht davon ablassen – seine Affären, seine Kälte und Lieblosigkeit mussten die Mutter aus dem Leben getrieben haben.
Das lag wie ein schwarzer Schatten über ihrer Beziehung. Und da sie es, ihm gegenüber, nie ausgesprochen hatte, nahm der Vater ihre distanzierte Art mit den Jahren als persönliche Kränkung und schließlich als pure Abneigung wahr. Was ja auch stimmte. Nur aus anderen Gründen, als er vermutete.
Entsprechend angespannt war ihre Beziehung über die Zeit geblieben. Mittlerweile jedoch ließ die Wahrheit sich immer schwerer verbergen und schrie und ächzte wie ein verbitterter Geist, der zeitlebens in einem dunklen Kerker eingeschlossen war und zeternd versuchte, ans Tageslicht zu kommen.
Claire atmete tief durch und musste sich wieder einmal zu den letzten Schritten Richtung Haus zwingen. Sie kam an den beiden Wachleuten vorbei, die wie üblich zum Schutz ihres Vaters abgestellt waren, und wurde an der Tür von einer fremden Haushälterin empfangen. Es war die dritte innerhalb eines Jahres. Sie stellte sich als Lucille vor, kannte Claire, wie sie erklärte, aus Fotoalben des Vaters und nahm ihr Jacke und Tasche ab, als wäre sie ein Gast und nicht die Tochter des Hauses.
Obwohl sie die alten Holzdielen, Möbel und dunklen Wandvertäfelungen wie immer penibel gereinigt vorfand, konnte sich Claire nicht des Eindrucks erwehren, der sie in den hohen Räumen seit dem Tod der Mutter verfolgte: Sie sah einen Schleier aus trockenem Staub, der sich wie ein begleichender Ton der Verwesung über alles gelegt hatte. Schon mit sechzehn war sie deshalb aus dem alten Haus entflohen und hatte

den Vater überzeugt, eine Wohnung für sie zu kaufen und sie ihrem eigenen Leben zu überlassen.
Nachdem sie nun über die breite Treppe zum Arbeitszimmer ihres Vaters hochgestiegen war, blieb sie vor seinem Zimmer kurz stehen, atmete noch einmal tief durch und öffnete die schwere Holztür. Sie fand ihn wie immer, in Arbeit vertieft, hinter dem massigen Eichentisch.

„Schön, dass du da bist. Setz dich", gab er tonlos von sich, tippte auf ein Pad und drehte sich im Schreibstuhl von ihr weg. Auf der ganzen rückseitigen Wand öffnete sich nun, flächendeckend, ein Screen. Das war neu und erinnerte sie augenblicklich an Jeromes Büro. Claire sah erstaunt auf den Schirm, der eben noch die stabile Wand samt historischen Familiengemälden und Holzornamenten gezeigt hatte. Nun hob sich eine riesige Landkarte im Relief davon ab. Es zeigte die Straße von Gibraltar, so viel konnte Claire erkennen, und offensichtlich bevorstehende Truppenbewegungen und Einsatzoptionen. Als Staatssekretär des Verteidigungsministeriums war ihr Vater, François Boulanger, oft mit taktischen Maßnahmen diverser Militäroperationen befasst und hatte nicht selten entsprechend schwerwiegende Entscheidungen zu fällen.
Claire schweifte mit dem Blick über den Rest des Raumes. Hier war alles beim Alten. Sie ging ein paar Schritte über die Perserteppiche, die den krachenden Parkettboden bedeckten, und streifte mit der Hand den Kaminsims entlang. Im Kamin flackerte lautlos und kalt ein virtuelles Feuer. Auf dem Sims reihten sich Rahmen mit Fotos aneinander, die ihren Vater,

lächelnd und Hände schüttelnd, mit Prominenten der Weltöffentlichkeit zeigten. Bis hin zu diversen Staatspräsidenten reichten seine Männerfreundschaften.
Unter den Fotos befanden sich auch welche aus den ersten Jahren nach dem Tod der Mutter, als Claire sich in seiner Nähe noch geborgen gefühlt hatte und ihn während der Ferienzeiten oft auf Reisen hatte begleiten dürfen.
Fotos der Mutter, oder gar aus einer gemeinsamen glücklichen Zeit als junges Ehepaar, fanden sich keine.
Claire wollte sich eben wieder dem Vater zuwenden, als ihr in der zweiten Reihe ein vergilbtes Bild auffiel, das sie glaubte, noch nie zuvor gesehen zu haben. Durch die anderen Rahmen kam es nur einen Spalt breit zum Vorschein. Wahrscheinlich hatte die neue Haushälterin sie beim Abstauben verrückt.
Sie griff danach und blickte erstaunt auf ihren Vater als jungen Mann, lachend, in Hippiekleidung, mit einer bildhübschen, fremden Frau im Arm und einem ebenso jungen Mann auf der anderen Seite, der ihm irgendwie ähnlich sah. Im Hintergrund waren Klippen und das Meer zu erkennen.
„Stell das zurück.“
„Wer sind die beiden?“
„Stell es zurück.“ Sein Tonfall machte klar, dass sie es dabei belassen sollte.
Claire reihte das Bild wieder ein und rückte die Rahmen zurecht, die sie ihr Vater in Kindertagen so oft aufgefordert hatte, nicht anzufassen. Sie wandte sich ihm zu.
Immer wieder schauderte ihr vor dem um Jahrzehnte jüngeren Aussehen des Mannes, dessen kosmetische Operationen keine

sichtbaren Narben hinterlassen hatten. Trotzdem verrieten Körperhaltung und die gebrochene Stimme das wahre Alter des weit über Siebzigjährigen.
„Was kann ich für dich tun?“ Es klang, als hätte sie einen Termin bei einem Arzt. Er wies auf einen freien Sessel vor dem Schreibtisch.
„Ich werde einige Tage weg sein.“ Sie setzte sich. „Wollte mich nur von dir verabschieden.“
„Wird keinen großen Unterschied machen. Du besuchst mich auch nicht, wenn du in der Stadt bist.“
Claire wollte einwenden, dass sie erst vor zwei Wochen mit ihm zu Mittag gegessen hatte.
„Wohin geht die Reise?“
„Interessiert es dich?“
„Würde ich sonst fragen?“
*Ja, würdest du. Nur um Kommunikation zu machen.*
„Nach Rom.“
Ihr Vater horchte auf.
„Rom?!“
„Recherchen, für meine Kolumne. Es gibt Berichte, wonach ...“
„Diese Rebellengeschichte?“ Sein Tonfall machte deutlich, was er davon hielt. „Das kommt gar nicht in Frage.“ Er tippte ein weiteres Mal auf sein Pad und hinter ihm erschien eine andere Landkarte, die Südeuropa, Nordafrika und den Nahen Osten zeigte.
Claire wollte etwas erwidern, war aber von den zahlreichen pulsierenden, roten Flecken auf der Karte abgelenkt.
„Siehst du das?“ Er deutete in Richtung Mittelitalien. „Die

Krisenherde sind überall. Die Flüchtlingsströme werden weniger, doch immer noch spülen sie Schläfer und neue Terrorzellen nach Europa. Je dunkler das Rot, desto mehr Blut wird vergossen. Wenn du so willst."
Claire starrte auf den dunkelroten Fleck, der über Rom lag.
„Das ändert nichts an meiner Entscheidung."
„Ich habe schon gesagt, dass ich das nicht erlaube."
„Vater, ich bin dreißig. Du hast mir gar nichts zu *erlauben*. Ich treffe meine eigenen ..."
„Dann werde ich mit Jerome sprechen. Er ist mir noch einen Gefallen schuldig. Wollte er nächste Woche nicht euer Verhältnis öffentlich machen? Zeit wäre es."
Die beiden hatten also miteinander gesprochen. Jerome war zudem einer der Wenigen, der um die Verwandtschaft zwischen ihrem Vater und ihr wusste. Sie wollte stets vermeiden, dieser familiären Beziehungen wegen bevorzugt behandelt zu werden. Und dem Vater war es ebenso recht, dass die junge, linke Journalistin, die mitunter lauthals gegen das Militär wetterte, nicht mit ihm in Verbindung gebracht werden konnte.
„Lass Jerome aus dem Spiel!"
„Spiel?!" Ihr Vater stand auf und beugte sich über den Schreibtisch. „Genau das ist es für dich, nicht wahr?! Das spiegelt deinen ganzen infantilen Gemütszustand wider! Ein verträumtes Kind, das der Realität entflieht und seine Zeit mit Pseudojournalismus verschwendet! Dafür habe ich dich nicht an der Sorbonne studieren lassen!"
Nun erhob sich auch Claire. Doch wie immer, wenn ihr Vater sie mit seinen Angriffen ins Herz traf, versickerten die Worte

in ihrem Kopf, bevor sie die Lippen erreichten.
„Ich werde nicht zulassen, dass ich auch noch die dritte Frau“, er korrigierte sich, „die zweite Frau in meinem Leben an Hirngespinste verliere! Du bleibst hier! Und wenn ich die Staatssicherheit einschalten muss! Das ist mein letztes Wort!“
Claire war zu gekränkt und außer sich, um den wirren Versprecher zu bemerken. Sie spürte, wie nun der verbitterte Geist der alten Wahrheit aus seinem Kerker hervorbrach. Sie kämpfte dagegen an, doch der aufgestaute Zorn bahnte ihm den Weg und bevor sie es verhindern konnte, schrie sie ihrem Vater ins Gesicht:
„Für deren Tod du allein die Verantwortung trägst!“
Nun war am Licht, was ihr ihm gegenüber so viele Jahre die Kehle zugeschnürt hatte.
Im selben Moment bereute sie es zutiefst.
Wie in Zeitlupe sank der alte Mann auf seinen Sessel und starrte mit leeren Augen vor sich hin.
Die Stille im Raum hallte ohrenbetäubend.
Sekunden verstrichen.
„Das ist es also“, sagte er schließlich mit gebrochener Stimme. „Geh. Aus meinen Augen. Lauf in dein Verderben.“ Er schüttelte den Kopf. „Wie deine Mutter.“
Claire konnte sich nicht rühren. Tränen liefen ihr über die Wangen. Sie wollte etwas erwidern, wollte sich entschuldigen, doch bevor sie dazu kam, wies der Vater mit einer energischen Geste Richtung Tür.
Claire löste sich aus der Erstarrung, ging zur Tür und als sie noch einmal über ihre Schulter blickte, sah sie den alten Mann

bereits wieder dem Einsatzplan um Gibraltar zugewandt. Bewegungslos blickte er auf das virtuelle Relief, gab einen Befehlscode ein und setzte damit ein Szenario in Gang, das dem Terror einmal mehr die Gewalt europäischer Einsatztruppen entgegenstellte. Auge um Auge. Als wäre kein Tag vergangen. Leise verließ Claire das Zimmer, in das sie so bald nicht wieder würde zurückkehren sollen.

Sie trat aus dem Haus, blieb unter dem Portalbalkon stehen und blinzelte in die Nacht.

Durch die weißen Strahlen der Scheinwerfer, die das Anwesen beleuchteten, schnitt dichter Regen, wie scharfe Klingen ein Blatt Papier.

Sie ging weiter. Die harten Tropfen schlugen ihr ins Gesicht und vermochten nicht die Tränen wegzuschwemmen, die nun aus ihren Augen schossen – einer tiefen Quelle entspringend, die zu lange versiegelt geblieben war.

# 7

Claire blickte dem jungen Mann nach, der wie ein schwarzer Engel in der Nacht verschwunden war. Es war still auf dem Platz. Der Wind streifte lautlos über ihre Wangen und als sie sich dem kleinen, toten Körper näherte, war ihr, als hätte sie den kupfernen Geschmack des Blutes im Mund, das sich in einer Lache um den Kopf des Mädchens ausgebreitet hatte. Sie wandte sich zitternd ab und sah wieder dem jungen Mann nach.

Nach der Ankunft in Rom, am frühen Abend, hatte sie ihre Pension aufgesucht und war, da ihr der Besitzer versichert hatte, dass in diesem Viertel keinerlei Gefahr drohte, noch zu einem kurzen Erkundungsgang aufgebrochen. In dem Moment, als der Bauer auf das kleine Mädchen eingeschlagen hatte, war sie um eine Ecke getreten und hatte unter Schock das weitere Geschehen beobachtet.

Sie hatte gesehen, wie der junge Mann zu dem Mädchen gelaufen war, sie aufgenommen und geborgen hatte und schließlich, mit einem seltsam leuchtenden, gelösten Gesicht, in den Himmel gelächelt hatte. Wäre sie nur wenige Sekunden später auf den Platz getreten, sie hätte bestimmt angenommen, auf einen Geisteskranken gestoßen zu sein. So aber hatte er einen Eindruck in Claire hinterlassen, den sie nicht zuordnen konnte, da es sich mit nichts, was sie bislang erlebt hatte, vergleichen ließ.

Als würde sie etwas zu ihm ziehen, setzte sie sich nun in Bewegung und lief dem Mann hinterher.
Die Nacht war warm und schon nach wenigen Metern spürte Claire einen Schweißfilm auf der Haut. Der Himmel leuchtete zwischen den Häuserfronten herab, weder Smog noch die Lichtkuppel einer Großstadt trübten das klare Licht der Sterne. Sie lief über eine Treppe, folgte dem geraden Weg zu ein paar weiteren Stufen, dann durch eine Gasse, die sich jedoch bald darauf teilte. Der junge Mann war nirgendwo zu entdecken. Sie musste sich entscheiden, blickte in die eine, dann in die andere Richtung und für einen kurzen Moment glimmte am Ende der einen Gassen etwas auf – als hätte ein mystisches Wesen einen Lichtschweif hinter sich hergezogen, der gerade noch sichtbar war.
Claire blinzelte die optische Täuschung weg, folgte aber dem flüchtigen Eindruck und lief in diese Richtung weiter. Beinahe wäre sie an der nächsten Nebengasse vorbeigelaufen, hätte sie nicht ein weiterer, schemenhafter Eindruck im Augenwinkel gestoppt. Sie spähte vorsichtig um die Ecke und sah den Schatten des Mannes vorne im Dunkel verschwinden. Sie rannte ihm, so leise wie möglich, weiter hinterher.
Ohne zu wissen, warum, wollte sie nicht von ihm entdeckt werden.
Kurz darauf stieß sie auf einen kleinen Platz, blieb jedoch, bevor sie ihn betrat, im Dunkel der Gasse stehen. Auf der gegenüberliegenden Seite legte der Mann gerade die letzten Schritte über den Platz zurück.
Claire beobachtete fasziniert, wie der weiche Stoff des Mantels

über den athletischen Körper floss. Sie wartete eine Sekunde, bis er wieder im Dunkeln verschwunden war, und folgte ihm. Plötzlich war er da. Keine zwanzig Meter entfernt und kam mit großen Schritten auf sie zu. Claire erschrak und ihre Hand schnellte vor den Mund, um den Schreckenslaut abzufangen. Mit etwas Abstand blieb er direkt gegenüber stehen. Sie sahen einander in die Augen.
Der junge Mann blickte sie gelassen an.
Langsam löste sich Claires Hand von ihrem Mund. Sie neigte den Kopf zur Seite und ohne dass sie wusste, woher, stieg ein Lächeln in ihr hoch und lief über ihre Augen, ihre Mundwinkel und Wangen und einen kleinen seligen Augenblick lang fiel ihr Herz aus dem Rhythmus. Der junge Mann spürte diesen Puls. Fühlte, wie, nur einen Schlag versetzt, sein Herz nun in ihren Rhythmus einstimmte.
Die Seelen begannen ihr Gespräch.

„Bonjour", sagte er mit sanfter Stimme, dem Impuls folgend, es mit Französisch zu versuchen.
„Bonjour", hauchte Claire erstaunt, „woher ...?" Die Stimme versagte ihr. Sie musste schlucken. „Warum ...?" Sie schüttelte den Kopf. „Wer sind Sie?"
Er kam auf sie zu und sah sie weiterhin gelassen an.
„Ajan. Mein Name ist Ajan." Er streckte ihr die Hand entgegen. „Und Ihrer?"
„Claire", erwiderte sie langsam und legte ihre Hand in seine. *Was für unglaubliche Hände.* Er stand nun ganz nah vor ihr und noch immer konnte sie ihren Blick nicht von ihm lösen.

Er nickte.

*Reiß dich zusammen!*

Sie zog ihre Hand zurück.

„Und? Was machen wir jetzt?“, fragte sie, erstaunt über sich selbst.

„Ich weiß nicht. Worauf hätten Sie Lust?“

„Also“, sie fühlte sich unsicher. „Ich weiß nicht. Sie sind doch der Mann. Schlagen Sie was vor.“

„Ich bin der Mann, ja. Und Sie sind die Frau. Täusche ich mich oder hindert Sie das auch sonst nicht daran, zu sagen, was Sie wollen?“

„Sie haben recht. Natürlich. Es ist nur“, sie rang um Fassung, „ich bin erst heute hier angekommen und alles ist, all die Tage schon waren, sehr seltsam.“ Erst jetzt dachte sie wieder mit Schrecken an die Szene, deretwegen sie ihn verfolgt hatte.

„Ich habe Sie beobachtet, vorhin. Auf dem Platz, mit dem toten Mädchen. Das war sehr, wie soll ich sagen, schockierend, verstörend.“

„Ich weiß.“

„Haben Sie mich gesehen?“

„Nein, aber gespürt.“

Eine Pause entstand. Claire wich ein kleines Stück zurück.

„Sie haben sich äußerst seltsam verhalten. Hätten Sie nicht die Polizei verständigen sollen, Alarm schlagen?“

„Wem hätte das genützt?“

Claire stutzte.

„Sie haben sich benommen, verzeihen Sie, wie ein Verrückter.“

„Ver-rückt? Ja, das bin ich manchmal. Gewissermaßen.“

„Muss ich mich fürchten vor Ihnen?"
„Schließen Sie Ihre Augen."
„Was?!"
„Nur ganz kurz. Vertrauen Sie mir, nur ganz kurz. Schließen Sie die Augen. Und legen Sie Ihre Hände in meine."
*Ich begehe den größten Fehler meines Lebens.* Ihr Vater schoss ihr durch den Kopf. Trotzdem folgte sie der Aufforderung des Mannes mit dem seltsamen Namen und den seltsamen Händen.
„Und nun richten Sie Ihre Aufmerksamkeit in Ihr Inneres. Spüren Sie Ihrem Seelenfeld nach. Sagt Ihnen der Begriff etwas? Seelenfeld?"
*Doch ein Verrückter.* Claire nickte zaghaft.
„Gut." Ajan lächelte. „Dann fühlen Sie tiefer als Ihre Angst gerade reicht, tiefer, als sich die Zweifel in Ihrer Fantasie regen. Erfassen Sie hinter Gefühlen und Gedanken das Feld Ihrer Energie. Was tut es?"
„Es ist ...", Claire musste der hypnotischen Stimme folgen, ob sie wollte oder nicht. Doch die Furcht war da und wurde von der absurden Situation noch verstärkt. „Es fällt mir schwer."
„Akzeptieren Sie es."
„Bitte?"
„Akzeptieren Sie, dass es schwerfällt, und fahren Sie einfach fort. Was tut die Energie Ihres Feldes? Was sehen Sie? Welche Bewegung nehmen Sie wahr?" Seine Stimme wurde nun noch tiefer.
„Es ist ..."
„Ja?", brummte er.
Plötzlich spürte Claire, wie sie, durch einen schmalen Spalt

hindurch, ein zarter Sog mit sich nahm.
„Es ist ganz ruhig da“, entdeckte sie wenige Augenblicke später. „Da ist etwas, ein Wasser, wie ein Wasser, dunkel und weit und es bewegt sich in sanften Wellen und es ist, es ist, irgendwie glücklich. Und ganz still. Kein Gefühl. Mehr eine Ahnung. Oder ein Wissen.“
„Gut. Du machst das sehr gut. So schnell gelingt es beim ersten Mal selten.“
Eine kleine Weile stand sie ganz versunken da und gab sich den seligen Eindrücken hin.
Dann öffnete sie ihre Augen und blickte ihn, noch halb abwesend, an.
Er lächelte zufrieden, kam so nah, dass sie seinen Atem spüren konnte, und fragte: „Also: Musst du dich fürchten vor mir?“
Etwas verlegen erwiderte sie sein Lächeln und tauchte langsam wieder aus dem seligen Zustand auf. Sie spürte seine Nähe, erinnerte sich an die Zweifel, die sie eben noch gehegt hatte, doch blieben ihre Gedanken und Gefühle seltsam ruhig.
„Nein. Ich denke nicht.“
Er ließ ihre Hände los.
„Wie wär's dann jetzt mit einem Drink? Da vorn ist ein Lokal, das hat noch offen.“

# 8

Der Mond hatte sich mittlerweile unter die Sterne gedrängt und manche von ihnen strahlten jetzt zurückhaltender, als empfänden sie Demut vor dem großen Anführer der Gezeiten.

Claire sah zu ihm hoch, in das ewig der Erde zugeneigte Gesicht, und alles, dieser Mond, die Nacht, der Mann an ihrer Seite und selbst der Geschmack des kühlen Rotweins, von dem sie eben getrunken hatte, erschien ihr unwirklich.

Der kurze Blick in ihr inneres Feld hatte sie mit sich genommen. Noch immer verharrte ein Teil ihrer Selbst dort in der Tiefe des stillen Wassers und ließ sie schweben, trug sie zugleich, hielt sie umfangen, während ihr schien, als hätten alle Farben an Kraft, alle Konturen an Schärfe gewonnen.

Ajan saß ruhig neben ihr und beobachtete sie, ihr strahlendes Äußeres, wie auch das Leuchten ihres Feldes. Mit seiner kurzen Anleitung hatte er instinktiv schon begonnen, sie den Prüfungen zu unterziehen. Und dass sie so schnell den Kontakt zu ihrem Feld herstellen konnte, bestätigte seinen ersten Eindruck, als er sie noch am Platz, mit dem sterbenden Mädchen im Arm, im Dunkel hinter sich wahrgenommen hatte.

„Wir nennen es *seelen.*“ Claire blickte ihn fragend an und er erklärte: „Den Vorgang, sich bewusst an das eigene Energiefeld anzubinden und diese Verbindung aufrecht zu halten, so lange man will. Das nennen wir *seelen.*“

Sie wurde wieder unruhig: „Kommst du von einem anderen Stern?“

„Es klingt seltsam, ich weiß.“ Ajan streifte sich eine dunkle Strähne aus der Stirn. „Aber nur, weil du das Wort in dieser Form nicht kennst. Wenn du damit aufgewachsen wärst, wie ich, dann wäre es ganz selbstverständlich. Ich habe das lange nicht begriffen. Erst als mich auf meinen Reisen die Menschen, denen ich von *Share* erzählt hatte, mit demselben Blick angesehen haben wie du jetzt.“

*Share? In welchen Film bin ich denn hier geraten?*

„Also, der Reihe nach.“ Er rückte seinen Stuhl zurecht, so, dass er ihr direkt gegenübersaß. Die Straßentische des kleinen Lokals waren beinahe leer. Nur etwas abseits saß noch ein anderes junges Paar, das in Küssen und Liebkosungen versunken war.

„*Share* ist meine Heimatinsel. Sie liegt im Atlantik. Ihr ursprünglicher Name lautet“, er zögerte, „nun, das ist nicht so wichtig. Meine Eltern und die anderen Gründer der Kolonie haben sie jedenfalls *Share* getauft. Wohl, weil es von Anfang an geplant war, eine Gemeinschaft zu etablieren, die auf dem Teilen von Gütern wie auch dem Teilen von Sorgen, Nöten oder Freude und Glück beruhte. Darum der Name.“

„Und dort bist du aufgewachsen?“

„Ja. Und da lebe ich bis heute. Außer, wenn ich auf einer meiner Reisen bin.“ Er vermied es, Claire gleich noch mit einem weiteren neuen Begriff zu verunsichern, und ließ darum unerwähnt, dass er einer der *Seeker* von *Share* war.

„Und wo liegt diese Insel?“

„Wie gesagt, im Atlantik?“

„Aber wo genau da?“

Ajan blickte sie prüfend an.
„Welchen Beruf hast du?"
„Du hast meine Frage nicht beantwortet."
„Sag mir erst deinen Beruf."
*Wohin führt das? Und wer, um Gottes Willen, ist dieser Mann? Und* was *ist er?*
„Ich bin Journalistin."
„Dacht ich's mir doch." Ajan schmunzelte.
„Warum?" Claire war irritiert.
„Deine Fragen, deine Zweifel, dein legeres Äußeres, diese Kakihose mit den Seitentaschen und der Einsatzweste – das perfekte Bild einer Journalistin."
Claire fühlte sich angegriffen.
„Und du? Was soll dieser bodenlange Mantel? Sieht nach irgendeiner Space Odyssey aus."
„Dann passt es ja. Du bist eine Journalistin, wahrscheinlich auf Recherche für eine neue, weltbewegende Story und ich", sagte er pathetisch, „reise durch Raum und Zeit und suche nach den letzten Rittern der Menschlichkeit."
Claire horchte auf. *Hat er das eben wirklich gesagt?*
Er grinste so spitzbübisch, dass sie auflachen musste, und für eine Sekunde war ihr plötzlich, als würde sie diesen Mann schon ewig kennen. Die unvermittelte Nähe, die sie zu ihm empfand, irritierte sie. Prompt schalteten sich ihre Zweifel ein. Sie sah ihn kritisch an, schüttelte kaum sichtbar den Kopf und bekam es mit der Angst zu tun. Doch etwas in ihr sagte, dass sie zur rechten Zeit am rechten Ort war. Unbedingt und ganz ohne Zweifel.

„Also, von vorn“, begann sie. „Was *seelen* bedeutet, habe ich ansatzweise verstanden. Erzähl mir mehr von der Insel.“
„*Share* ist wundervoll. Es gibt Steilküsten und Sandstrände, erloschene Vulkane, Kraterseen, Lorbeerwälder, bezaubernde Blumenhaine und auf den Feldern bauen wir allerlei Sorten von Gemüse und Früchten an. Die Fischgründe sind voll und die kleinen Kraftwerke an den Wasserfällen liefern mehr Strom, als wir verbrauchen können. Wir sind unabhängig und frei.“
„Klingt wie das reinste Paradies.“
„Das ist es.“ Seine Stimmung veränderte sich unmerklich. „Wir nennen sie auch die *Kolonie des Glücks*.“
„Und warum bist du dann plötzlich traurig?“
Er sah zu ihr und studierte sie einen Moment lang. „Wie kommst du darauf?“
„Bitte?“
„Nichts verrät, dass ich traurig bin.“
Claire dachte kurz nach und sagte:
„Ich weiß nicht. Du hast *Kolonie des Glücks* gesagt und das hat mich irgendwie traurig gemacht. Doch ich bin gar nicht traurig. Verunsichert vielleicht und tausend Fragen sind in meinem Kopf, aber nicht traurig. Also habe ich angenommen, es kommt von dir.“
„Ist das bei dir oft so? Kannst du fühlen, was andere fühlen?“
„Manchmal, ja.“ Doch es war ihr bislang nie als etwas Besonderes erschienen. Sie blickte die Straße entlang, die sich weiter vorn unter den wenigen Gaslaternen im Dunklen verlor.
Ajan lächelte. Es würde kaum noch weitere Prüfungen brauchen. Er veränderte seinen Blick, *seelte* in sein Feld, verband

sich mit ihrem und harrte für einen Augenblick der Bilder, die in seinem Inneren aufziehen mochten. Kurz darauf sah er es. Er erkannte sie wieder. Sie war schon lange Teil seines Feldes. In rascher Abfolge rauschten traumartige Erinnerungen vor seinem geistigen Auge vorbei, gingen in Visionen über und blieben am Ende in einem Tal voll beschaulicher buntbemalter Holzhäuser, umgeben von schneebedeckten Bergen stehen. Eine mögliche Zukunft, ein Strang, der zur Wirklichkeit werden konnte.

Doch bis dahin lag noch viel Unabsehbares vor ihnen.

„Also“, Claire wandte sich ihm wieder zu, „warum bist du traurig?“ Ajan ließ die Bilder in seinem Inneren verklingen, sah sich kurz um, atmete tief ein, um die Gerüche der Nacht aufzunehmen, und kramte Tabak und Zigarettenpapier aus einem Mantel.

„Du rauchst? Wer raucht heutzutage noch?“

„Die Dosis macht die Medizin. Oder das Gift.“ Er schmunzelte. „Manchmal ist es gut zu rauchen. Es holt uns auf die Erde zurück. Verbindet uns mit ihr. Willst du eine?“

„Ich habe es nie probiert. Lieber nicht.“

„Stört es dich?“

„Nein. Eigentlich mag ich den Geruch. Meine Mutter hat manchmal geraucht. Als sie noch gelebt hat.“

„Das tut mir leid.“

„Muss es nicht. Ist schon lange her.“ Claire wollte sich nicht an die letzten Stunden in Paris mit ihrem Vater erinnern. „Du bist mir noch eine Antwort schuldig, nein, du bist mir tausend Antworten schuldig.“

„Weil wir aussterben.“ Der Nachhall des Wortes lag augenblicklich wie ein schwarzer Schatten über ihm. Ernst drehte er seine Zigarette, zündete sie an und begann zu erzählen: „Die Alten, die Gründer der Kolonie, haben eine perfekte Gesellschaft aufgebaut. Das war vor vielen Jahrzehnten. Freie Meinung, freie Religion, freie Liebe – das waren die Schlagwörter, an denen sie sich damals orientierten. Sie waren alle Hippies, Auswanderer aus der halben Welt, die sich auf den Kanarischen und anderen Inseln und Orten zusammengefunden hatten. Nach einigen Jahren jedoch waren ihre Strandgesänge verklungen, die Drogennebel verraucht und die Blumen in den Haaren verwelkt. Die meisten kehrten in ihre alten Leben zurück, gründeten Familien und gliederten sich wieder in die Gesellschaft ihrer Heimatländer ein. Doch einige von ihnen wagten etwas Neues: Sie besorgten sich Schiffe und brachen auf, um irgendwo im Atlantik eine unbekannte, unbesiedelte Insel zu suchen. Nach vielen Tagen auf dem offenen Meer tauchte sie schließlich am Horizont auf. Ihre neue Heimat, die sie *Share* tauften.“ Während seiner Erzählung hatte er immer wieder an der Zigarette gezogen und leerte nun mit einem kräftigen Schluck sein Weinglas.
Claire fragte: „Soll ich uns noch etwas bestellen?“
„Nicht für mich. Danke. Eine kleine Dosis genügt.“ Er lächelte. „Und es ist schon spät.“
Sie wurde unruhig und wollte unbedingt noch mehr erfahren; verhieß seine Geschichte doch den besten Stoff für einen neuen Artikel und er selbst eine Zukunft, jenseits aller Erfahrungen, die sie bislang gemacht hatte.

„Du willst alles wissen, nicht wahr, Claire?“ Als er sie zum ersten Mal mit ihrem Namen ansprach, spürte sie einen wohligen Schauer über ihren Rücken laufen. „Deine Aufmerksamkeit und deine Energie verraten mir, dass es dich hinzieht nach *Share* und zu mir.“

„Kann es sein, dass du, außer Gefühlen, noch mehr von dem wahrnimmst, was in anderen Menschen vorgeht?“

„Darauf wurden wir von Kindheit an geschult. Die Gründer haben nicht nur eine intakte soziale Gemeinschaft aufgebaut. Philosophen, Künstler und Lehrer waren unter ihnen. Sie haben von Beginn an geforscht und sich bemüht, Menschen aus uns zu machen, die dem Leben und einander dienen. Dabei haben sie erstaunliche Dinge entdeckt und Ausbildungsstätten für alle Fähigkeiten errichtet, die Menschen in sich tragen.“

„Aber warum sterbt ihr dann aus?“ Claire konnte jetzt nicht lockerlassen. Ajan sah traurig in den Himmel.

„Weil die Gründer alles so perfekt arrangiert haben, dass die Gemeinschaft und ihre Lehren bis heute vor der Öffentlichkeit verborgen blieben. *Share* taucht zwar auf allen Landkarten der Welt auf, sie trägt auch einen offiziellen Namen, doch gilt das Herz der Insel, auf dem unsere Siedlung errichtet wurde, in der Außenwelt nach wie vor als unbewohnt und unbewohnbar. Und die Alten haben noch dazu mit allen erdenklichen Mitteln dafür gesorgt, dass es so bleibt. Auch wenn die Jungen schon lange darauf bestehen, dass man sich öffnen und den Zugang zur Kolonie erlauben müsste, um das neue Wissen zu verbreiten: Die Alten erlauben es nicht. Trotz all ihrer Weisheit fürchten sie, ihr Paradies zu verlieren, und bestehen darum auf Geheimhaltung. Ich musste sogar nach Programmierern suchen, die sich uns anschlossen, um alles aus dem Netz zu löschen und vor der Weltöffentlichkeit zu verschleiern, was an Berichten bis dorthin vorgedrungen war. In über fünf Jahrzehnten sind grade mal ein paar Handvoll Menschen von selbst, über die verschlungenen Wanderwege, bis zu uns vorgestoßen."

„Du musstest sie suchen?"

„Das ist meine Aufgabe, Claire. Ich bin einer der wenigen *Seeker*. Da meine Fähigkeit, die Energiefelder anderer Menschen zu lesen, sehr hoch entwickelt ist. Wir alle auf *Share* erfüllen die Aufgaben entsprechend unseren Gaben und den Beruf, in dessen Dienst wir gerufen sind. Darum reisen wir *Seeker* durch die Welt und suchen nach Menschen für *Share*, deren Herzen und Seelen stark und tief sind und deren Glaube und Hoffnung ungebrochen in die Zukunft reichen. Und denen die Gabe der Liebe zu eigen ist."

Claire wollte auf das *Lesen der Energiefelder* eingehen, doch blieb sie an seinen letzten Worten hängen:

„Ist Liebe denn eine Gabe?"

„Nicht im eigentlichen Sinn. Doch manche Menschen tragen sie in sich, wie ein mächtiges Kraftwerk, das bei der Geburt seinen Dienst aufnimmt und sie unablässig damit versorgt, ganz egal, was das Leben für sie bereithält. Und in anderen strömt sie von Beginn an als schmaler Fluss, der aus einer schwachen Quelle gespeist wird. Es kommt auf das Feld an, das sich mit jedem Neugeborenen verdichtet, wonach es sucht, was es mitbringt, was es zu erschaffen hat. "

„Das klingt alles so unwirklich. *Seeker*, die Energiefelder anderer Menschen lesen. Berufe und Aufgaben, die man angelegten Gaben nach erfüllt. Felder, die sich verdichten. Als wäre es real, als hättet ihr all das tatsächlich durchschaut?!"
Ihre Verunsicherung war nicht zu übersehen und Ajan fragte sich kurz, wie weit ihre Furcht gehen würde. Daran entschied sich nicht selten, ob mögliche Kandidaten zu einem Leben auf *Share* bereit wären. Er musste abwarten und verfolgen, wohin ihre nächsten Schritte sie führen würden. Doch dabei durfte er sie nicht beeinflussen. Auch wenn er sich insgeheim wünschte, Claire würde sich am besten schon morgen dafür entscheiden, ihn zu begleiten.
„Für die jungen *Sharer* war es immer ganz real", bemühte er sich um eine sachliche Erklärung. „Wir erlernen die menschlichen Fertigkeiten von Kindheit an und vor jedem anderen Wissen: zum Beispiel unsere Gefühle zu steuern – das *Drüsen*, wie wir es nennen –, oder die Sprache des Körpers, die vielen Wesenszüge des Charakters, dann geistige Fähigkeiten, Techniken, um uns zu fokussieren, zu lernen oder schöpferisch tätig zu sein, unsere Stimme zu stärken und sie gekonnt zu benutzen, uns in vielen Sprachen auszudrücken, Gespräche zu führen oder Reden zu halten. Und später dann noch eine Reihe anderer, höherer Fähigkeiten, die mit dem *Seelen* einhergehen, wie Gedanken oder Gefühle lesen oder hellsichtig sein. Erst ab dem zehnten Lebensjahr wird der Lehrplan durch einzelne Wissensfächer ergänzt. Die Grundfertigkeiten des Schreibens, Lesens und Rechnens werden natürlich auch von Kindheit an geschult, aber sie stehen nicht im Mittelpunkt und

werden eher nebenbei, als Selbstverständlichkeit, absolviert. Bis zum zwölften Lebensjahr hat jeder unserer jungen *Sharer* ausreichend Zeit gefunden, um seine Interessen, Anlagen und Begabungen dadurch genau kennenzulernen. Mit all dem wachsen wir auf." Er überlegte kurz und sagte dann abschließend: „Für uns ist es nicht anders, als ein Brot zu brechen oder einen Stein aufzuheben."
Claire konnte nicht umhin: Dieser Mann wurde ihr mit jedem Wort unheimlicher. Zugleich jedoch fühlte sie sich auch immer stärker zu ihm hingezogen.

Das junge Paar, das an einem der Tische hinter ihnen gesessen war, hatte sich mittlerweile schon lange auf den Weg gemacht. Die Kellner räumten die Tische ab, begannen sie an der Wand vor dem Lokal zu stapeln und die Stühle mit Ketten zu sichern. Einer der Kellner brachte die Rechnung zu ihnen an den Tisch und während Ajan diese beglich – nicht ohne zuvor Claires Zustimmung eingeholt zu haben –, spürte sie einen Moment ihren Empfindungen nach. Sie nahm eine gewisse Erleichterung wahr, dass ihr Gespräch sich nun langsam doch dem Ende zuneigen würde. Sie brauchte Zeit, um all das zu verdauen. Auch wenn sie fühlte, dass sie nicht gern von Ajans Seite weichen wollte.
„Wie geht es jetzt weiter?", fragte sie unsicher.
„Das hängt ganz von dir ab."
„Nur von mir? Interessiert es dich denn nicht?" *Ich mache mir zu viele Hoffnungen.*
Ajan musste achtgeben, sie nicht weiter am zarten Band der

Liebe, das sich zwischen ihnen gesponnen hatte, an sich zu ziehen oder gar zu binden. Nur aus der Anbindung an das eigene Feld, das jenseits von Sehnsüchten, Wünschen und Hoffnungen lag, konnte man erkennen, welcher der möglichen, nächsten Schritte der richtige war. Er durfte jetzt keinen Fehler machen, musste abweisender sein, als ihm lieb war.
„Es liegt allein bei dir, da es um dein Leben geht. Solltest du erwägen, mich auf die Insel zu begleiten, zieht das viele Konsequenzen nach sich. Wer auch immer Zeit in der Kolonie verbringt, will nicht mehr von dort weg. Und man muss sich zur Geheimhaltung verpflichten, um unsere Gemeinschaft nach besten Kräften zu schützen. Es würde dein ganzes Leben auf den Kopf stellen. Und das darf nicht davon abhängen, ob auch ich mir wünsche, dass du an meiner Seite gehst."
„Tust du es denn?"
Er blickte sie unverwandt an und schwieg.
Etwas resigniert sagte sie:
„Das geht mir alles viel zu schnell."
„Das verstehe ich. Darum trennen wir uns jetzt." Claire wollte widersprechen, doch er setzte nach: „Und du musst ohnehin noch die letzte Prüfung bestehen."
„Was heißt das nun wieder? Hast du mich denn geprüft? Wenn ja, ist mir nichts davon aufgefallen." Sie sah ihn beinah erschrocken an. „War denn unser ganzes Gespräch nur eine Prüfung?" Sie fühlte sich gekränkt.
„Ja und nein. Darüber musst du dir selbst klar werden. Wie auch immer, ich muss jetzt gehen." Er hatte sich schon erhoben, war zwei Schritte auf die Straße getreten und blickte nun

zögernd in den Himmel. Ohne sie anzusehen, sagte er:
„Bis morgen Abend werden drei Zufälle dir den Weg weisen und deine Entscheidung beeinflussen. Der dritte davon wird sein, dass wir beide uns irgendwo in der Stadt wieder begegnen."
„Drei *Zufälle*?"
Er wandte sich ihr zu. „Zeichen, Fügungen, synchrone Ereignisse des Schicksals, nenn es, wie du willst."
„Und weiter?"
„Nichts weiter. Bis dahin wirst du alles wissen. Und vor allem, ob du mich tatsächlich begleiten willst. In ein neues Leben."
Er kam etwas näher, hob ein wenig die Hand, als wollte er ihr über die Wange streichen, unterließ es aber, lächelte kurz und verschwand mit zügigen Schritten in der Nacht.

Claire konnte sich lange kaum rühren. Seltsam verzaubert saß sie auf ihrem Sessel und blickte zu den Sternen hoch.
Einer der Kellner hatte ihr, bevor er die letzten Lichter gelöscht hatte, gedeutet, dass sie noch eine Weile bleiben könnte. Dann war auch er verschwunden.
Nun war sie ganz allein in der dunklen Straße, mitten in der fremden Stadt, die, den Worten ihres Vaters nach, zu den gefährlichsten Krisenherden der Welt zählte.
Paris schien ihr weiter entfernt denn je, die Gespräche am Vortag, mit den beiden Männern in ihrem Leben, eine Ewigkeit her.
Sie spürte dem lauen Wind nach, der durch die Nacht zog und an Ajans Stelle über ihre Wangen strich.

Sie wartete. Darauf, dass ihr Verstand Alarm schlug oder sich Angst einstellen würde.
Doch das geschah nicht. Obwohl sie nichts von all dem, womit das Schicksal sie an diesem Abend konfrontiert hatte, zuordnen konnte – angefangen beim Tod des Mädchens bis hin zu Ajans drei Zufällen – hatte in ihrem Inneren eine stille Gewissheit begonnen, Form anzunehmen. Ihr war, als wäre sie zum ersten Mal in ihrem Leben an einem Punkt angelangt, der ihrer Bestimmung entsprach.
Und die kritische Journalistin in ihr schwieg dazu ebenso wie ihr Herz, das ihr, wider jede Vernunft, an einen fremden, unheimlichen Mann verloren schien.

Claire holte ihr Neopad aus einer der Westentaschen, schaltete es ein und hoffte, dass es sich in das hiesige Netz einloggen würde. Die meisten Sendemasten im Stadtgebiet, so hatte sie an der Rezeption ihres Hotels erfahren, waren ausgefallen. Nur an wenigen Stellen bekam man eine Verbindung. Sie hatte Glück, überflog die eingegangenen Nachrichten – darunter eine ihres Vaters, voll von Vorwürfen und übertriebenen Sorgen sowie eine weitere von Jerome, die sich nicht wesentlich von der des Vaters unterschied –, öffnete die Navigations-App und gab die Adresse ihres Hotels ein.
In ihrem Zimmer angekommen, suchte sie im Netz noch nach *Share*, doch fanden sich tatsächlich keinerlei Hinweise oder Berichte über eine Insel im Atlantik mit diesem Namen. Zu erschöpft, um die Nachrichten der beiden Männer zu beantworten, wusch sie sich in dem engen Bad, verzichtete darauf,

die Dusche hinter dem Plastikvorhang zu testen, tapste über die Marmorfließen bis zum antiken Himmelbett und schlief, begleitet vom leisen Rasseln alter Federkerne, schnell ein.

# 9

Claire schreckte aus dem Schlaf. Jemand war an der Tür. Sie blinzelte in die Richtung und wurde vom grellen Morgenlicht geblendet. Die brüchigen Vorhänge konnten es nicht aufhalten. Sie rieb sich die Augen und entdeckte am Fußboden ein vergilbtes Kuvert mit ihrem Namen darauf. Jemand musste es unter der Tür durchgeschoben haben. Nach den wenigen Stunden unruhigen Schlafes zerrte die Müdigkeit noch an ihren Gliedern. Sie streckte sich, ging zur Tür, öffnete sie einen Spalt und spähte in den leeren Flur. Sie nahm das Kuvert hoch und fand eine Skizze mit einem Brief darin:

*Verehrte Claire Claudel!*
*Verzeihen Sie, dass ich mir erlaube, Ihnen diese Zeilen zu übermitteln.*
*Ich verfolge seit Langem Ihre „Rebellen der Menschlichkeit“. Sie haben mir, und vielen anderen aus unserer Gemeinschaft, stets Mut gemacht und unsere Hoffnungen genährt.*
*Ihrem letzten Post auf Newsground war zu entnehmen, dass Sie Ihr Weg nach Rom führen würde. Nun ist es uns gelungen, Sie über die Security-Files der Hotelmeldungen ausfindig zu machen. Bitte verzeihen Sie noch einmal!*
*Ich möchte Sie einladen, uns zu besuchen! Unter den Ärzten, Lehrern und Helfern unseres Teams finden sich viele außerordentlich engagierte Menschen, die es verdienten, in einem Ihrer Artikel Erwähnung zu finden – sie leisten tagtäglich wahrhaft Großes.*

*Anbei eine Skizze mit dem Weg zu meinem Büro und falls Sie mich dort nicht vorfinden, fragen Sie einfach nach mir.*
*Mit herzlichen Grüßen,*
*Jana Scharé*
*Dolmetscherin*
*PS: Ich darf Sie vorweg bitten, sollten Sie uns besuchen, mich selbst in Ihren Berichten jedenfalls unerwähnt zu lassen. Die Gründe dafür kann ich Ihnen gerne persönlich erläutern.*

Claire überflog, nicht wenig erstaunt, noch einmal die Zeilen und warf einen Blick auf die Zeichnung mit der Wegbeschreibung. Das Büro schien ganz in der Nähe zu liegen. Der Brief musste aus jenem Viertel stammen, das sie ohnehin geplant hatte, als Erstes aufzusuchen. Sie öffnete ihr Pad und überflog die Liste mit Namen, die sie während des Fluges recherchiert hatte. Eine Jana Scharé war nicht darunter. *Jana Scharé.*
Plötzlich überrollten sie die Erinnerungen an den vorherigen Abend. Sie setzte sich auf die Bettkante. Der Brief wäre ihr beinahe aus der Hand geglitten. Mit einem Mal war ihr Ajan vor Augen, das sterbende Mädchen, das Straßenlokal, die Insel, wie er sie beschrieben hatte, und Seelenfelder und Prüfungen und Zufälle.
*Jana Scharé. Ajan. Share. Mehr Zufall kann es ja wohl nicht geben?! Und dass sie mein Post auf Newsground erreicht hat und sie mich bereits erwarten? Gleich mehrere Zufälle auf einmal? Prüfung schon bestanden?*
Doch wollte sie das überhaupt? Wollte sie Ajan wieder begegnen? Oder irgendwelche Prüfungen bestehen?

Alles, wovon sie in den letzten Stunde des Vorabends so überzeugt gewesen war, lag nun hinter einem Schleier aus Zweifeln und Ängsten.
Sie blickte erneut auf den Brief in ihrer Hand und besann sich der Aufgabe, die vor ihr lag und derethalben sie nach Rom gekommen war.
Sie stand auf, wusch sich, zog ihr *Journalistenkostüm* an, verstaute ihren Reiserucksack im Schrank, nahm das Neopad und machte sich auf den Weg.

Die Straße vor dem Hotel war noch menschenleer. Sie ging los und wenig später begegnete ihr ein Junge, der einen Handkarren voll bauchiger Wasserflaschen zog und sie höflich grüßte. Eine Frau schloss ein Geschäft auf und winkte. Ein alter Mann trat aus einer der Haustüren und stolperte über eine Stufe. Claire wollte ihm zu Hilfe eilen, doch er war schon wieder auf den Beinen, nahm lächelnd ihre Hand und tätschelte sie anerkennend. Die Menschen wirkten unbeschwert. Das erstaunte Claire; widersprach es doch den dramatischen Ankündigungen ihres Vaters.
Sie hielt sich weiter an die Skizze, verglich sie laufend mit den Angaben ihres Pads und bog schließlich in die Gasse zur Piazza del Popolo ein. Ohne es zu wissen, ging sie denselben Weg entlang, auf dem Ajan den Platz am Vorabend verlassen hatte.
Durch die Gasse drangen geschäftige Stimmen, die mit jedem ihrer Schritte lauter wurden. Als sie um die Ecke bog, blickte sie erstaunt auf das bunte Treiben. Bereits so früh am Morgen

war der riesige Platz von Menschen übersät. Sie kauften und verkauften, feilschten, lachten miteinander und freuten sich. Überhaupt schien Freude die vorherrschende Stimmung zu sein. Vielleicht war es die Dankbarkeit, die ihre Herzen so erstarken ließ. Oder sie hatten sich entschieden, den Nöten und Ängsten des Daseins eine neue Kraft entgegenzusetzen.

Claire blickte sich um und war gerührt von so viel greifbarer Hoffnung.

Ganz in der Nähe vernahm sie ein Lachen, wandte sich dorthin und sah eine muslimische Frau mit einer Burka bekleidet, deren unverhülltes Gesicht über die Komplimente eines jungen Italieners strahlte. Gerne ließ sich Claire von ihrer Stimmung anstecken.

Gut gelaunt folgte sie weiter der Wegbeschreibung und erreichte nach wenigen Minuten die angegebene Adresse. Auf der Glasscheibe des straßenseitigen Büros stand mit breiten Pinselstrichen geschrieben: *Adminstration District 4 – Jana Scharé.*

Die Dolmetscherin schien demnach so etwas wie die hiesige Bürgermeisterin zu sein.

Die Eingangstür öffnete sich und eine große, strahlende Frau mit rot gelockter Mähne erschien.

„Sie sind es wirklich!“, sprach die Frau sie auf Französisch an und kam ihr mit offenen Armen entgegen. „Was für eine Freude!“ Ihre Stimme hatte einen tiefen, runden Klang. Claire war beeindruckt.

In den folgenden Stunden wurde Claire von Jana herumgeführt. Mitunter ließ die beherzte Frau ihre Hand gar nicht

mehr los und Claire überkam nach kurzer Zeit das Gefühl, sie wäre ihrer lang vermissten großen Schwester begegnet.
Sie erfuhr, dass Jana sechs Sprachen fließend beherrschte, die Tochter eines hochrangigen Schweizer Diplomaten war und sie ein ähnliches Schicksal teilten: Auch Janas Vater wollte ihr Engagement in Krisengebieten mit Gewalt verhindern. Deshalb war sie bemüht, ihren genauen Aufenthaltsort, so gut es ging, zu verschleiern, und mochte darum auch keine Erwähnung in Berichterstattungen finden.
„Was mir hier an Wertschätzung und Dankbarkeit widerfährt, ist Lohn genug“, erklärte sie schlicht, während sie die Tür zum Hospital öffnete, das zugleich Waisenhaus und Armenküche für das ganze Viertel war. Kaum hatten sie die Aufnahmehalle betreten, schallte Janas Namen durch die Gänge und ein Junge kam auf sie zugestürmt. Sie ging etwas in die Hocke und der Kleine sprang ihr in die Arme.
„Darf ich vorstellen: Das ist Amid. Er ist so etwas wie mein Ziehsohn.“ Sie küsste ihn auf die Wange.
„Freut mich, Amid. Ich bin Claire.“ Sie streckte ihm eine Hand entgegen, die der Junge ohne Scheu ergriff.
„Seine Muttersprache ist Farsi. Mittlerweile ist aber auch sein Englisch schon ganz gut.“
„I speak English. My name is Amid. You are a beautiful woman“, stellte er lachend sein Können und seinen Charme unter Beweis. Claire lächelte überrascht und nickte Jana voll Anerkennung, über das offene Wesen des Kleinen zu.
„Komm, runter jetzt“, sagte Jana liebevoll zu Amid, „du weißt, du bist schon zu schwer für mich“, und erklärte zu

Claire gewandt: „Er hat mich schon vor drei Jahren in den Stand einer Mutter erhoben und wir geben ein ganz gutes Team ab. Mittlerweile hilft er hier in der Küche. Er ist ein begabter kleiner Koch.“ Sie fuhr ihm durchs Haar und streifte seine dunklen Locken aus der Stirn.
„I am a good cook“, strahlte er zu Claire hoch, stellte sich zwischen die Frauen, nahm sie an den Händen und zog die beiden, ihnen voranschreitend, in die Gänge des Hospitals.

Claire lernte an diesem Vormittag so viele Ärzte, Schwestern und Pfleger kennen, dass ihr kaum Zeit für ausreichende Notizen blieb. Wem sie von all den engagierten Helfern in ihrem Bericht den Vorzug geben sollte, wusste sie beim besten Willen nicht zu sagen. Noch dazu hatte Jana über jeden eine ganze Reihe von Heldentaten zu berichten. Ihre täglichen Bemühungen galten, neben der medizinischen Versorgung, vor allem der Völkerverständigung und damit dem Frieden und der Gerechtigkeit im Distrikt.
Laut Janas Angaben hatten Menschen aus über dreißig Staaten ihre neue Heimat in den Häuserblocks um die Piazza gefunden. Zwar kam es vereinzelt noch immer zu Zusammenstößen, doch waren, nach Jahren der Bemühung, sogar zwischen ehemals radikalen Gruppen Freundschaften entstanden. Das Verbindende überwog, am Ende des Tages und an diesem Ort, scheinbar doch das Trennende.

Amid wich all die Stunden nicht mehr von ihrer Seite. Auch als Jana ihn kurz vor Mittag in die Küche schicken wollte, um seinen Dienst zu verrichten, beharrte er darauf, die beiden weiterhin zu begleiten. Claire hatte es ihm offensichtlich angetan.

Jana gab in der Küche Bescheid und so folgte Amid ihnen zu ihrem nächsten Gespräch mit einer indischen Ärztin.

„Namasté, Jana. Hello, Amid. Here again?“ Sie strahlte übers ganze Gesicht und begrüßte auch Claire mit der üblichen Verbeugung und gefalteten Händen.

„Dharia ist eine unserer Besten“, erklärte Jana auf Englisch. „Sie arbeitet von früh bis spät und war maßgeblich daran beteiligt, unser Gesundheitssystem wieder aufzubauen. Auch die neuen Vorsorgeuntersuchungen liegen in ihren erfahrenen Händen. Amid hat gestern beinah seinen Termin verpasst.“ Sie wies mit erhobenem Zeigefinger in Richtung des Jungen, der sich schuldbewusst erinnerte und etwas erwidern wollte, doch Jana sprach schon weiter:

„Die medizinische Versorgung war lange Zeit ein Problem. Nach den massiven Wellen der Flüchtlingsströme, vor fünf Jahren, kam das gesamte Sozialsystem zum Erliegen. Und mit der großen Welle, im Jahr darauf, führte das schließlich zum Kollaps. Die Seuchen griffen um sich. Eine Eindämmung schien unmöglich. Hätten sich uns damals nicht alle immigrierten Ärzte aufopfernd angeschlossen, wäre auch dieser Stadtteil bereits ausgestorben. Oder unser kleiner Distrikt gliche den Vororten der Stadt oder, noch schlimmer, dem Kolosseum, das einst als erste Anlaufstation für Tausende Emigranten gedacht war und nunmehr zum Auffanglager der Ärmsten unter den Armen verkommen ist.“ Sie blickte traurig in eine

Ferne, die wohl in Richtung des Amphitheaters lag, schüttelte den Gedanken aber ab und fuhr fort: „Dharia war von der ersten Stunde an vorderster Front dabei. Ohne sie stünde ich selbst jetzt nicht hier. Mich hat damals eine schwere Infektion erwischt. Es war so schlimm, dass ich fast schon bereit war, meinen Vater einzuschalten, und das wollte ich ihm und mir wirklich nicht antun. Doch Dharia konnte mir schließlich helfen und hat mir das Leben gerettet."

„Du übertreibst", sagte Dharia höflich, „mit deinem Lebenswillen und deiner Kraft hättest du noch viel Schlimmeres überlebt", und schelmisch fügte sie hinzu: „Oder wie sagt man bei euch? Wildes Kraut vergeht nicht?" Claire stellte lachend fest, dass die Assimilierung wohl auf vielerlei Arten stattgefunden hatte.

Zum Mittagessen wurde sie in einen großen Speisesaal geführt, der bei ihrem Eintreffen bereits mit Menschen gefüllt war. An der Essensausgabe hatte sich eine Schlange von Menschen gebildet, die jedoch zügig voranschritten. Es schien alles gut organisiert und reibungslos zu funktionieren.

Jana erklärte, dass hier nicht nur ein Großteil der ansässigen Bevölkerung verköstigt wurde, sondern dass neben dem medizinischen Personal auch die Lehrer, Dolmetscher und anderen Hilfskräfte der umliegenden Verbände jeden Mittag zusammenkamen. Beim gemeinsamen Essen tauschten sie sich dann täglich über die jüngsten Vorkommnisse und Fortschritte aus. Sie wies mit dem Finger auf eine der langen Tischreihen im hinteren Bereich des Saales, an dem sich ein buntes Gemisch

von Menschen unterschiedlichster Hautfarben und Mentalitäten eingefunden hatte. Sie lachten, sprachen aufeinander ein, gestikulierten, während andere in ihr Essen vertieft schienen, nur beiläufig zuhörten oder amüsiert die Diskussionen beobachteten.
Mit ihren Tellern gesellte sich die Dreiergruppe zu ihnen und nachdem Jana die allen bekannte Journalistin vorgestellt hatte, stürmten Fragen und Erzählungen auf Claire ein, dass ihr nach kürzester Zeit der Kopf schwirrte.

Nach dem Essen ging die Tour weiter. Jana führte sie zu alten Schulgebäuden, durch pittoreske Hinterhöfe und wild wuchernde Gemüsegärten, in enge Gassen mit Geschäften voll Kunsthandwerk bis hin zu einem kleinen Marktplatz.
Amid lief immer noch an Claires Seite und als sie den Platz betraten, musste sie zum wiederholten Mal über eine seiner klugen Bemerkungen lachen. Für einen Moment blieb ihr Blick dabei in seinen großen dunklen Augen gefangen. Ein Funke Glück fuhr ihr durchs Herz und ließ sie augenblicklich an Ajan denken.
Im selben Moment wurde ihr bewusst, *welchen* Platz sie betreten hatten. Auch wenn das Tageslicht ihn um vieles größer erscheinen ließ, gab es keinen Zweifel. Sie drehte sich suchend um und erblickte wenige Meter entfernt den verlassenen Marktstand des Bauern mit dem Brunnen davor. Der dunkle Flecken vertrockneten Blutes auf den Pflastersteinen war mit Sägemehl überdeckt worden. *Je dunkler das Rot, desto mehr Blut wird vergossen.* Ihr Vater war ihr mit einem Mal

vor Augen, als würde er dort an der Seite des Blutes stehen und vorwurfsvoll zu Claire herübersehen.

Jana war Claires Veränderung aufgefallen und folgte ihren Blicken.

„Geht es dir gut? Du siehst aus, als wäre dir ein Gespenst begegnet!“ Jana nahm ihre Hand. „Hier ist gestern Nacht etwas Schreckliches geschehen. Ein Mädchen wurde getötet“, sagte Claire tonlos.

„Man hat mir davon erzählt. Doch woher weißt du?“

„Ich habe es gesehen. Zufällig.“

„Und auch den Täter?“

„Es war der Mann, dem dieser Stand dort gehört.“

„Bist du dir sicher?“

Claire nickte stumm.

„Warte hier. Amid, pass auf unsere Freundin auf. Ich komme bald wieder, muss mit ein paar Leuten reden.“ Jana verließ die beiden. Amid hatte Claire wieder an der Hand genommen und stand ruhig neben ihr. Er sah zu ihr hoch, sah die Tränen in ihren Augen und wurde in diesem Moment mit ihr traurig. Jana hatte er schon viele Jahre fest in sein Herz geschlossen, doch hatte es damals lange gedauert, bis er dazu bereit gewesen war. Bei Claire war es etwas anderes. Er musste keine Brücke überschreiten, um sein Herz an ihres zu binden. Sie war mit ihm und er mit ihr, vom ersten Augenblick an.

„Come. With me.“ Er nickte ihr zu und zog sie weg von dem Platz in den Eingang eines alten Hauses. Das düstere Gewölbe roch nach Schimmel und feuchter Erde. Die Temperatur fiel mit jedem Schritt, den Amid sie nun tiefer ins Innere des

Gebäudes führte. Mit dem Fuß stieß er eine verfallene Holztür auf und wollte weiter über eine Steintreppe, die nach unten führte.

Claire sträubte sich, doch der Kleine ließ nicht locker, zog sie die Stufen hinab, hinein in einen engen, niedrigen Bogengang, in dem nach wenigen Schritten völlige Dunkelheit herrschte. Amid kannte das Gewölbe scheinbar wie seine Westentasche und schritt weiter voran. Ein Lichtschimmer fiel durch einen Schacht auf den staubigen Boden und erhellte auch die nächste Treppe, in die der Gang mündete. Sie stiegen noch tiefer. Claire spürte Amids Hand, tastete mit den Fußspitzen den Stufen nach und folgte ihm wie in einem Traum, dessen Bilder in Blut gefärbt waren und der ihr den Jungen plötzlich in den Armen einer ihr fremden Frau zeigte, beide über den toten Körper eines Mannes gebeugt, tränenüberströmt, geschunden, verloren. Sie versuchte, die Bilder loszuwerden, fiel auf die Knie, raffte sich auf, stolperte weiter und wäre wenige Schritte später beinah in eine, plötzlich vor ihnen auftauchende, Wasserfläche gestürzt. Doch Amid hatte schon seine Arme um ihre Taille geschlungen und hielt sie nun mit aller Kraft fest, die er aufbringen konnte.

Claire kam völlig außer Atem vornübergebeugt zum Stehen. Sie sah ihr Spiegelbild unter sich auf der ruhigen Oberfläche des hellgrün schimmernden Wassers und darunter, tief am Grund, eine alte Barke, deren gebogene, mit Tang umhüllten Rumpfhölzer im bewegten Licht sanfter Wellen ihr Gesicht umrahmten. Sie hielt inne. Neigte ihren Kopf, ganz leicht, um den Rahmen nicht zu verlassen und beinahe, als wollte sie sich einmal wieder an die Schulter ihrer Mutter lehnen. *Einmal wieder. Nur einmal noch ...*

Sie drehte sich zu Amid um, umarmte den kleinen Körper innig und fühlte mit einem Mal, wie ganz still und ohne, dass sie hätte ahnen können, warum, das Bild sich zu wenden begann. Für einen seligen Augenblick lang war sie nun die Mutter, die das verlassene Kind umarmte.

Lange standen die beiden so. Bis sich Amid schließlich ganz vorsichtig aus der Umarmung löste und mit seiner Hand in eine Richtung wies. Claire folgte mit dem Blick seiner Aufforderung und da erst erkannte sie, wo sie sich befanden.

Ein riesiger, unterirdischer Wasserspeicher lag vor ihnen ausgebreitet. Die hohen Bogendecken über ihren Köpfen schimmerten in glänzenden Lichtwellen, die vom Wasser auf sie geworfen wurden. Hundert Meter weit schien sich die Säulenflucht der Trägermauern zu erstrecken und mündete weit vorn über diesem verwunschenen See in einen hellen Halbkreis, der, einer aufgehenden Sonne gleich, sein strahlendes Licht in den Speicher warf.

Wie verzaubert stand Claire, an Amids Hand, in der friedlichen, mächtigen Halle. Dankbar drückte sie die kleinen Finger.

Und dann flüsterte Amid ein paar Worte in die Stille hinein:

„Share. With you.“

Claire stand lange, mit dem Blick auf die Sonne über dem Wasser gerichtet, und die Tränen, die über ihre Wange liefen, gehörten dem Kleinen und Ajan und einer fernen Zukunft, von der sie jedoch in diesem Moment noch nicht zu träumen gewusst hätte.

# 10

Claire streifte durch die Gassen Roms. Der Nachmittag ging langsam in den Abend über. Die Hitze stand noch flirrend über dem Boden. Die Schatten der Skulpturen an Brunnen und Gebäuden wurden länger und warfen, hätte Claire sie zu deuten vermocht, ihre weisenden Zeichen auf die Wege, die vor ihr lagen.

Sie wusste nicht, was zu tun war. Sie wollte Ajan wieder begegnen. Doch wie sollte das gelingen? Wie sollte sie einen Zufall geschehen lassen? *Ist das denn überhaupt möglich? Einen Zufall geschehen lassen?*

Das Erlebnis mit Amid lag nun schon zwei Stunden hinter ihr. Noch immer war sie berührt vom offenen Wesen des Kleinen, der ohne Vorbehalte und voll des kindlichen Vertrauens seine Welt und Geheimnisse mit ihr zu teilen begonnen hatte.

Dieser nächste Zufall, seine Worte am Wasser, hatten sie mit einem Mal nicht nur an ihn gebunden, sondern auch wieder an Ajan erinnert, den unheimlichen, doch faszinierenden Mann. Und als hätte Amid aus einem verborgenen Wissen geschöpft, hatte er schließlich die Insel benannt, die Kolonie des Glücks, nach der sich Claire, in der Tiefe ihrer Seele, noch um vieles mehr sehnte, als ihr bereits bewusst geworden war.

Claire hatte, während des Aufstiegs aus dem Wasserspeicher, beschlossen, sich auf die Suche nach Ajan zu begeben und den Abend, an dem ihre zweite Begegnung stattfinden sollte, nicht chancenlos verstreichen zu lassen.

Als sie aus der Kühle des Hauses getreten waren, hatte die heiße Luft gleich ihren trockenen Staub auf Claires Haut gelegt und sie mit einem Schlag in die Gegenwart zurückversetzt. Jana war ihrerseits eben erst auf den Platz zurückgekehrt und hatte die beiden an der vereinbarten Stelle wieder angetroffen.
Amid war froh gewesen, einer weiteren Rüge zu entgehen, und hatte das gleiche Lächeln im Gesicht, mit der er die beiden Frauen schon den ganzen Tag über angestrahlt hatte.
Jana hatte berichtet, dass polizeiliche Ermittlungen eingeleitet wurden, um den Täter ausfindig zu machen. Sie hatte sich bei Claire für den Hinweis bedankt und war dann mit ihr und Amid an der Hand weiter über den Platz gezogen. Sie sollte noch andere Mitstreiter im Kampf für eine menschenwürdige Zukunft im Viertel kennenlernen.
Schließlich hatte Claire sich von den beiden mit der Versicherung verabschiedet, sie am nächsten Morgen, so früh wie möglich, wieder zu besuchen. Und Amid hatte darauf bestanden, es ihm fest zu versprechen. Die beiden Frauen hatten sich noch innig umarmt und dann war Claire aufgebrochen.
Nicht ohne Grund hatte sie in diesem Moment eine seltsame Aufregung empfunden, als würde sie jeder Schritt auf diesem Weg in eine neue Welt, einen neuen Abschnitt ihres Lebens tragen.
Eine gute Stunde lang war sie dann noch, eingenommen von diesem sonderbaren Gefühl, weitergewandert, bis sich schließlich mit der aufkommenden Müdigkeit auch wieder Zweifel geregt hatten.

Sie bog um eine Ecke und blieb stehen. Eine Gruppe von Männern in dunkler, verschlissener Kleidung hatte sich, wenige Meter weiter vorn, unter einer Straßenlaterne versammelt. Sie rauchten und standen dicht beieinander, während sie sich leise unterhielten. Ihre Haltungen waren geduckt, ihre Körper gedrungen. Claire wollte umdrehen, doch einer der Männer hatte sie bereits entdeckt und stieß einen Pfiff aus, in den die anderen mit anzüglichen Bemerkungen einstimmten.

Claire konnte sich nicht rühren. Die Männer hielten grinsend ihre Blicke auf sie gerichtet. Sie sah ängstlich von einem zum anderen und entdeckte plötzlich mitten unter ihnen, in der zweiten Reihe, eine groß gewachsene Gestalt, die Ajan ähnelte. Sein Gesicht war unter dem Schatten einer Kapuze nicht zu erkennen.

Gegen jede Vernunft setzte sie sich in Bewegung und ging direkt auf ihn zu. Die anderen wichen, als sie näherkam, erstaunt zur Seite und gaben beeindruckte Laute von sich. Sie ließen sie in ihre Reihe treten. Vor dem Mann, der bis dahin regungslos in ihre Richtung gewandt war, blieb Claire stehen. Sie griff nach seiner Kapuze und zog sie ihm mit einem Ruck vom Kopf. Sie erschrak. Das Gesicht war von Narben überzogen, die von heftigen Verbrennungen stammen mussten; der Schädel kahl, die Haare auch an den Seiten ausgefallen und hinter den schmalen Augenlidern des Mannes lagen trübe Augen, die sie nun, nachdem er sich ruckartig abgewandt hatte, verschlagen von der Seite ansahen.

Der Anblick des entstellten Mannes, dessen Alter sie nicht hätte schätzen können, berührte sie tief. Ohne nachzudenken oder zu begreifen, warum, nahm sie sein Gesicht behutsam in ihre Hände und hielt es so eine ganze Weile ruhig umfangen. Ihren Kopf hatte sie der Neigung seines Kopfes angepasst und die Trauer, die sie nun während der Berührung ergriff, war so mächtig, dass ihr Herz brannte. Wieder dachte sie an Ajan. Es war nicht ihre eigene Trauer, die sie fühlte. Es war der ganze Schmerz des Mannes, dieses verwahrlosten Kriegers, der da vor ihr stand und der nun, auf seltsame Art in ihr Herz gebettet, langsam zur Ruhe fand.

Die Männer um sie herum beobachteten das Schauspiel, wagten aber nicht, es zu unterbrechen, denn schließlich war er, was Claire nicht wissen konnte, der Anführer ihrer Gruppe und galt als der Härteste und Kaltblütigste unter ihnen.

„Je suis désolée“, flüsterte sie. Es tut mir so leid. „Je suis désolée.“

Der Mann verstand nicht. Diese Sprache war ihm fremd. Doch er begriff. Dem Klang ihrer Stimme, dem zarten Hauch ihres Atems, konnte er den Stoff ihres Herzens entnehmen, der sich in diesem Moment über ihn legte, wie die ferne Erinnerung an den einzigen Menschen, den er je geliebt hatte und der ihm genommen worden war. Er ergriff die Hände von Claire, fasste sie einen Moment wie aus Gewohnheit zu hart an, lockerte jedoch, sich entschuldigend, gleich den Griff und hielt sie nun sanft und mit Güte. Ein Gefühl, von dem er längst vergessen hatte, dass es in seinem Inneren auf eine Auferstehung wartete.

Er streifte mit dem Blick über seine Männer und sie verstanden: Sie würden diese junge Frau nicht anrühren, ja, nicht einmal einen weiteren, sie herabwürdigenden Laut von sich geben.

Er sah wieder in Claires Augen und nickte langsam.
Claire war in den letzten Momenten in einen ähnlichen Zustand gesunken wie unter der Berührung von Ajan am vergangenen Abend und auch wie am Weg über die Treppen hinab zu Amids unterirdischem Wasserreich.
Nun führte der Mann sie langsam einige Schritte aus der Gruppe heraus in die Richtung, die Claire zuvor durch die Gasse hatte nehmen wollen. Er entließ sie aus seiner Berührung und auch er hätte in diesem Moment nicht erklären können, warum er nun mit einer Hand zur nächsten Seitenstraße wies, als wollte er sie dorthin leiten. Die beiden lösten sich voneinander. Claire warf noch einen Blick über ihre Schultern, hob die Hand zum Gruß und ging davon.

Vier Stockwerke über ihren Köpfen setzte nun, mit Claires Bewegung, auch eine dunkle Gestalt den Weg über die Dächer fort.
Ajan hatte sie schon einige Straßen zuvor entdeckt, jedoch beschlossen, sie noch eine Weile allein weiterziehen zu lassen. Und er hatte gut daran getan. Gab es doch jetzt nicht mehr den geringsten Zweifel über die Güte und Kraft ihres Wesens. Auch wenn Ajan wusste, dass die Ereignisse auf der Straße, mit ihm als Beobachter, durch die Verbindung ihrer Felder beeinflusst worden war, hatte Claire doch allein über den Verlauf des Geschehens entschieden. Er selbst hatte sich nur an ihr Feld gebunden und, wie er es erlernt hatte, offen für alle Fügungen abgewartet. Danach hatte die *Hohe Liebe* einmal mehr und wie von selbst ihre heilende Wirkung gezeigt.

Nur wenige Augenblicke noch, dann würde er wieder auf Claire treffen. Und ihr gemeinsames Schicksal, vielleicht sogar ihr Weg nach *Share* oder noch weit darüber hinaus, sollte seinen Lauf nehmen.

Claire folgte der Weisung des gebrochenen Mannes und nahm die Straße zu ihrer Linken. Langsam schritt sie über die Pflastersteine. Die heiße Abendluft wehte ihr durch die Häuserschlucht entgegen. Sie spürte den feinen Staub, der auf ihr Gesicht traf und wie eine Hand über ihre Haut strich, sanftmütig, ohne Gewalt oder Absicht. Die Gedanken zogen haltlos durch ihr Bewusstsein und blieben stumm, da sie im Weiterziehen nicht zu den Worten fanden. Es gab keine Zeit mehr und kein Ziel. Claire hatte für den Augenblick vergessen, wohin sie unterwegs war oder wer, irgendwo an einer nicht vereinbarten Stelle, auf sie warten mochte. Selbst das gleichmütige und so gelöste Gefühl in ihrem Inneren nahm sie nur beiläufig wahr. Irgendwo zwischen den Welten setzte sie einen Schritt vor den anderen und ließ sich treiben, bewegt vom Wind, wie der Sand, der auf eine neue Verwerfung zusteuerte oder ein Blatt Papier, das erst beschrieben werden sollte.

Ajan folgte den schmalen Holzstegen über die Dächer, die von den Römern über Jahrzehnte gebaut worden waren und die Stadt noch immer wie ein gewaltiges Spinnennetz überdeckten. Die ehemaligen Fluchtwege führten zu einzelnen Sammelplätzen, gingen da und dort in Feuerleitern über und waren so angelegt, dass sich von vielen Stellen das Geschehen auf den Straßen unter ihnen beobachten ließ. Auf der nächsten kleinen Plattform blieb er stehen und sah wieder zu Claire hinunter, sah ihren Kopf hervorleuchten, mit den kurzen, blonden Haaren, die sogar im spärlichen Abendlicht noch hell schimmerten. Er fühlte, wie tief sie in das Feld eingetaucht war, und spürte ein weiteres Mal auch die Hoffnung keimen, dass sie mehr sein könnte, als nur ein nächstes, neues Mitglied für die Gemeinschaft auf *Share*. Viele Jahre schon war er nicht nur auf der Suche nach den seltenen, anders beseelten Menschen, sondern letztlich auch nach der Frau, die seine Seele zur höchsten Form ergänzen würde.

Er spürte den Anflug einer romantischen Verliebtheit, jenes Teiles der Liebe, der stets nur den Anstoß zu einer Bewegung gab, doch nie sein wahres Ziel offenbarte.

Er schloss seine Augen, atmete lange aus, besann sich auf die ans Feld gebundenen Energiestränge, löste sein Herz, erinnerte sich an seinen Rückzugsort über den Felsen am Meer, atmete aus seiner Erinnerung die salzige Luft ein und *drüste* so die Hormone der Gelassenheit, die ihn wieder in den Ausgleich brachten. Die Techniken waren ihm so geläufig, dass es nur weniger Augenblicke bedurfte, um wieder verbunden und wach und ohne die Trugbilder der Sehnsucht ins reale Dasein zurückzukehren.

Er öffnete seine Augen und sah Claire, nun schon viele Meter weiter vorn, am Steinrand des Trevi-Brunnens sitzen, dessen Meerespferde und Fabelwesen hinter ihr hochragten und sie mit dem hell beleuchteten Wasser umrahmten. Einige Zeilen aus einem seiner alten Lehrbücher fielen ihm ein:

*Der Weg ist immer zu erkennen. Er zeigt sich in Bildern aus Licht und Schatten, dem Flirren der Luft, dem Flug eines Vogels, dem Wurf einer Münze oder dem Wechsel der Gezeiten über dem Wasser, dem Land und dem Wirken der Menschen.*

Claire lächelte vor sich hin und schüttelte versonnen den Kopf.

Immer noch war es still in ihr und während sie so dasaß und mit den Fingern nebenbei über den feinen Staub am Beckenrand strich, zogen Bilder ihrer Vergangenheit vor ihrem geistigen Auge vorbei.

Die jüngsten erschienen zuerst: die letzten Tage in Paris; ihr Vater vor dem rot befleckten Relief Europas; die Zeitungsredaktion; Jerome in seinem Ledersofa.

Und dann begannen die Erinnerungen weiter zurückzureichen: die Verleihung des Preises für ihre Rebellenreihe in dem Saal voller Menschen, die sie anstrahlten und ihr applaudierten; ihr erster veröffentlichter Artikel und wie sie es nicht erwarten konnte, an jenem Morgen die Zeitung endlich aufzuschlagen – es roch nach Druckerschwärze und Leder; dann kamen ihre Studientage an die Reihe: Sie sah sich in den Hörsälen der Sorbonne, mal staunend, mal abwehrend und fühlte sich, als wäre sie mit einem Mal zurückgekehrt in diese Jahre, in der die Kraft ihres Denkens mit der Zeit Gestalt angenommen hatte; und wie schließlich die Konturen der Sprache hervorgetreten waren und sie erlernt hatte, die Wörter zu unterscheiden – nicht nur das Allgemeine der Wörter, sondern den heiligen, alchemistischen Augenblick zu erkennen, wo ein Wort, in seinem inneren

Gehalt, so sehr mit dem übereinstimmte, was es beschrieb, dass es zu einer Kraft wurde, zu einer Wahrheit, die in der Lage war, welches Geschehen auch immer, der Zeit als Spiegel oder Ahnung zurückzugeben. Das hatte Glück bedeutet. Reines, erfülltes Glück, wie sie es so nie zuvor erlebt hatte.
Plötzlich saß ihre Mutter an ihrer Seite. Claire erschrak beinahe, denn der Eindruck war so real, fühlte sich so echt an, dass sie meinte, sogar ihr Parfüm zu riechen: Vanille und Rosenblüten. An ihre Schulter gelehnt, vom Seidenkragen ihrer Bluse, zart von der Haut ihres Halses abstrahlend, wie ein feines Licht, das sie am Abend empfing und wärmte, wenn die Tage des Lernens lang waren und kalt.

Eine ruhige, tiefe Stimme holte Claire in die Gegenwart zurück.
Noch bevor sie sich dem Mann zuwenden konnte, tauchte seine kräftige, doch nicht minder sanfte, offene Hand mit einer kleinen Goldmünze in ihrem Blickfeld auf. Die Münze lag schimmernd in der Mitte der Hand und trug als einzige Prägung eine Weizenähre, deren Korngarben sich nach oben hin vom Stängel lösten und sich verteilten wie Sonnenstrahlen.
„Bon de vous voir, Claire“, wiederholte der Mann.
Sie blickte hoch zu ihm.
„Ich freue mich auch, dich zu sehen, Ajan.“
*Seine dunklen Augen, die klare Stirn, die gerade Nase, die vollen Lippen, sein Lächeln.*
„Wirf sie hinter dich in den Brunnen. Dann wirst du gewiss zurückkehren nach Rom.“

*Und diese Stimme* „Ich hätte auch noch eine zweite, die du werfen könntest. Das allerdings würde bedeuten, dass du in Rom der Liebe deines Lebens begegnest.“
Ein Schauer lief Claire über den Rücken.
Sie blickte auf die Hand. Dann wieder in Ajans Augen.
„Gib mir auch die zweite.“
Sein Lächeln wich einem seltsamen Ausdruck. Er griff in seinen Mantel, holte eine weitere Münze hervor und hielt sie ihr hin.
„Sind die nicht zu wertvoll?“
„Für ein solches Vorhaben? Niemals.“
Claire konnte sich nicht von seinem Blick lösen.
„Wirf sie. Und dann lass uns gehen. Du hast bestimmt Hunger und dann müssen wir schließlich auch noch die Liebe deines Lebens finden. Außer, du bist ihr schon begegnet. Nein?“ Er lächelte schelmisch. „Zudem kommen in der Nacht noch immer die Armen und Obdachlosen zum Brunnen. Sie treffen sich hier, füllen Flaschen mit dem Wasser ab, das täglich für sie erneuert wird, und sammeln die Münzen ein. Das hilft ihnen zu überleben.“
Claire schloss die Augen, richtete sich auf und warf die Goldmünzen in hohem Bogen hinter sich. Das Metall klimperte, als es auf den Marmor schlug.
„Du hast den Meeresgott getroffen. Zumindest das, was von ihm noch übrig ist.“ Er lachte auf. „Aber ich bin mir sicher, das gilt auch. Ein bisschen zu viel Absicht vielleicht, doch daran können wir arbeiten.“ Er streckte ihr seine Hand entgegen.
Claire war während der schnellen Bewegung des Wurfes ein Gedanke durch den Kopf geschossen. Als hätte sie mit der

knappen Geste auch ihre Vergangenheit abgeworfen, sich ihrer entledigt, wie einen Kokon, den man abstreift, sobald einem neues Leben entwächst.
Sie ergriff Ajans Hand, ließ sich hochhelfen und folgte ihm auf dem Weg, den er einschlug.

„Und du bist dir ganz sicher, dass du mich auf die Insel begleiten willst?“ Ajan drehte die letzten Spaghetti auf seine Gabel. Während der gut zwei Stunden, die sie nun schon ins Gespräch vertieft waren, hatte Claire ihm ausführlich von ihren Erlebnissen des Tages mit all den Zufällen erzählt und den Wunsch bekräftigt, an seiner Seite *Share* und das Leben dort erkunden zu wollen. Die Aussicht auf das von ihm beschriebene Eiland, die Gemeinschaft, die Lehren, all das schien ihr zu verheißungsvoll, um sich eine solche Chance entgehen zu lassen.
„Waren die Zeichen nicht deutlich genug?“, antwortete sie.
*„Zeichen fällt das Schicksal. Entscheidungen fällt das Selbst. Nur an beider Hand führt der Weg zu angemessenem Fortschritt.“*
„Steht das in eurem Handbuch?“
„Und auf der Tafel in der großen Aula. Sie ist eine der ersten Weisungen, die wir erlernen und irgendwann begreifen müssen.“ Ajan kaute genussvoll an dem Bissen, nahm einen ordentlichen Schluck Wein und wischte dann noch die Reste der Pasta mit einem Brocken Brot vom Teller.
„Da hat aber jemand Hunger gehabt.“
„Und offensichtlich mehr als du. Du hast kaum was angerührt. Lass uns wenigstens noch mal anstoßen. Der Wein wird dich entspannen.“

„Es ist nur“, Claire stockte.

„Ja?“

„Es macht mir trotzdem Angst.“

„Wie auch nicht? Du hast heute sehr geballt erlebt, was einem widerfahren kann, wenn die Bindung an das Feld plötzlich die Führung übernimmt. Und das aus heiterem Himmel. Das ist sehr ungewöhnlich. Und du hast noch nicht erlernt, mit dieser Bindung umzugehen. Darum fällst du zurück auf die Ebene der Gefühle. Und dort herrscht, zumeist und bei allen Menschen, Angst.“

Er hielt ihr sein Glas entgegen.

Claire spürte die Aufregung des Tages und des neuerlichen Zusammentreffens mit Ajan wie ein Brennen im Bauch. Zugleich hatte der starke Wein sie bald müde gemacht und die Erzählungen über die Ereignisse waren ihr zunehmend schwerer gefallen. Trotzdem fühlte sie, dass ihre Entscheidung längst gefallen war.

Sie griff nach ihrem Glas, sah Ajan in die Augen und sagte: „Also: Ja! Ich bin mir sicher.“ Sie stieß mit ihm an und leerte ihr Glas, wie um es zu besiegeln. „Ich muss nur morgen“, die Müdigkeit übermannte sie plötzlich, „muss die nächsten Tage noch“, sie blickte erschrocken hoch, sah Ajan mit einem ungläubigen Blick an und versuchte sich gegen die aufsteigende Ohnmacht zu wehren. Doch die letzte Dosis des Betäubungsmittels, das sich am Boden des Glases abgesetzt hatte, wirkte nun so stark, dass es kein Entkommen gab. Claire kippte vom Stuhl. Ajan war aufgesprungen und fing ihren fallenden Körper, bevor er auf den Boden schlug.

Er verabscheute diesen Moment.
Immer, wenn es so weit kam, dass ein Kandidat sich ihm schließlich anschloss, war er verpflichtet, die Anweisungen der Alten zu befolgen, schnell zu handeln und kein Risiko einzugehen. Das verwendete Barbiturat war zwar lange getestet worden und richtete keinerlei Schaden an, doch das änderte nichts daran, wie schlecht er sich jedes Mal dabei fühlte. Und im Fall von Claire war es so schlimm wie noch nie. Er hielt sie in den Armen und rang mit der Übelkeit.
Mit der freien Hand griff er in seine Mantelasche, holte eine Münze hervor und legte sie als Bezahlung auf den Tisch.
Dann nahm er Claire hoch, spürte ihren zarten Körper in seinen Armen, atmete den Geruch ihrer Haut ein und beruhigte sich im Wissen, dass nichts Böses geschehen war, dass es dem Schutz der Gemeinschaft diente und dass er Claire niemals einer Gefahr aussetzen würde.
Er wusste, dass sein Selbst in diesem Augenblick tief im eigenen Gefühlskörper steckte. Doch manchmal zeigten sich auch dort Hinweise, die einen auf die wesentliche Spur führten.
Für diesmal folgte er den Gefühlen und ließ sie Bilder entstehen, die sich in seiner Fantasie abzuzeichnen begannen.
Von nun an würde er sie also beschützen und verteidigen, gegen jede Bedrohung, komme, was wolle. Niemals zuvor hatte er sich einem Menschen nach so kurzer Zeit derart unmittelbar verbunden gefühlt. Für sie wäre er auch bereit, wie sonst nur für die Mitglieder seiner Seelenfamilie, in den Tod zu gehen. Er war sich nicht im Klaren, warum dieser Gedanke plötzlich in ihm aufgetaucht war. Doch er wusste, dass er der Wahrheit

entsprach. Im selben Moment hoffte er innig, dass es nie dazu würde kommen müssen. Er würde ja nicht nur sein Leben, sondern auch ein Leben an ihrer Seite verlieren.

Er blickte lange in Claires Gesicht, fühlte, wie sich ihr schlafender Körper in seinen Armen mit ruhigen Atemzügen regte, sammelte seine Kräfte und trug sie davon – wie in alten Märchen, wenn der Held die ohnmächtige Prinzessin aus der Gefangenschaft der feindlichen Krieger befreit hatte und sie nun in seinen Armen trug, zurück in den Palast unter der Sonne, über die Schwelle ihres neuen Heimes und weiter noch, länger, ein Leben lang.

*Das hat doch was*, dachte er und fand mit diesem Gedanken zum Lächeln zurück.

# II

# Jenseits des Herzens

# 11

Der Zweimaster hatte volle Fahrt aufgenommen. Seine Segel blähten sich im Wind und schlugen in losen Abständen wie Peitschenhiebe zum Takt der an den Bug brandenden Wellenkämme.

Das gleichmäßige Schaukeln verstärkte die Nachwirkungen der Betäubung noch und hielt Claire lange in einem schweren Traum gefangen.

*Ein Kriegsschauplatz.*
*Lodernde Feuer über eingestürzten Bauten.*
*Schreiende Menschen auf der Flucht.*
*Streiflichter aus Scheinwerfern vom Himmel herab.*
*Das tiefe Brummen der Rotorblätter kreisender Kampfhubschrauber.*
*Blut auf verwundeten Körpern.*
*Rufe zur Flucht.*
*Gewehrsalven, Chaos, Panik.*
*Dann plötzlich Stille.*
*Ein Schuss.*
*Ein einzelner tödlicher Schuss.*

Claire fuhr mit einem Schrei aus dem Schlaf. Sie hielt sich am Holzrahmen der Koje fest und rang entsetzt nach Luft. Schweiß lief ihr über die Stirn. Das nass geschwitzte Shirt klebte an ihrer Haut. Sie nahm das Schwanken des Schiffsrumpfes wahr, hörte den nächsten dumpfen Knall des Großsegels irgendwo

über sich, erschrak aufs Neue, zog ihre Knie an und rollte sich, seitlich Schutz suchend, auf die Luftpolster der Schlafnische. Sie zitterte am ganzen Leib.
Die Kajütentür öffnete sich und Ajan kam auf sie zu. Er setzte sich zu ihr, nahm sie in die Arme und hielt sie fest. Bevor sich Claire beruhigen konnte, stieg eine Welle von Übelkeit in ihr hoch und sie erbrach sich auf den Kajütenboden.
„Es tut mir leid, bitte entschuldige", stammelte sie reflexartig.
„Nein, Claire, mir tut es leid. Es ist ja nicht deine Schuld."
Da erst kam sie zur Besinnung und kämpfte sich weiter aus den Nachwirkungen der Betäubung hervor. Sie starrte ihn ungläubig an, während sie sich angeekelt über den feuchten Mund wischte.
„Ich bin auf einem Schiff. Das ist ein Schiff, nicht wahr?!"
„Bitte beruhige dich." Wie ein weiterer Schuss fuhr nun die Erinnerung in ihr hoch. Der letzte Abend in Rom, der Wein, die Ohnmacht.
„Du bist doch wahnsinnig! Du bist gefährlich!" Sie schrie. „Du kannst mich doch nicht so ohne weiteres k. o. setzen – und mich dann, ja, das ist eine Entführung!"
„Nein, Claire, bitte, bitte beruhige dich. Es ist alles in Ordnung."
„Nichts, aber auch gar nichts ist in Ordnung!"
Ajan blickte Claire fest in die Augen. Zu ihrer Linken sah er einen Schimmer aufleuchten. Sofort sandte er seine Energie aus, entließ seine Gefühle und wartete ab, was sich zeigen mochte. Die vagen Eindrücke nahmen Konturen an. Langsam sagte er:

„Deine Mutter lächelt.“

„Was?!“

„Ein Seelenstrang deiner Mutter ist eben an deiner Seite erschienen, um dich zu beschützen. Deine Panik hat sie gerufen. Ihr Lächeln sagt: ‚Vertraue‘.“

Claire starrte ihn fassungslos an.

„Was ...? Woher ...?“, stammelte sie. „Das kannst du nicht wissen. Oder? Nein. Du hast mich ausgeforscht. Im Netz. Das ist ein Trick. Einer deiner kranken Tricks!“

„Ich besitze nicht einmal ein Pad oder Ähnliches. Du kannst mich durchsuchen. Das ganze Schiff.“

„Dann in Rom. Das hast du noch in Rom erledigt. Am Tag zuvor.“ Ihre Panik schraubte sich noch höher. „Wo sind wir überhaupt?! Wie viele Tage sind vergangen?! Ich habe Amid und Jana ein Versprechen gegeben! Mein Vater und mein Freund werden nach mir suchen!“

„Lehn deinen Kopf nach links. Schließ deine Augen. Und fühle ihr Feld.“

Claire war rasend vor Wut. Tränen schossen ihr aus den Augen. Sie schüttelte den Kopf, wollte Ajan mit ihren Nägeln das Gesicht zerkratzen. Plötzlich streifte etwas über ihre Wange. Als würde sie jemand mit einer Vogelfeder streicheln. Sie wollte hinfassen, um es wegzuwischen, doch da geschah es noch einmal und dann noch einmal.

Ihre Hand blieb am Weg zur Wange in der Luft stehen und nun fühlte es sich tatsächlich so an, als würde jemand nach ihren Fingern greifen, kaum spürbar, eher wie eine Ahnung, aber doch deutlich präsent.

Claire konnte sich nicht rühren.
„Vertraue“, wiederholte Ajan mit all seiner Liebe, die er nun in sie einströmen lassen konnte, da ihr Feld ihm ein Tor eröffnet hatte.
Claire wusste nicht, wie ihr geschah. Ihr Zorn verrauchte in einem einzigen langen Atemstoß.
Fragen und Zweifel verstummten mit einem Mal. Ihre Sinne waren, einer anderen Wirklichkeit zugewandt, weit geöffnet. Sie nahm nun alles feiner wahr, empfindsamer, zärtlicher.
Sie saß da, mit der Hand in der Luft, wie eine Statue, in die Ewigkeit des Augenblicks versunken.
Ajan liefen stille Tränen über die Wangen. Jene Tränen der Erlösung, die er immer weinte, wenn Seelen sich aneinander banden oder einander wieder begegneten in den Wellen des allumfassenden Feldes.

Die Sonne nahm am Horizont Platz. Viele Augenblicke schien es, als würde sie dort verweilen, sich ein klein wenig ausruhen wollen von den Strapazen des Werkes, das sie dem Leben und den Menschen auf der Erde zuliebe einen weiteren Tag lang vollbracht hatte.
Claire blickte gelassen in den tiefroten, vollkommenen Kreis, der seinen Schein in den Himmel ergoss. Sie hatte ihre Arme um die Knie geschlungen und saß am Bug auf den rauen Holzplanken des Oberdecks.
Mit den Nachmittagsstunden hatte sich der Wellengang langsam beruhigt und das offene Meer dehnte sich nun in der Dämmerung als glitzernde Ebene in alle Himmelsrichtungen aus.

Der Fahrtwind streifte ihr durchs Haar und das weiche Tuch, gewoben aus Wolle der Schafe von *Share*, hüllte sie wärmend ein. Ajan hatte es ihr zuvor über die Schultern gelegt und war dann für einige Momente im Unterdeck verschwunden, um mit seiner kleinen Besatzung die Nachtschichten zu besprechen.
Vom Heck des Schiffes war das gleichmäßige Brummen der Außenbordmotoren zu hören, die das Schiff schneller voranbrachten, wenn die Segel eingeholt waren. Unter sich vernahm Claire zudem das Brechen und Schlagen der Wellen am Bug und genoss die Augenblicke, in denen das salzige Wasser zu ihr hochstob.
Sie nahm einen Schluck Rotwein aus dem bauchigen Kristallglas. In der rubinroten Flüssigkeit brachen sich die letzten Sonnenstrahlen zu einem verspielten Funkeln.
*Setzt mich einfach k. o., schleppt mich ins Hotel, rafft mein ganzes Gepäck zusammen und trägt mich bis zum Schiff im Tiber.*
Ajan hatte sich redlich bemüht, ihr zu erklären, dass er zu dieser Vorgangsweise gezwungen und der strengen Geheimhaltung verpflichtet war. Aber Claire konnte und wollte ihm nicht so schnell verzeihen.
Letztlich hatte sie jedoch eingesehen, dass es nichts mehr zu ändern gab: That ship has sailed.
Sie schüttelte, mit dem Anflug eines Lächelns, den Kopf.

Noch immer spürte sie die Nähe ihrer Mutter. Die weiche, Geborgenheit spendende Energie war nun nicht mehr so dicht wie Stunden zuvor, als ihre Panik sie heraufbeschworen hatte. Doch wenn sie ihre Muskeln entspannte, ihren Geist beruhigte und sich ein allumfassendes Feld vorzustellen versuchte – *das uns umgibt, dessen Teil wir sind und das mit allem, jenseits von Raum und Zeit, in Verbindung steht* –, dann gelang es ihr auf unheimliche Art, sich der Mutter wieder ganz nah zu fühlen. Wobei fühlen es nicht traf. Es spielte sich nicht auf der Ebene der Gefühle ab, sondern irgendwo anders in ihr, tiefer, leichter, jenseits des Herzens.

Ajan hatte versucht, ihr auch diesen Vorgang zu erklären. Doch es war ihr schwergefallen, die fremde Sicht auf die Welt und Dinge so ohne Weiteres zu akzeptieren. Er hatte sie dann auf die kommenden Wochen und die Lehrstätten von *Share* vertröstet. Dort würde sie die Übungen in allen Details kennen und dadurch auch leichter begreifen lernen, wie es sich mit dem Seelenfeld und seinen Wirkungsweisen verhielt.

Sie ließ ihren Blick über das offene Meer schweifen, betrachtete die Wellen, die vom Rumpf des Schiffes aus auf Tausende andere trafen, sich mit ihnen vermengten, sie überlagerten oder von ihnen aufgenommen wurden.

So ähnlich musste es sich mit dem Seelenfeld verhalten: *Wir alle sind die Wellen, mit unseren Körpern und Ausdrucksformen, unterscheidbar in Gestalt, Farbe und Kraft und dennoch aus demselben Stoff gemacht, der uns zusammenfasst in ein einziges großes Gewebe.*

In ein, zwei Tagen also würde sie, bei gleichbleibendem Seegang, ihren Fuß auf *Share* setzen.

Und damit Neuland betreten. Ein neues Land der Seele, das,

*wer weiß,* vielleicht eine andere, viel größere Story für sie bereithalten mochte.
Darauf hatte sie Ajan erst gar nicht angesprochen. Gewiss würde er auf die Alten, die Gründer der Kolonie, verweisen und dass etwas Derartiges gar nicht in Frage käme.
Falls es ihr jedoch gelingen sollte, im Lauf der Zeit, auch die anderen *Sharer* zu einer Veröffentlichung ihrer Lehren und Lebensweise zu bewegen, dann konnte es mehr werden als bloß eine *Story*: eine Hoffnung, ein Wegweiser, eine Erlösung für zukünftige Generationen.

# 12

Kristallklar lag der neue Morgen über der See. Die Brise hatte aufgefrischt und blähte die Rah- und Schratsegel der Brigantine, des zweimastigen Schonerschiffes aus der Flotte von *Share*.

Ajan hatte schon bei Tagesanbruch das Ruder übernommen, die Motoren abschalten und Segel setzen lassen. Als Claire wenig später, nachdem sie frischen, schwarzen Kaffee aus der Kombüse geholt hatte, zu ihm aufs Oberdeck getreten war, hatte er ihr von der kleinen Flotte erzählt, die im Besitz der *Sharer* war; darunter auch sieben Segelschiffe und einige Schnellboote, die für Versorgungsfahrten ebenso genutzt wurden wie zum Fischfang oder, in Notfällen, für Reisen aufs Festland.

Der Seegang war trotz des klaren Himmels hoch und grob. Die Takelage ächzte im Wind und Claire war froh, dass sie nicht zur Seekrankheit neigte. Das hatte schon ihren Vater in ihrer Kindheit zu Begeisterungsstürmen hingerissen. Hin und wieder war er von Kapitänen, die er befehligte, zu Ausfahrten eingeladen worden und an schulfreien Tagen hatte er Claire mitgenommen. Wenn das kleine Mädchen dann ganz unbeeindruckt neben dem Ruderstand einer Fregatte gestanden hatte, strahlte er voll Stolz. Diese Erinnerungen zählten zu den schönsten, die sie an ihren alten Herren hatte.

Als sie jetzt neben Ajan stand, der geübt und mit starken Griffen das Ruder führte, erinnerte sie sich an diese Zeit.

Sie fragte sich, ob ihr Vater, nach der Anschuldigung, die sie

ihm am letzten Abend in Paris an den Kopf geschleudert hatte, ihr jemals würde verzeihen können.
Sie sah zu Ajan, sah in ihm ihren jungen *papa* vor sich, der damals oft, stolz und groß, das Ruder übernommen hatte, um seine kleine Tochter zu beeindrucken und sie abzulenken vom Schmerz des gemeinsamen Verlustes. Sie fragte sich auch, ob sie ihre Worte jemals würde zurücknehmen können, und mehr noch, wie sehr sie ihm vielleicht unrecht getan hatte.
In der Präsenz ihrer Mutter am vergangenen Tag war nichts von Schmerz, Trauer oder Anschuldigung gelegen. Im Gegenteil: Die weise, anmutende Gelöstheit der Entität hatte auch so etwas wie Aussöhnung mit ihrem Vater eingeleitet.
Wieder sprühte die Gischt feine Tropfen salzigen Wassers auf Claires Haut. Sie schloss die Lider und dachte an den letzten Augenblick vor dem elterlichen Haus, an den Regen in ihrem Gesicht. Einmal mehr mischte sich das Wasser aus ihren Augen mit dem aus dem Himmel, aus der See.
Sie würde ihren Vater wiedersehen. Bald schon. Ihn um Vergebung bitten und sich aussöhnen mit ihm. Ihrer Mutter zuliebe, die darauf hoffte; wenngleich auf eine andere Art, als es die Lebenden tun. Das wusste sie nun.

Ajan war Claires Stimmung nicht entgangen. Das Steuern des Schiffes verlangte ihm keinerlei Mühe oder besondere Aufmerksamkeit ab. Viele Jahre der Routine hatten ihn zu einem erfahrenen Seemann gemachte, der die Zeichen der See wie die Zeichen des Landes und der Menschen zu lesen vermochte.
Liebevoll blickte er zu Claire, war froh, dass sich ihr Zorn ihm

gegenüber beinah schon gelegt hatte, und spürte dem rechten Zeitpunkt nach, um ihr auf eine der offenen Fragen Antwort zu geben.

„Jederzeit“, sagte er schließlich, als er fühlte, dass die Energiewelle ihrer Gedanken in ein Tal gefunden hatte. Sie blickte ihn mit großen Augen an. „Wann immer du willst oder musst, bringe ich dich zurück.“

„Das ist wirklich erschreckend.“

Ajan sah zu ihr.

„Du kannst in mir lesen wie in dem sprichwörtlichen Buch? Weißt jederzeit, was ich denke?“

„Ganz so ist es nicht. Ich kann nur wahrnehmen, wenn ein Gedankengeflecht höhere Energie aussendet. Nicht jedoch, oder zumindest selten, was jemand gerade konkret denkt. Eben schien es mir aber, dass Teile deiner Familienseele nahe waren. Den Rest hab ich mir nur zusammengereimt.“

„So? Zusammengereimt? Na, großartig! Ich weiß echt nicht, ob ich dir jemals näherkommen will. Wenn du immer weißt, was ich denke oder fühle?“

„Danke.“

„Wofür?“

„Dass du es in Erwägung ziehst. Ich jedenfalls würde dir sehr gern näherkommen und …“, er hielt inne.

„Ja?“

„… du wirst die Wellen der Energie auch bald wahrnehmen können.“

Claire blickte ihn lange an und spürte den Impuls, ihre Hand auf seine legen zu wollen.

„Schau. Da vorn." Er wies mit dem Kopf in eine Richtung.
Am Horizont erhob sich in klaren Konturen das Eiland. Mit dem erloschenen Vulkangebirge auf der Nordhälfte ragte es tiefgrün aus dem azurblauen Ozean. An der Küste war eine verlassene Siedlung, aus einzelnen Häusern um einen alten Kirchturm zu erkennen. Etwas weiter nördlich lag noch eine andere, kleinere, dunkle Vulkaninsel, die jedoch gänzlich unbesiedelt schien.
Claires Hand hatte sich auf die von Ajan gelegt. Sie war so fasziniert von dem Anblick der Insel, dass sie es gar nicht bemerkt hatte.
Ajan jedoch, von Kindheit an geschult, scheinbar zufällige Ereignisse in einen Kontext zu setzen, war dankbar für das stille Einverständnis ihrer Seelen und besonders für den Zeitpunkt, der ihre Ankunft auf *Share* unter ein so wohlwollendes Licht stellte.

Ajan steuerte die Brigantine südlich um die Insel durch Landzungen hindurch, die sich schließlich in eine kleine, von hohen Bäumen umsäumte Bucht mit einem einzigen, schmalen, robusten Steg öffneten.
Claire ging ins Unterdeck, um ihren Reiserucksack zu holen, und begegnete im schmalen Gang zu ihrer Kajüte noch anderen Mitgliedern der Mannschaft, von denen sie die meisten, aus den wenigen Stunden der Wachzeit auf dem Schiff, wiedererkannte. Sie fragte sich, ob alle zur Besatzung gehörten oder ob Ajan noch weitere *Ritter* gefunden und mit auf die Insel gebracht hatte. Erwähnt hatte er davon bislang jedenfalls

nichts. Kurz flackerte sogar die Hoffnung auf, unter ihnen Jana oder Amid zu finden, doch sie verwarf den Gedanken gleich wieder, da Jana ihre Aufgabe in Rom ganz gewiss nicht vernachlässigen würde. Und Amid konnte sie sich ohne Jana gar nicht vorstellen. Er hatte ja nur sie.

Claire trat, durch das Gate der Schiffsreling, vorsichtig auf die schmale Holzplanke, die zum Steg führte. Nach der tagelangen Reise über das Meer fühlte sich das Land unter ihren Füßen seltsam wackelig an. Es brauchte einige Schritte, um zur Festigkeit der dunklen Kiesfläche des Strandes Vertrauen zu finden.

Als sie ihre Sinne wieder anderem zuwenden konnte, zog ihr ein unwiderstehlicher, zarter Duft in die Nase und begann sie augenblicklich zu verzaubern. Sie blieb entzückt stehen, schloss die Augen und schnupperte in die weiche, feuchte Luft, die sie ebenso sanft auf der Haut spürte. Es roch intensiv nach Honig und auch nach Holunder und Jasmin.

„Der Wind steht gerade günstig und weht die Gerüche unserer Hortensienfelder aus dem Landesinneren hierher.“ Ajan stand lächelnd neben ihr.

„Ganze Felder?“

„Du wirst dich wundern“, kündigte er verheißungsvoll an, „und schließlich, wo hätten die Blumenkinder von damals eine bessere Zuflucht finden können als auf einer Insel voller Blumen?“

„Das heißt, die Blumen waren schon vor euch da? Die kommen hier ganz natürlich vor?“

„Wie auch der ausgedehnte Lorbeerwald, die heißen Quellen,

die Basaltsäulen und zahllosen Wasserfälle, die oft über hundert Meter tief in einen der sieben Kraterseen stürzen. Ich habe dich gewarnt“, sagte er liebevoll, „wer seinen Fuß einmal auf *Share* setzt, kommt nicht mehr davon los.“
Er wies mit dem Kopf in Richtung eines Pfades, der westlich gelegen ins Landesinnere führte, und ging darauf zu.
Claire blickte noch einmal zum Schiff, sah die Besatzung die Segel vertäuen, das Deck reinigen und verschieden große Kisten und Ballen an Land tragen. Niemand sonst folgte ihnen. Konnte es sein, dass Ajan nur sie allein mit auf die Insel genommen hatte? Oder würden ihnen später mit der Mannschaft noch andere folgen? So viel Aufhebens für einen einzigen Menschen? Das musste sie später noch in Erfahrung bringen.
Für den Augenblick zog die Insel sie jedoch in ihren Bann und sie wollte den Zauber nicht durch allzu viele Zweifel zerstören.

Lange Zeit führte Ajan sie über alte Saumwege an Mais- und Weizenfeldern vorbei. Die Pfade lagen wie ein großmaschiges Netz über dem Land.
Er hatte nicht zu viel versprochen: Von kleinen Anhöhen aus konnte man den Blick über blaue und rosafarbene Hortensienfelder und Haine voll Goldruten schweifen lassen, die sich oft bis zur Küste über Hänge und Ebenen erstreckten.
Bald schon ging es steiler aufwärts und die beiden tauchten in einen immer dichter wuchernden Lorbeerwald ein. Die Stämme ragten in allen Winkeln aus dem Erdboden, waren teils vollständig mit Moos und Flechten ummantelt und auch Äste und Blätterwerk strebten kreuz und quer in sämtliche Richtungen.

Das verwunschene Geäst ragte mitunter so verschlungen und hoch in den Himmel, dass es ein geschlossenes Dach über dem Pfad bildete, der jedoch viel benutzt schien, da er sich ausgetreten und breit durch das Unterholz wand.
Das Tosen eines Wasserfalls schwoll nun langsam an und weiter vorn begann sich eine Lichtung abzuzeichnen.
Sie traten auf einen Felsen, an dem nur wenige Meter entfernt das Wasser als dichtes Band in die Tiefe rauschte und sich steil unter ihnen in einen glitzernden, kleinen Kratersee ergoss.
Nach der feuchten Kühle des Waldweges brannte die Sonne auf Claires Haupt. Ajan hatte sich hinter ihr auf einen Felsvorsprung gesetzt, der noch im Schatten lag, und winkte sie zu sich.
Während sie näher kam, holte er etwas Proviant hervor.
„Wir haben es bald geschafft", sagte er und hielt ihr einen hellen Fladen hin, der mit Sesam bestreut war und der Claire schon am Morgen in der Kombüse aufgefallen war. Das Brot war saftig und weich. Sein Geschmack vermischte sich mit dem Duft des Lorbeers und des süßen Wassers, das sich im Fallen in der Luft verstäubte.
Claire saß still da, kaute an ihren Bissen und fühlte sich so geborgen, als wären das Wasser, der Wald, der Geschmack und auch der Mann an ihrer Seite schon seit Ewigkeiten Bestandteil ihres Lebens.
Sie empfand Glück. Ein anderes, reineres Glück, als sie es bislang gekannt hatte.
Und, als hätte Ajan einmal mehr ihre Gedanken gelesen, sagte er: „Deshalb nennen wir unser Zuhause ‚Kolonie des Glücks'.

Die Energiefelder der Insel sind an vielen Stellen so dicht, dass sie, wie von selbst, Tore bilden. Diese Tore tragen einen, ohne Zutun, höher, weiter, oft sogar tief in das Feld der Weltseele. An solchen Orten fällt es leichter zu verstehen, was es in seinem Innersten ist, wie es wirkt und zu welchem Ziel es uns führen will."

„Du kennst es schon?"

„Das Ziel?"

„Ja."

Er nickte.

„Also?"

Ajan ließ sich Zeit mit der Antwort.

„Das Ziel ist", er blickte sie an und sagte schließlich mit großer Klarheit, „selbst ein Tor zu werden."

Der Klang seiner Stimme hatte sich mit dem Tosen des Wassers vermischt und Claire fühlte, wie ein Prickeln über die Haut ihres ganzen Körpers kroch.

Mit einem Mal, sie wusste nicht, wie ihr geschah, erfasste sie ein tiefes Verständnis. Als hätte sie in einer einzigen Bewegung alle Schleier weggewischt. Das Verstehen formte sich nicht in Worte, sondern glich vielmehr einer dichten, zugleich doch leichten und gelösten Anmutung von Liebe.

Es war ihr, als würde sie plötzlich auf eine andere Seite, auf ein jenseitiges Dasein blicken, das mit allem Hiesigen durch unzählige, tunnelartige, sich an den Enden öffnenden Gebilden aus Licht verbunden war.

Ajan sprach weiter: „Wer zum Tor geworden ist, geht zwischen den Welten. Er baut Brücken. Er bezieht sein Wissen aus der Weltseele, verankert es im Hier und Jetzt, lehrt, führt, beflügelt."

Für Claire stand die Zeit auf einmal still.

Alle Laute waren in die Ferne gerückt.

Sie schwebte, fühlte sich wie unsichtbar.

Ajan ließ sie einige Augenblicke in diesem Zustand verweilen, blieb nah an ihrer Seite und nahm schließlich ihre Hände in seine.

„Du lernst verdammt schnell, Claire. C l a i r e." Er sprach ihren Namen das zweite Mal sehr betont aus, denn er wusste sie so zurückzuholen aus der anderen Sphäre. Man durfte sich nicht zu schnell diesen Kräften überlassen, musste erst lernen, sie zu führen und sich ihnen behutsam zu nähern. Er fuhr fort damit, ihre Sinne in die Gegenwart zu lenken.

„Riechst du den Lorbeer?"

Claire blinzelte mit den Augen und sah ihn an, als würde sie langsam aus einem Traum erwachen.

„Riechst du es? Lorbeer, die Pflanze der Götter, die sie den Sterblichen seit Urzeiten als Kranz aufs Haupt setzen, um sie zu erhöhen. Doch erst, wenn die Zeit reif ist. Verstehst du? Du musst es langsam angehen, meine liebe Claire."

„Was war das denn eben?", fragte sie noch halb abwesend.

„Ein erster freier Blick."

„Worauf?"

„Auf das Feld. In dem alles entsteht, alles beginnt und in das, gleichzeitig, all das Hiesige, so es Gültigkeit erlangt, zurückfließt."

„Wer soll das denn begreifen?"

„Hab Geduld“, er lächelte, „bald schon wird es dir vertraut sein wie deine Westentasche. Und von Westentaschen hast du ja eine ganze Menge in deiner tollen Journalistenjacke.“ Claire musste lachen und fand damit ganz zurück in die Gegenwart. Das hatte Ajan beabsichtigt.
„Diese Jacke hat es dir aber angetan, was?“
„So sexy, wie du darin aussiehst? Kein Wunder!“
Wieder verblüffte sie dieser Mann, der in Sekundenschnelle von einer Stimmung in eine andere wechseln konnte.
„Findest du, ja?“
„Finde ich. Aber jetzt ist erst mal gut. Lass uns wieder aufbrechen. Wir haben noch eine ganze Stunde Weg vor uns.“

Der Pfad wand sich weiter durch das Unterholz. Farne und dichtes Buschwerk säumten ihn. Das tiefe Grün, das Blinken der Sonnenstrahlen durch das Blätterdach, die feuchten Gerüche von Moos und Waldboden, unzählige Vogelstimmen, die einen flirrenden Klangteppich bildeten und von Vielfalt und Harmonie erzählten, begleiteten Claires Schritte; hüllten sie ein und trugen sie behutsam hin zu dem Neuland, das sie sich nun erobern wollte; diesmal jedoch aus dem reinen Bedürfnis, jene andere, seltsam freie Anmutung von Liebe erneut zu spüren, die ihr, einen viel zu flüchtigen Moment nur, erstmalig begegnet war.
Sie fühlte sich glücklich und leicht und folgte Ajans Schritten über Wurzelwerk und Laub und saftige Erde.
Ein Lied kam ihr in den Sinn und, ganz unbewusst, begann sie, es leise vor sich hin zu singen: *I will be the answer.*

Ajan verlangsamte, für Claire unmerklich, seine Schritte und lauschte der zarten Stimme in seinem Rücken, die sich mit den Lauten des Waldes mischte.
Einmal mehr spürte er die sanfte Anwallung von Verlangen, die mit der romantischen Liebe einhergeht. Schon einige Male in seinem Leben hatte er erfahren müssen, welche Fallschlinge diese Liebe mit sich bringen konnte. Doch seit den Jahren, als er schließlich erlernt hatte, seine Gefühle, gleich wie heftig sie in ihm ausschlugen, mit sicherer Hand zu führen, hatte die Schlinge ihre Macht verloren und vermochte nicht mehr, ihn zu Fall zu bringen.
Ohne Bedenken folgte er für diesmal der Bewegung in seinem Inneren und gab sich für Momente ganz dem leidenschaftlichen Gefühl hin, das von den *Sharern* als *Die zweite Liebe* bezeichnet wurde.

Einige Zeit später blieb er stehen. Claire, die verträumt hinter ihm hergelaufen war, schloss zu ihm auf, sah ihn an und folgte dann seinem Blick, der geradewegs mitten in den Wald wies. Sie sah fragend zu ihm, doch er reagierte nicht und so versuchte sie erneut, etwas im wilden Dickicht zu erspähen.
Plötzlich nahm der Wald, wenige Meter entfernt, die Konturen eines Hauses an.
Auf den ersten Blick waren ihr die gekrümmten, wild bewachsenen Wände und von Wurzeln und Blätterwerk umwundenen Fenster, Säulen und Giebel gar nicht aufgefallen. Das Haus war so mit seiner Umgebung verschmolzen, dass es einen natürlichen Teil davon bildete.

Wie aus einem mystischen Fabelmärchen schälten sich nun seine Formen immer deutlicher aus der Umgebung heraus.
Claire wandte ihren Blick ein wenig ab, spähte noch tiefer in das urwüchsige Grün hinein und erkannte ein weiteres Haus dieser Art und schließlich, zwischen Ästen, Stämmen und Stauden hindurch, ein Glitzern, wie das Schimmern eines Wassers, das im Widerschein des Sonnenlichts bis zu ihr her funkelte.
„Der äußere Ring. Hier wohnen die Wächter und Ältesten, die unsere Kolonie beschützen. Ihre Häuser sind, zugegeben, etwas eigen, aber darum umso besser getarnt." Er seufzte erleichtert. „Wir sind gleich zu Hause."

Ajan atmete tief ein und so lange aus, bis seine Lunge völlig leer war. Zugleich entließ er angestaute Spannungen aus den Muskeln, löste seinen Kiefer, seine Stirn, richtete sich ganz auf und sog mit seinen inneren Kräften die Energie der urwüchsigen Natur in sich ein. Er besann sich auf die Torkraft der Umgebung, erinnerte starke Momente der Harmonie, *drüste* so die Chemie der Ausgeglichenheit und band sich, indem er alle Stränge seiner Tunnelpforten öffnete, an das umfassende Feld. Er wollte den geliebten Menschen seiner Familie beim Wiedersehen in Freiheit, Freude und voller Liebe begegnen.
Claire konnte sich den Strömen von Energie, die von ihm ausgingen, nicht entziehen. Gebannt blickte sie ihn an und bemerkte, wie sich auch in ihr selige Ruhe ausbreitete.
Ajan nahm sie an der Hand und führte sie, zwischen den verwunschenen Märchenhäusern hindurch, einen schmalen Weg

entlang, der sich erst, als sie ihn betraten, etwas deutlicher auf dem Waldboden abzuzeichnen begann.

Kurz darauf standen die beiden am Ufer eines tiefblauen, kreisrunden Kratersees, der von ganz unterschiedlichen Holzbauten umringt war. Einzelne davon glichen knorrigen Waldhütten, andere muteten eher wie kleine Villen an, manche hatten, einander gegenüberliegend, die Form von Gemeindebauten oder Schulen und wieder andere standen so gerade und schlicht am Wasser, dass man hätte meinen können, ein moderner Architekt hätte sich hierher verirrt.
Die Hölzer, aus denen sie gemacht waren, schienen unbehandelt und hatten, je nach Lage, unterschiedliche Braun- und Grautöne angenommen. Zudem waren alle Gebäude so an den Waldrand gebaut, dass die langen Kronenäste der Lorbeerbäume weit über die Dächer ragten und kein Satellit oder Flugzeug sie je hätte entdecken können.
Vor den Häusern lagen jeweils kleine Uferstrände und auf den Wiesenflächen zwischen ihnen fanden sich Gemüsegärten, Obstpflanzen oder Naturlauben aus gewundenen Ästen voll bunter Blütenkelche.
Die Menschen, die in den Gärten arbeiteten, auf den Veranden der Häuser in der Sonne saßen oder unterwegs auf dem dunklen Sandstreifen des Ufers waren, schienen aus der ganzen Welt zu kommen. Sie waren in Hautfarbe und Kleidung völlig verschieden, hatten jedoch alle eines gemeinsam: Sie lachten oder lächelten zumindest. Teils still vor sich, teils laut während ihrer Gespräche oder vereinzelt noch lauter über den

See hin jemandem zu, der von der anderen Seite herüberwinkte oder dort beschäftigt war.
Einzelne Augenpaare richteten sich jetzt auf Ajan und Claire und bald schon sah die ganze Gemeinde zu den beiden her. Das Lachen war für einige Augenblicke leiser geworden, dann fast verstummt und hatte sich schließlich, durchsetzt von vielstimmigen Willkommensgrüßen in unzähligen Sprachen, aufs Neue erhoben.
Claire, die schon eine ganze Weile nicht aus dem Staunen gekommen war, fand sich dadurch auf so herzliche Art willkommen geheißen, dass ihr beinahe die Tränen kamen.
Etwas an diesem Ort und diesen Menschen war von Grund auf anders: Hier herrschte Glück.
Und das auf eine dermaßen greifbare und natürliche Art, als wollte es einem weismachen, es wäre auf der ganzen Welt und zu allen Zeiten der Menschheit nie anders gewesen.

Ajan winkte den Menschen zu und führte Claire nun weiter, den Uferstreifen entlang, in die Siedlung hinein.
„Ich werde dir jetzt das Gründerpaar vorstellen und danach bringe ich dich zu deinem Haus.“ Er wies auf ein kleines, schmuckes Häuschen aus hellem Holz auf der anderen Seite des Sees. Die Strandfläche vor dem Haus und der Garten ringsum sahen gepflegt aus. Durch die geöffneten Fensterläden wehten hellblaue Gardinen ins Freie.
Claire verstand nicht.
„Hast du gemeint, wir lassen dich in der Wildnis hausen?“
„Das dort ist *mein* Haus?“

„Viele der Häuser stehen mittlerweile leer und jeder *Seeker* bekommt vor seiner nächsten Reise welche für die neuen Kandidaten zugewiesen. Mein Auftrag lautete diesmal nur, dich zu finden."

„Mich?"

„Oder jemanden wie dich. So deutlich können das auch die hellsichtigsten unserer jungen Hohen nicht erkennen."

Claire schossen wieder tausend Fragen durch den Kopf.

„Alles zu seiner Zeit, Claire. Die Antworten kommen, sobald der Schüler bereit ist, nicht wahr? Siehst du die Forellen im See? Und wie das Blau des Himmels seine Oberfläche im Widerschein noch heller erstrahlen lässt? Und spürst du den warmen Vulkansand unter deinen Füßen?" Er ließ ihr einige Augenblicke. „Hier und jetzt, du wundervolle, kluge Frau. Hier und jetzt. Immer nur dies. Und darum eines nach dem anderen."

# 13

Étienne Santos erhob sich von seinem Platz an der Tafel und die knapp über hundert Menschen, die sich an den langen, in Kreisen angeordneten Tischreihen eingefunden hatten, ließen ihre Gespräche ausklingen und wandten sich ihm zu.

Graue schulterlange Haare rahmten in leichten Wellen sein markantes Gesicht ein, die hellblauen Augen hoben sich klar von der sonnengebräunten Haut ab und der aufrechte, sehnige Körper strahlte, trotz des hohen Alters, natürliche Autorität aus. Als Claire nun, nach dem kurzen Kennenlernen vor wenigen Stunden, seine tiefe Stimme zum zweiten Mal vernahm, überkam sie ein Gefühl von Wärme und Dankbarkeit. Étienne sprach in fließendem Englisch, auch wenn Claire meinte, einen vertrauten Akzent herauszuhören.

„Es trifft sich, dass Lucia und ich“, er blickte auf die weißhaarige, aparte Frau neben ihm, „in diesem Halbjahr wieder die Führung der Kolonie innehaben. Nach den Jahren, in denen die anderen Paare der ersten Generation mit dieser Aufgabe betraut waren, hat sich somit ein Kreis geschlossen und ein neuer kann beginnen. Mit unserem Sohn Ajan ist nun auch der letzte *Seeker* von seiner Reise heimgekehrt und so freuen wir uns, die sieben neuen vorläufigen Mitglieder unserer Gemeinde begrüßen zu dürfen.“

Claire blickte erstaunt zu Ajan hinüber, der auf der anderen Seite der Tafel an der Seite des Gründerpaares saß. Es waren also sieben Neuankömmlinge unter den Anwesenden. Zudem hatte er ihr bislang verschwiegen, dass Étienne und Lucia seine Eltern waren und ihm darum wohl auch eine ebenso hohe Stellung innerhalb der Kolonie zukam. Jetzt konnte sie sich auch erklären, warum die Begrüßung bei ihrer Ankunft dermaßen herzlich ausgefallen war. Dennoch schienen die *Sharer* auf familiäre Zugehörigkeiten ebenso wenig Wert zu legen wie auf hierarchische Strukturen oder andere Regelwerke. Auf dem kurzen Weg zwischen ihrem Eintreffen und der Villa der beiden Gründer waren Claire am Strand und vor den Häusern die unterschiedlichsten Paare und Konstellationen aufgefallen. Jeder folgte scheinbar offen seinen Neigungen über alle Grenzen von Geschlecht, Alter, Rassenunterschied oder Religion hinweg.

Mittlerweile hatte sich auch Lucia erhoben und übernahm jetzt das Wort. Sie ähnelte ihrem Mann auf eine so erstaunliche Art, dass Claire erst angenommen hatte, es würde sich um seine Schwester handeln. Jedoch war es nicht so sehr das Aussehen der beiden, in dem sie einander glichen, sondern vielmehr ihre Ausstrahlung, die Art, sich zu bewegen, die Energie, die sie umgab, als wären sie aus demselben Stoff gemacht oder von denselben Farben umhüllt.

„Willkommen euch allen." Ihre Stimme war wie ein sanfter Wind, der am Abend durch die Fenster streicht und die Flammen der Kerzen zum Flackern bringt. „*Share* ist ein Geheimnis. Nichts über diesen Ort, seine Lehren und die Menschen, die hier leben, darf sich in der Weltöffentlichkeit verbreiten. Warum? Weil die Zeit dafür noch nicht reif ist. Telepathen, Empathen, Hellsichtige und auch die gütigen, helfenden Heiler, die Propheten und Charismatiker wurden seit Menschengedenken missverstanden, verfolgt, gefangen genommen, ermordet. Die Welle der globalen Umbrüche hat zwar schon ihren Höhepunkt überschritten, doch immer noch ist der Mensch des Menschen Feind, sind nicht alle Krüge zum Brunnen gegangen, ragen die Mauern der Völkertrennung hoch in den Himmel. Wir *Sharer* sind, wie die meisten Menschen, ohne außerordentliche Begabungen zur Welt gekommen. Wir haben uns die höheren Kräfte erarbeitet, sie entwickelt, sie zu schulen gelernt und mit jeder neuen Generation konnten wir die Jungen früher und besser darin ausbilden. Darum geht es uns vor allem: Wir müssen unsere Kinder schützen und unter ihnen besonders die jungen Hohen, die am meisten von uns allen vermögen und in deren Händen unsere Zukunft liegt. Sie sind es auch, die als Gruppe, als *Shareholder of Hope*, den Rat der jungen Hohen bilden und unsere Geschicke leiten. Sie treffen zwar nicht die Entscheidungen – dies obliegt allein dem jeweiligen Paar aus den Reihen der Gründer, das für ein halbes Jahr die Führung der Kolonie innehat –, doch fließen all ihre Erkenntnisse in unsere Entscheidungen ein. Allein der Rat vermag, Zukünftiges vorherzusehen und uns letztlich vor Zerstörung und Einflussnahme zu schützen."

Sie nahm ihre Energie etwas zurück und Étienne ergriff nun wieder das Wort.

„Das mag euch, liebe Neuankömmlinge, seltsam und übertrieben erscheinen. Doch das ist es nicht." Er lächelte Lucia zu. „Zwar verfügen nur manche unserer Jüngeren über diese außerordentlichen Fähigkeiten, doch in der Basis erlangt auch jeder Neuankömmling sie nach wenigen Monaten des

Lernens in einer unserer vier Schulen: der Schule des Körpers, des Herzens, des Geistes und schließlich der Schule der Seele. Ihr findet sie auf den Achsen der vier Himmelsrichtungen rund um den See verteilt. Sie sind jeweils einer davon zugeordnet und markieren diese auch geografisch: im Süden der Körper, im Norden der Geist, im Westen das Herz und im Osten die Seele. Die Mitte der vier Schulen über dem Kratersee steht symbolisch für die *Hohe Liebe*, die alle Schulen in sich vereint und uns aus der steten Anbindung an das allumfassende Feld der Weltseele zufließt. Von dort kommt uns schließlich auch alles höhere Wissen zu."

Lucia fuhr nun wieder fort.

„Dies, um euch einen kurzen Überblick zu geben, wie unsere Kolonie in ihren Grundzügen aufgebaut ist und der Kreis der Lehren sich entwickelt hat. In den kommenden Tagen habt ihr genug Zeit, um euch einzuleben. Richtet eure Häuser ein und lernt uns und einander kennen. Alle Türen auf *Share* stehen euch offen, wobei der Schutz von Privatsphären natürlich immer gewahrt bleibt. Dies hier ist unser großes Gemeinschaftshaus. Hier treffen wir uns zu Versammlungen und zu gemeinsamen Feiern. Rechtsstreitigkeiten müssen auf *Share* nicht geklärt werden, da es sie nicht mehr gibt. Ebenso liegen die Zeiten von Konflikt, Gewalt, Eigensucht oder Ausgrenzung hinter uns. Gerade darum werden alle Kandidaten von unseren *Seekern* so gründlich geprüft. Wir alle sind getragen vom Feld der Weltseele und darum an die Weisungen der *Hohen Liebe* gebunden. Selbst wenn manche unter euch diese Wirkungskräfte noch nicht allzu oft erlebt haben, sie noch kaum

begreifen oder es euch schwerfällt, die vielen neuen Begriffen und Erklärungen zu verstehen: Diese umfassende Liebe hat schon lange vor eurem Eintreffen auf *Share* begonnen, euer Leben zu beeinflussen, euch zu umhüllen, zu tragen und eure Wege zu bestimmen."
Nun war es scheinbar wieder an Étienne, das Wort zu übernehmen. Claire verstand nicht, wie ihnen das gelang: War die Rede der beiden genau so geplant und waren damit so etwas wie Stichworte vereinbart oder ergänzten und spürten die beiden einander dermaßen, dass sie ganz genau wussten, wann sie welchen Part zu übernehmen hatten?
Die Stimme von Étienne füllte bereits den Raum.
„Jeder von euch verfügt über genügend spezielle Kenntnisse, um sich mit seinen Fähigkeiten in die Gemeinschaft einzubringen. Es gibt keine Zahlungsmittel auf *Share* und auch keinen Tauschhandel im üblichen Sinn. Jeder bringt sich, seinem Vermögen und seiner Kraft entsprechend, angemessen ein, stellt seine Kenntnisse oder Fertigkeiten zur Verfügung und erfüllt damit seinen Dienst am Gemeinwohl. Ob ihr in euren erlernten Berufen wirken oder euch einer ganz neuen Tätigkeit widmen möchtet, bleibt euch überlassen. Ihr könnt euch auch, sofern ihr das wollt, neue Namen geben. Namen binden uns. An ein Elternhaus, einen Beruf, ein vergangenes Leben oder ein Land. Vielleicht habt ihr bald schon das Bedürfnis, euer altes Leben hinter euch zu lassen, euch gewissermaßen ganz neu zu erfinden und zu jenen Kräften vorzudringen, die euch in Wahrheit führen und antreiben. Dann ist es gut, für diesen neuen Lebensabschnitt auch einen Namen zu wählen,

der eurer nächsten Aufgabe entspricht. Manche von uns Älteren haben ihre Namen schon mehrmals gewechselt. Je nachdem, wie ihr Leben und Wirken sich entwickelt hat. Nichts besteht in seiner Form. Alles darf dem Wandel und inneren Fortschritt folgen."
Lucia war jetzt wieder an der Reihe und fuhr wie in einem Atemzug fort.
„Mit Nahrungsmitteln und Kleidung werdet ihr laufend versorgt. Solltet ihr medizinische Betreuung brauchen, wendet euch bitte an unsere Heiler. Sie alle sind studierte und erfahrene Ärzte, die ihre Fähigkeiten im Laufe von Jahrzehnten um das neue Wissen heilender Energien ergänzt haben. Sie vermögen wahre Wunder zu wirken. Vom Gebrauch eurer Neopads oder anderer Kommunikationsmittel bitten wir euch, außer in dringenden Fällen, abzusehen. Zwar könnt ihr euch überall auf *Share* ins Netz einloggen und von dort auch wie üblich euer Wissen beziehen, doch achtet stets darauf, in unser aller und auch eurem eigenen Interesse, den Schutz der Gemeinschaft hochzuhalten. Solltet ihr euren geliebten Menschen in der Außenwelt von *Share* berichten wollen, steht euch das frei, doch gebt nie zu viel preis. Im Zweifelsfalle oder sollte euch sonst etwas fehlen oder ihr von etwas mehr oder weniger bedürfen, sprecht bitte mit euren *Seekern* darüber. Sie werden in den kommenden ersten Wochen so etwas wie eure Mentoren sein und euch in allem mit Rat und Tat zur Seite stehen."
Claire blickte zu Ajan, der sich ihr mit einem liebevollen Lächeln zugewandt hatte. Wieder lief ihr ein wohliger Schauer über den Rücken und die Schmetterlinge im Bauch wollten

einmal mehr ihrem Kokon entschlüpfen. Étienne kam nun zu den abschließenden Worten der Begrüßungsrede und zog die Aufmerksamkeit an sich.

„Für heute jedoch genug der vielen Erklärungen und neuen Informationen. All das Gesagte wird euch in den kommenden Tagen ohnehin noch mehrmals begegnen. Und *Begreifen* fällt schließlich stets leichter als *Verstehen*. Im Nebenraum findet ihr ein großes Buffet, das wir immer anlässlich unserer Gemeinschaftsabende ausrichten. Alle Speisen und Getränke stammen aus unserer eigenen Viehzucht, Landwirtschaft und unseren Keltereien. Probiert und kostet von allem. Ihr werdet euch wundern, was *Share* alles zu bieten hat. Lasst uns nun dankbar sein und einander in Liebe begegnen. Heute für morgen unter der Führung des Feldes."

An der Tafel waren die unterschiedlichsten Formen des Beifalls zu vernehmen. Einige klatschten in die Hände, manche klopften auf die Tische, andere schnippten mit den Fingern oder wackelten mit den Armen in der Luft.

Während sich die meisten nun erhoben, um im angrenzenden Raum Essen zu holen, blieb Claire erst noch sitzen und beobachtete die Menschen mit ihren unterschiedlichen Gewändern und Hautfarben, die einander mit so viel Vertrauen begegneten, als wären sie tatsächlich Teil einer großen Familie.

Wie überall auf der Welt hatte sich Englisch scheinbar auch hier zur allgemeinen Verständigung durchgesetzt, doch waren auch noch viele andere Sprachen zu vernehmen.

Die Fragen in Claires Kopf überschlugen sich förmlich und

sie erschrak beinahe, als Lucia ihr die Hand auf die Schulter legte.
„Würde es dir etwas ausmachen, mich für ein paar Minuten nach draußen zu begleiten?“ Die alte Frau sprach sie mit ihrer klaren Stimme auf Französisch an und Claire war erneut fasziniert von ihrer gelassenen, offenen Ausstrahlung.
„Natürlich, gern, wenn Sie das wollen.“
„Du kannst mich ruhig duzen, Claire. Wir alle tun das, ohne zwischen Alter, Herkunft oder Ansehen zu unterscheiden.“ Sie lächelte gütig. „Bist du dir sicher, dass du nicht zuerst etwas essen willst?“
„Das geht schon in Ordnung, Lucia, und danke für das Du-Wort.“
„Du bist jetzt eine von uns, nicht wahr?“
Lucia hakte sich bei Claire ein und führte sie aus dem Saal über die breite Terrasse zu der dem See abgewandten Seite des kreisrunden, zweistöckigen Gebäudes.
Der Mond stand hoch über dem Lorbeerwald, der an dieser Stelle, durch eine Schneise, den Blick auf eine seltsame Gesteinsformation freigab. Dunkelblau schimmerten die scharf aufragenden, in einer symmetrischen Spitze zusammenlaufenden Felsen einige Hundert Meter herüber. Claire lehnte sich an das hölzerne Geländer und atmete die warme Nachtluft ein, die noch immer von süßen Blütendüften durchzogen war. Das sirrende Geräusch zirpender Grillen füllte die Stille des Waldes.
„Du bist Journalistin, Claire, stimmt das?“ Ihre Stimme klang nun verändert. „Ajan hat uns davon berichtet. Wie das die Pflicht aller *Seeker* ist, nachdem sie von einer Reise der Suche

zurückgekehrt sind. Nicht, dass wir ihnen misstrauen würden – ihre Kräfte übersteigen die von uns Alten bei Weitem –, doch es ist besser, mehr zu wissen, unsere Erfahrung einzubringen. In deinem Fall war ich dann doch etwas skeptisch, muss ich zugeben."

Claire wartete ab, was als Nächstes kommen mochte.

„Für welches Medium arbeitest du?"

„Ich schreibe Reportagen über ...", sie stockte, „für Le Monde in Paris."

„Und worüber?"

Ihr war klar, worauf Lucia hinauswollte.

„Meine Reihe trägt den Titel *Die Rebellen der Menschlichkeit.* Es sind Berichte über die Leistungen außerordentlicher Menschen in den wenigen Regionen der Welt, in denen der Wiederaufbau neuer Vielvölkergemeinschaften gelungen ist."

„Dann wirst du umso besser verstehen, warum ich besorgt bin." Sie blickte Claire ernst an.

„Ich würde niemals etwas veröffentlichen, das *Share* gefährden könnte, oder ohne es vorher mit euch abgesprochen zu haben." Claire versuchte, etwas zu eifrig, Lucias Vorbehalte zu zerstreuen.

„Du hast also bereits darüber nachgedacht?"

„Nicht konkret, nein. Bis jetzt habe ich nur unzählige Fragen und verstehe so gut wie gar nichts von all dem, was mir hier begegnet."

„Noch ist das so, Claire. Doch bald schon wirst du vieles verstehen und dann, glaub mir, wirst du gerade deshalb darüber berichten wollen. Mehr noch, du wirst meinen, es zu müssen.

Aber das darfst du nicht. Niemals. Kein Wort über *Share*! Und schon gar nicht in einem Medium, das die halbe Welt erreicht!“

Es schien Claire, als wären Lucias Befürchtungen maßlos übertrieben. Auch die Heftigkeit, mit der sie nun ihr Verbot ausgesprochen hatte, überraschte Claire. Zugleich fühlte es sich an, als wäre da noch etwas anderes, etwas, das Lucia ihr verheimlichte. Doch Claire empfand der Gründerin gegenüber zu viel Respekt, um nachzufragen.

Die alte Frau beobachtete sie eindringlich und Claire dachte an Ajan und wie er ihre Gedanken lesen konnte. Was, wenn Lucia diese Gabe ebenso besaß und sie an Ajan weitervererbt hatte?

„Wirst du meine Anweisung befolgen?“

„Wenn Sie darauf bestehen.“

„Wir waren doch schon beim Du.“ Sie bemühte sich um ein Lächeln.

„Aber“, antwortete Claire, „das war vor diesem Gespräch. Für den Moment scheint mir die förmliche Anrede passender.“

Lucias Gesicht wurde sehr ernst.

„Dein Eigensinn kann uns alle in Gefahr bringen.“

„Und ich dachte, gerade hier auf *Share* wären die individuelle Freiheit und Entwicklung des Geistes das höchste Gut.“

„Auf jeden Fall und in jeder Hinsicht, Claire. Nur in diesem einen Punkt nicht. Du bist zu jung, um das zu verstehen. Glaub mir, ich bitte dich. Und verzeih mir. Es fällt mir in deinem Fall besonders schwer, so deutlich werden zu müssen.“

„In meinem Fall?“ Claire fühlte sich, als würde ihr Vater vor

ihr stehen und sie maßregeln.
„Ajan hält große Stücke auf dich. Und noch etwas mehr als das. Doch das geht mich nun wirklich nichts an. Gut, das wollte ich noch einmal mit dir besprechen. Lass uns jetzt wieder nach drinnen gehen. Du hast bestimmt Hunger."
„Wenn Sie erlauben, komme ich später nach."
„Ganz wie du willst." Für einen Moment standen die beiden Frauen voreinander, als würden Welten sie trennen. Wieder schien es Claire, dass Lucia noch mit etwas anderem rang, das sie loswerden wollte. Doch ihre Lippen blieben verschlossen. Dann wandte sie sich rasch ab und ging mit zügigen Schritten davon.
Claire wusste nicht, was sie von all dem halten sollte. Zum einen diese großmütige und reife Herzlichkeit, die ihr von allen Seiten begegnete, und zum anderen die engstirnigen Regeln zur Geheimhaltung der Kolonie.
Und dann Ajan, *der noch etwas mehr als große Stücke auf sie hielt*. Als Lucia das erwähnt hatte, klang es nicht danach, als würde es nur um Persönliches gehen. Was sollte das bedeuten?
Ihr journalistischer Ehrgeiz regte sich. Zugleich war ihr natürlich bewusst, dass sich auf *Share* eine Gemeinschaft etabliert hatte, die mit nichts zu vergleichen war, was sich in diesen Jahren auf der Welt an sozialen Gefügen und menschlicher Entwicklung abspielte. Sie musste in jedem Fall große Umsicht walten lassen und keinen Schritt ohne Absprache und Zustimmung der Gemeinschaft gehen.
Nach diesem Gespräch war von der Euphorie, die sie seit dem

Eintreffen auf der Insel und besonders in Ajans Gegenwart erlebt hatte, nicht mehr viel übrig.
Sie sah zu den Felsen in der Ferne, blickte hoch zum Mond, der den klaren Nachthimmel erhellte, und atmete mehrmals tief durch.
Was die kommenden Wochen und Monate wohl bringen mochten? *Monate. Ich muss Jerome ganz dringend Bescheid geben. Und Vater. Und auch Jana und Amid fragen sich bestimmt, was mit mir los ist.* Der Gedanke an Amid machte sie sofort traurig. *Ich habe ihm versprechen müssen, dass ich wiederkomme. Aber das kann ich ja auch noch. Jederzeit. Das hat Ajan mir versprochen.*
Sie drehte sich um und sah auf die massiven Holzwände, die das Dach des Gemeinschaftshauses trugen. Die Giebel waren nur mit wenigen Schnitzereien verziert und trotz seiner Schlichtheit wirkte das große, runde Gebäude ansprechend und einladend. Claire ging, in Gedanken versunken, den Weg zum Saal zurück.

Um den See herum leuchtete ein Kranz von Lichtern aus den Fenstern der Holzhäuser. Zu später Stunde hatte sich die Gemeinschaft aufgelöst und sich in belebten Zügen kleiner Gruppen über den Uferweg verstreut.
Ajan und Claire saßen mit angezogenen Beinen nebeneinander am schwarzen Vulkanstrand. Claire spielte mit den Zehen im feuchten Sand und die kleinen Wellen, die zwischendurch sanft über ihre Füße rollten, schienen sich in ihrem Inneren weiter auszubreiten.

Die Weinflasche, die sie aus dem Gemeinschaftshaus mitgenommen hatten, war beinahe schon geleert.
Leichte Wellen kräuselten die Oberfläche des Kratersees. Der Mond warf eine glitzernde Bahn auf das Wasser. Über Claires Gesicht streifte der laue Nachtwind mit ruhigem Atem. Ajan reichte ihr die Flasche und sie trank einen weiteren Schluck des süßlichen, vollmundigen Rotweins.
Nachdem sich die beiden von den anderen zur Nacht verabschiedet hatten, waren sie einige Schritte spaziert und hatten sich dann am nächtlichen Strand niedergelassen. Claire war froh, dass Ajan sie begleitet hatte, denn auch wenn der Weg zu ihrem Haus nur geradeaus dem Ufer entlangführte, wollte sie doch auf keinen Fall plötzlich im falschen Vorzimmer stehen.
Ihr Schweigen hielt nun schon lange an.
Selten zuvor hatte Claire eine solch beredte Stille erlebt. Kein Wort kam über ihre Lippen und doch schien es ihr, als wäre sie mit Ajan in ein tiefes Gespräch versunken, als hätte sich hinter Gedanken, Fantasien und Gefühlen eine neue Sprache erhoben, in der sie einander nun berichteten und die Stränge ihrer Leben weiter verknüpften.
Claire fühlte sich auf eine Art geborgen, die sie an die lang vergangenen Stunden mit ihrer Mutter und zuletzt an das unheimliche Erlebnis auf dem Schiff erinnerten. Während das seltsame innere Gespräch mit Ajan anhielt, schweiften ihre Gedanken ohne Ziel über die Begebenheiten der vergangenen Tage.
Sie hatte gar nie erfragt, wie lange die Schiffsfahrt denn eigentlich gedauert hatte, doch das schien ihr bisher nicht von Belang – und in diesem Augenblick noch weniger.

Alles aus ihrem vergangenen Leben war in weite Ferne gerückt und Claire fühlte sich leicht und unbeschwert.
Noch vor wenigen Tagen war sie Jerome im Streit gegenübergestanden, hatte ihren Vater tief gekränkt, war Ajan mit dem toten Mädchen im Arm begegnet und von Jana und Amid durch das römische Viertel geführt worden. Auch der entstellte Mann mit seiner tiefen Wunde und der halb verfallene Brunnen des Meeresgottes zogen ihr in losen Bildern durch den Kopf.
All das erschien ihr unwirklich. Und die Krönung des Ganzen war natürlich *Share*. Dieser verwunschene Ort, dieses Eiland der Unbeschwertheit, während überall sonst in der Welt und schon seit so vielen Jahren alles in Trümmer und Scherben fiel, liegen blieb und verkam. Wie eine längst vergangene Zeit mit ihren überholten Normen, Beziehungsformen, Lehren und Konflikten, den Kriegen, dem Hunger, den Nöten. Eine Ära, die nicht vermochte, ihre Kinder zu schützen oder sie an ein Leben heranzuführen, das Glück und Erlösung brachte und schon gar kein so trügerisch verheißenes Himmelreich auf Erden.
Wie traurig all das war und wie viel Freude Claire nun in dieser so fremden, kleinen Welt plötzlich vorfinden durfte.
Und doch empfand sie keine Schuld, kein schlechtes Gewissen, sondern vielmehr etwas, das einem Auftrag glich, einem Aufruf, zu den, ihr eigenen, Waffen zu greifen, zu ihren Worten, mit denen sie, waren sie einmal gedruckt und in die Welt gestreut, etwas auszurichten vermochte und auf ihre Art mitbauen durfte an einer besseren Welt.

Gewiss, sie würde große Umsicht walten, Zeit vergehen lassen, erst noch eintauchen in das Leben der Kolonie und sich überzeugen, ob die angekündigten Lehren auch hielten, was sie versprachen.
Doch sollte es sich bestätigen, dann würde sie der Welt davon berichten und neue Hoffnung säen und auch ihren Vater und Jerome überzeugen, welchen Wert ihre Arbeit hatte.
Irgendwann würden sich gewiss die richtigen Argumente finden lassen, die sogar Lucia und die anderen Gründer davon überzeugen mussten, wie bedeutend dieser nächste Schritt für die ganze Menschheit sein könnte.
Es würde sich schon ergeben. Alles zu seiner Zeit.
Sie blickte zu Ajan und bemerkte erst da, dass er schon lange zu ihr her gesehen und sie beobachtet hatte.
„Hast du ...?"
„Deine Gedanken gelesen?"
„Hast du also."
„Nur ein wenig und nicht im Detail. Doch was ich gesehen habe, reicht aus, um dir zu sagen, dass du jetzt vielleicht verstehst, warum ich jemanden wie dich finden sollte. Und welche mögliche Zukunft die jungen Hohen vorhergesehen haben. Warum wir dich, Claire, wahrscheinlich brauchen."
„Verstehe ich das richtig?"
Ajan blickte sie nur an.
„Ihr braucht mich gerade deshalb, um mich gegen die wichtigste Regel der Gründer zu stellen und der Welt von *Share* zu berichten? Das heißt, du hast mich ganz gezielt ausgewählt und nach mir gesucht?"

„Ganz so verhält es sich nicht, Claire. Wir alle und besonders die jungen Hohen stehen im Dienst und unter der Führung des Feldes. Und gerade darum, weil wir Jungen etwas mehr zu sehen vermögen als die Alten, sind wir seinen Weisungen noch in viel höherem Maß verpflichtet. Und das Feld zeigt sich nicht nur in dem, was Einzelne von uns, kraft ihrer Hellsichtigkeit, zu erkennen vermögen, sondern eben auch in jenen synchronen Ereignissen, die man landläufig als Zufälle oder Fügungen bezeichnet. Darum bestehen die Prüfungen, denen auch du von mir unterzogen wurdest, vor allem daraus. Bevor du mich in jener Nacht in Rom verfolgt hast, wusste ich nichts von dir, hatte nie zuvor von dir gehört. Erst sehr viel später wurde mir bewusst, wohin das Feld mich und uns alle nun möglicherweise führen will. Das ist der Stand der Dinge. Und erst morgen wird der Rat der jungen Hohen, dem auch einzelne *Seeker* angehören, seit Langem wieder zusammentreffen. Dann werden wir vielleicht mehr erfahren. Fest steht: Du bist hier. Und ich bin an deiner Seite. Und bevor du irgendeinen weiteren Schritt setzen darfst, musst du dich erst damit vertraut machen, hinter deine Gefühle zu treten, deinen Ehrgeiz, deinen Willen und deine Wünsche abzulegen und dich an das Feld zu binden, so lange, bis seine Botschaften in dir zu Sprache und Bildern geworden sind. Das braucht seine Zeit, Claire. Und auch wenn du in dein jetziges Leben schon reiche Gaben aus den vorherigen mitgebracht hast, wirst du viel üben und zuallererst vergessen müssen, was dich bislang angetrieben hat oder wovon du geglaubt hast, dass es der Wahrheit entspricht."

Ajans Worte waren Claire nun schon vertraut. Sie konnte verstehen, was er meinte, und fragte sich, wie sehr ihre Hoffnung auf einen neuen, großen Bericht von ehrgeizigen Wünschen getrieben war oder davon, ihrem Vater gefallen zu wollen.
Sie nickte nur und sah wieder über das Wasser bis zu den Häusern auf der anderen Seite. Einige der Lichter waren nun schon gelöscht und die Dunkelheit war mehr und mehr aus dem natürlichen Licht der Nacht gewoben.
„Wie lange wird es dauern", fragte sie nach einer Weile.
„Bis du das Feld und seine Botschaften verstehst?"
„Ja."
„Das hängt davon ab, wie schnell du das *Drüsen* und *Seelen* erlernst. Und das kommt ganz darauf an, wie viel du übst und dich bemühst."
„Wann kann ich beginnen?"
„Ein paar Tage wirst du wohl brauchen, um dich einzuleben und dann ..."
„Wozu? Das geht doch nebenbei. Und ich habe mir schon überlegt, ich könnte ja Französisch unterrichten. Also, falls es das Fach gibt in einer eurer Schulen. Und es jemand brauchen kann. So könnte ich meinen Teil beitragen und in allen verbleibenden Stunden selbst lernen und üben. Und du könntest mir doch auch dabei helfen, nein?"
„Das hast du dir also schon alles überlegt?" Er lächelte sie an. „Es müsste möglich sein. Also auch, dass du Unterricht gibst und selbst als Schülerin in die Klasse von Lucia einsteigst."
„Lucia lehrt das *Drüsen*?"
„Sie ist eine wahre Meisterin darin."

„Dann wird es schwierig. Ich glaube, sie hat etwas gegen mich."
„Da täuschst du dich. Glaub mir, sie spürt nur zu viel von sich selbst in dir, aus ihrer eigenen Jugend."
„Du musst es ja wissen."
„Tue ich."
„Also morgen, ja, dann kann ich morgen beginnen?"
„Es ist zwar ungewöhnlich, aber ich denke, das lässt sich machen."
„Dann begleitest du mich jetzt noch zu meinem Haus und morgen früh holst du mich ab und zeigst mir alles."
„Was führt dich, Claire?"
„Wie meinst du?"
„Du bist so schnell in allem. So impulsiv. Nimmst dir keine Zeit. Als wärst du getrieben. Wovon?"
„Ich weiß nicht. Aber es fühlt sich an, als würde es brennen und nach mir rufen und mich brauchen"
„Was ist *es*?"
„Keine Ahnung."
„Wenn du so weit bist, werden wir uns als Erstes darum kümmern. Für gewöhnlich lehren die *Seeker* ihre Schützlinge das *Seelen*. Auch wenn es mir in deinem Fall lieber wäre, es würde jemand anderer aus dem Rat übernehmen. Aber da bleibt uns wohl keine Wahl. Wir müssen also zuallererst herausfinden, ob es ein alter Schmerz ist, der dich in Wahrheit führt, oder ein anderer Teil der Liebe, der dich noch bindet, oder aber: Ob es sich bereits um eine Führung des Feldes handelt." Er erhob sich, klopfte den Sand von seiner Hose, half Claire hoch und

übersah absichtlich die Frage, die sich aus ihren Gedanken schon wieder zu ihm aufgemacht hatte. „Komm jetzt. Schlafenszeit."

Das kleine Haus bestand in seinem Inneren nur aus einem einzigen großen Zimmer. Claire hatte noch ein paar Kerzen entzündet, die sie auf der hellen Holzkommode am Fußende ihres Bettes vorgefunden hatte.
Das weiche Licht flackerte über die Wände. Sie hatte Hose und Shirt schon abgestreift und sie in einen Bastkorb für Schmutzwäsche gelegt. Wo die Wäsche dann zu waschen sein würde, musste sie erst noch herausfinden.
Sie lag nur in BH und Slip auf der Überdecke ihres Bettes und sah durch die Fenster in Richtung See zum Sternenhimmel hoch. Die Luft war angenehm warm.
Eigentlich wollte sie noch ein Bad in der hölzernen Wanne der Badeecke nehmen, doch dafür war sie nun einfach schon zu müde, auch wenn die Haut über ihrem Bauch, am Gesäß und den Beinen von Schweiß und Sand kribbelte.
In diesem Augenblick wünschte sie, Ajan wäre noch bei ihr geblieben und würde sie jetzt mit seinen wundervollen Händen berühren. Er würde nackt neben ihr liegen, sie würde seinen muskulösen Körper betrachten, seinen Geruch einatmen und sich später auf ihn setzen. Sie spürte die Feuchtigkeit in ihrem Schoß und mit ihr die Hitze in ihrem Inneren aufwallen.
Es war nicht der erste Moment, in dem sie Verlangen nach Ajan empfand. Doch gab es auch gegenteilige Empfindungen, die zumeist schnell darauf folgten und in denen es sich anfühlte,

als wäre die Nähe zwischen ihnen nicht echt, nur Einbildung. Oder sie scheute sich einfach zu sehr vor dem, immer noch, so fremden Mann. Oder war da noch etwas anderes, das sie nur nicht zu fassen bekam? Bei diesen Gedanken verrauchte ihre Lust dann schnell wieder.

Auch diesmal war es so. Doch sie war zu müde, um sich weiter zu fragen, woher das in Wahrheit kommen mochte.

Schon fielen ihr die Augen zu und im letzten Blinzeln sah sie zu den Kerzen, die auf flachen Tontellern ruhig und sicher vor sich hin flackerten. *Irgendwann*, dachte sie nur noch belustigt, *werden mir diese Lichter schon aufgehen.*

# 14

„Streckt eure rechte Hand aus und malt mit dem Zeigefinger Kreise in die Luft.“
Lucias Stimme hallte von den Wänden zurück, die in meterhohen Basaltsäulen hinter der Gruppe aufragten.
Die sechskantigen Steinstäbe waren, während der Jahrhunderte von Vulkanausbrüchen, so dicht aneinander aus der Erde gewachsen, dass sie geschlossene, schraffierte Fronten gebildet und so dem Felsen seine scharfe Kontur gegeben hatten. Wie eine mächtige, riesige Speerspitze stieß die grausilbrige Gesteinsformation in den Himmel.
Lucia war mit einer fünfköpfigen Gruppe aus Kindern und Jugendlichen schon am frühen Morgen zu der Anhöhe mit dem bizarren Felsenhügel gewandert, um dort ihren Unterricht abzuhalten.
Nachdem Ajan Claire geweckt und sie aus ihrem Haus begleitet hatte, war er, mit ihr an der Hand, der Gruppe zu den Felsen gefolgt. Danach hatte er sich bis zum Abend von ihr verabschiedet und war zurück Richtung Siedlung gegangen.
Claire durfte sich dem Unterricht tatsächlich gleich anschließen und Lucia änderte sogar bereitwillig ihren Unterrichtsplan und begann für sie mit einführenden Übungen.
Den anderen Kleinen und Großen schien die Wiederholung sehr gelegen zu kommen. Sie hatten sich alle bereits vor der von Lucia am Vortag angekündigten Aufgabe gefürchtet. So waren sie dankbar für Claires Erscheinen und nahmen sie wohlwollend in ihre Mitte auf.

„Glaubt nur nicht, dass euch der Gang durch das Höhlenlabyrinth erspart bleibt“, hatte Lucia lächelnd von sich gegeben und war dann zu ihrer Einführung übergegangen.
„Also, Arme hoch, Zeigefinger ausstrecken und Kreise in die Luft malen“, wiederholte sie die einfache Anweisung, mit der sie auch den Kleinsten zu Beginn ihrer Ausbildung die grundlegenden Zusammenhänge veranschaulichen konnte.
Claire war froh, sich wie in einer Vorschulklasse zu fühlen und mit einer Übung zu beginnen, die vorerst nicht gleich die Grenzen ihrer Fähigkeiten sprengte.
Sie malte also gemeinsam mit den anderen Schülern brav und folgsam Kreise in die Luft.
„Nun geht dazu über, Dreiecke zu malen und dann Vierecke und dann wieder Kreise.“ Alle befolgten die Anweisungen und malten mit ihren Fingern ausführlich Zeichen in den Himmel, der, von der Anhöhe mit dem Felsen darauf, über der weiten Hügellandschaft vor ihnen lag. Von hier aus ließ sich auch der ganze Lorbeerwald erblicken, der die Kolonie wie ein riesiger, grüner Gürtel umschloss.
„Claire, du bist nicht bei der Sache. Konzentriere dich auf deine Fingerspitze und nicht auf die Umgebung.“
Claire fühlte sich nun tatsächlich in ihre Schulzeit zurückversetzt, nahm Lucias Rüge aber ernst und bemühte sich, ganz bei der Sache zu bleiben.
„Gut. Kommt zum Ende. Ihr könnt eure Arme wieder sinken lassen. Neuer Ansatz: Fühlt Trauer.“
Das war es also gewesen. Schon die zweite Aufgabe überforderte Claire bei Weitem. Noch dazu eröffnete ihr Lucias Anweisung

schlagartig ganz neue Fragen. *Was soll das überhaupt bedeuten? Fühlt Trauer? Wie denn? Aus heiterem Himmel?*
Sie blickte um sich, sah auf die Gesichter der Kleinen und war höchst verwundert, als sich nun auf den Gesichtern, nur wenige Augenblicke nachdem Lucia die Anweisung ausgesprochen hatte, unverkennbar Schmerz zeigte und nahezu allen in der Gruppe Tränen über die Wangen liefen. Nur Claire nicht. Im Gegenteil. Sie war völlig irritiert und verstand nicht, was Lucia den gerade mal Acht- bis höchstens Zwölfjährigen abverlangte.
„Gut. Kommt zum Ende. Neutralisiert euch. Neuer Ansatz: *Drüst* Freude."
Claire hätte sich am liebsten augenblicklich in Luft aufgelöst. Sie hatte nicht die geringste Ahnung, was da vor sich ging. Umso mehr, als sie wenige Augenblicke später in strahlende Augen sah, die sie von allen Seiten her anlachten, als wollten sie Claire auffordern, es ihnen doch ganz einfach gleichzutun. Und es waren nicht einmal Minuten vergangen.
„Gut. Kommt zum Ende. Neutralisiert euch. Und malt wieder Kreise in die Luft."
Claire fühlte sich wie benommen, schloss sich jetzt aber, völlig überfordert, wieder der Gruppe an und malte die Kreise vor sich hin. Die Kinder um sie herum machten nun erneut einen gleichmütig gelassenen Eindruck und erfüllten konzentriert die Aufgabe.
„Gut. Kommt zum Ende. Gruppe: Ihr habt jetzt Zeit. Ich muss mich ein wenig um Claire kümmern. Wie ihr bemerkt habt, braucht sie etwas Nachhilfe." Alle lächelten, auch Lucia, und

Claire wunderte sich, dass es sich offensichtlich um wohlwollendes und herzliches Lächeln handelte und nicht um jenes spöttische, das stets dem Nachzügler der Klasse galt, der es wieder einmal nicht geschnallt hatte.
„Ihr wisst, was zu tun ist", fuhr Lucia fort, „spaziert zu den flachen Basaltplatten hinter dem Felsen, wendet euch der hexagonalen Struktur ihrer Querschnitte zu, fokussiert deren Mitte und versenkt euch in die Natur der siebten Liebe. Wenn ich mit Claire fertig bin, rufe ich nach euch im Feld."
Claire war im falschen Film. Sie verstand kein Wort von dem, was Lucia da von sich gab. Den Kleinen jedoch schien alles sonnenklar. Sie machten sich fröhlich tratschend auf den Weg, rannten den Felsen entlang, verschwanden weiter vorne aus Claires Sichtfeld und kurz darauf waren ihren hellen Stimmen auch schon verklungen.
Der Wind pfiff sachte um die Felsen und Lucia ließ einige Augenblicke verstreichen, bevor sie in die Stille hinein zu sprechen begann.
„Du musst alles vergessen, liebe Claire, was du bislang über die Realität gelernt hast." Claire sah Lucia mit großen Augen an. Sie hatte nicht mit so viel Offenheit und Zuwendung gerechnet. „Das ist sehr viel verlangt, nicht wahr? Doch es stellt die wichtigste Aufgabe dar, die du in den kommenden Wochen zu bewältigen hast. Pass auf, ich versuche es dir jetzt mit einfachen Worten zu erklären, doch so, dass du es für immer verstehen kannst. Denk aufmerksam mit und verarbeite Satz für Satz." Sie hielt eine kurze Pause nach jedem der folgenden Sätze. „Die Gefühle, die wir in unserem Körper wahrnehmen,

sind reine Chemie. Sie bestehen vorwiegend aus Hormonen, die in unseren Drüsen produziert werden. Die Fertigkeit, Gefühle zu *drüsen*, wie wir es bezeichnen, besteht nun einfach darin, willentlich nur jene Gefühlshormone in unseren Körpern freizusetzen, die wir gerade nutzen oder genießen wollen. Wir fühlen also nur dann etwas, wenn wir uns dazu entschieden haben. Was wiederum bedeutet – und das ist der Grund, warum es deine bisherige Welt auf den Kopf stellen wird: Gefühle sind nicht die Realität."

Claire saß allein vor dem Basaltfelsen und blickte über die wellige Hügellandschaft. Es war Nachmittag geworden und der erste Unterricht mit Lucia lag nun schon eine gute Stunde hinter ihr.

All die Fragen, die sich in den letzten Tagen in ihr aufgetürmt hatten, waren einer einzigen gewichen: Wenn es stimmte, dass Gefühle nicht die Realität waren, was war dann überhaupt noch real?

Schließlich hatte ihr ganzes bisheriges Leben und letztlich auch das aller anderen Menschen, die sie kannte, daraus bestanden, ihren Gefühlen Glauben zu schenken, ihnen zu folgen, sich gegen sie zu stellen oder zumindest zwischen unterschiedlichen Gefühlen oder Gefühlen und Verstand hin und her gerissen zu sein.

Wenn sie einen Blick auf die letzten Tage vor ihrer Reise nach Rom warf, war es um nichts anderes gegangen. Sie fühlte sich Jerome immer noch verbunden, wollte ihn nicht verletzen, musste aber trotzdem ihrer Sehnsucht folgen und vor allem ihrem Ehrgeiz danach, einen neuen, bedeutenden Bericht zu schreiben und nach Rom zu reisen. Und das gerade zu dem Zeitpunkt, als Jerome zum ersten Mal bereit gewesen war, ihre Beziehung und also auch seine Liebe vor der Öffentlichkeit einzugestehen. Was sie wiederum verwirrt und traurig gestimmt hatte – und doch hatte sie nicht anders gekonnt. Der Drang in ihr, ihren Wünschen zu folgen und sie zu erfüllen, war größer als alles andere gewesen.

Im Gespräch mit ihrem Vater waren ihr Eigensinn und ihr Zorn, der aus der abermaligen Kränkung entstanden war, sogar so weit gegangen, dass sie ihn mit aller Gewalt und einer schrecklichen Anschuldigung vor den Kopf gestoßen hatte, nur um sich von ihm und seinem Verbot zu befreien und ihren Weg zu gehen. Sie war nur ihrem Herzen gefolgt.

Und das hatte sie letztlich nach Rom, zu Jana und Amid und letztlich zu Ajan und damit auch in ein anderes, neues Leben geführt.

Jetzt saß sie hier, auf den trockenen, heißen Felsen einer verwunschenen Insel mitten im Atlantik, als Teil irgendeiner ominösen Gemeinschaft, die seltsame Worte und Begriffe verwendete und deren Mitglieder Fähigkeiten besaßen, die man nur aus Legenden und Mythen kannte, und die Ansichten vertraten, die alles auf den Kopf stellten, was in der realen Welt als üblich, angemessen und wichtig galt.

Was davon war nun nicht Realität? Wenn es die Gefühle nicht waren, dann war es auch keines der Erlebnisse, die sie hierhergeführt hatten. Oder existierten die Ereignisse völlig unabhängig von Gefühlen und nahmen ihren Lauf auch ohne sie?

Wie zum Beispiel ein Stein auf einen Fuß fällt und es nur dann zum Schmerz wird, wenn der Fuß auch Nerven besitzt, die einem vermitteln, dass es wehtut. Hat er aber keine Nerven, dann fällt einfach nur ein Stein irgendwohin. Das Ereignis ist dasselbe, doch ohne Gefühl und damit ohne weitere Konsequenz.
Können wir uns tatsächlich davon lösen, zu fühlen? Kein Schmerz mehr, keine Trauer, kein Hass und keine Eifersucht? Keine Leidenschaft, keine Sehnsucht, kein Liebesrausch? Oder eben nur dann, wenn wir uns dazu entschieden haben? Doch was bleibt dann von uns übrig?
Lucia hatte versucht, es ihr zu erklären. Doch Claire hatte so vieles nicht verstehen können. Wenn Lucia unter anderem davon gesprochen hatte, dass es *Gefühle* gab und *Eingebungen*, die sich zwar auch als eine Art Gefühl zeigten, doch eben im Wesen anders wären, von anderer Art, sanfter, stiller, inniger. Dass aber die Energie des Feldes auch manchmal den Gefühlskörper dazu zwang, sich aufzubäumen, um einen vom falschen Weg abzubringen oder mit Gewalt darauf zu stoßen. Doch wie sollte man das unterscheiden? Wann war es das eine und wann das andere?
Lucia war schließlich auf die erste Übung mit den Kreisen in der Luft zu sprechen gekommen. „Stell dir vor“, hatte sie erklärt, „es wäre für dich ebenso einfach, deine Gefühle ein- und auszuschalten, wie mit dem Finger Zeichen in die Luft zu malen. Es zu tun oder es nicht zu tun. Und stell dir weiter vor, du könntest die Stimme aus dem Feld hören und verstehen, wie du jetzt meine Stimme hörst. Noch rede ich zwar in einer fremden Sprache zu dir, doch irgendwann wirst du sie erlernt

haben und verstehen, was sie erzählt und was all das zu bedeuten hat. Dann braucht es keine Gefühle mehr, um zu handeln oder sich zu verändern oder sich an Menschen oder Dinge oder Wissen zu binden. Dann bist du an das Feld gebunden und damit an die siebte Liebe, die eine Empfindung ist, die alle anderen Gefühle einschließt und sich doch so anfühlt, als wäre es eine sanfte, leise Welle aus reinem, erlöstem Glück, die reine Liebe. Dann kannst du auch unterscheiden und alles wird klar und die Zukunft beginnt sich vor dir zu entfalten und jeder Schritt, den du gehst, folgt dem Pfad des angemessenen Wachstums."

Claire hatte die Worte gehört und auch etwas wie leise Ahnungen bekommen, worauf es schließlich hinauslief. Doch sah sie sich vorerst gar nicht in der Lage, es in seiner Gesamtheit zu begreifen.

„Es braucht Zeit", hatte Lucia mehrmals betont, „Zeit und Übung und Geduld", und hatte weiter erklärt, „morgen werde ich dir zeigen, wie das *Drüsen* genau funktioniert. Dann kannst du damit beginnen, es täglich zu üben, und wenn du fleißig bist, wirst du es bald beherrschen. Und dann wird Ajan dich das *Seelen* lehren. Und wenn du das schließlich beherrschst, wirst du verstehen, wovon ich spreche und was uns *Sharer* ausmacht und warum wir alle so geworden sind, wie wir sind. Morgen fangen wir mit dem Einmaleins an – die Relativitätstheorie kommt erst in der Oberstufe." Als sie das gesagt hatte, waren ihre Augen und ihr Lächeln so gütig gewesen wie das Gesicht von Claires Mutter vor langer, langer Zeit, wenn die beiden auf der Steinbank vor dem Haus gesessen waren und das kleine Mädchen sich wieder angekommen und geborgen gefühlt hatte. Für einen Moment war Claire so gerührt gewesen, dass sich Tränen in ihren Augen gesammelt hatten. Lucia hatte dann ihre Hände genommen.

„Hab Geduld, du liebe, begabte, junge Frau“, hatte sie weiter gesprochen, „und beginne damit, dich darauf einzustellen, dass du eine andere Zeit in dir walten lassen musst. Du bist zu schnell. Viel zu getrieben. Bleib hier sitzen und lass Zeit vergehen. Lass sie einfach vergehen, ohne zu handeln oder dich groß zu bewegen. Werde langsam, Claire und begreife, dass nichts sein muss, nichts geschehen muss, nichts wachsen muss. Das alles tut es von selbst, sobald du dafür Zeit und Raum in deinem Inneren geschaffen hast. Dann darf es sein. Bleib hier sitzen und lass einfach die Zeit vergehen. Das Feld führt dich schon. Nicht mehr: schneller, weiter, höher, sondern: angemessen, achtsam, verbunden. Und irgendwann, am Ende der Übungen, wirst du schließlich heimkehren, wirst dich wieder zu Hause angekommen fühlen, doch ohne, dass es die Umarmung einer Mutter oder eines Vaters braucht. Denn dann umarmt dich das Feld, und führt dich und lässt dich nie mehr fallen.“

Dann hatte die weise, alte Frau behutsam und lange Claires Hände gedrückt, sie etwas später ein wenig angehoben und sie schließlich ganz langsam losgelassen, als würden sich Flügel lösen, um etwas in den Himmel zu tragen.

Und obwohl Claires Hände nun ganz allein in der Luft ruhten, fühlte es sich so an, als hielte Lucia sie weiterhin umfangen.

Lucia hatte dann noch eine Weile gewartet, sich schließlich

erhoben und war zu ihren Kindern auf der anderen Seite des Felsen spaziert.
Claire war lange mit den schwebenden Händen dagesessen und hatte den Zauber jener anderen Kraft gefühlt, der durch die alte Frau aus dem Feld auf sie übergegangen war. Und dieses Gefühl war weiter, leichter und auch inniger und beseelter gewesen als alle Gefühle, die jemals von ihrem Körper, ihren Sehnsüchten oder Wünschen ausgegangen waren.
Erst sehr viel später waren ihre Hände etwas erschöpft in den Schoß gesunken, während die Zeit begonnen hatte, anders zu schlagen.

Mit diesen Erinnerungen an ihr Gespräch gelang es Claire auch, die drängende Frage in ihrem Innern zu beruhigen: *Was ist real?*
Und langsam, wie aus einer anderen Welt, formten sich Worte in ihr und nahmen Konturen an, wurden zu Sätzen und Botschaften:
*Körper, Handlungen und Ereignisse sind real. Das Feld ist real. Doch Gefühle sind nur Botschafter, deren Werk getan ist, sobald die Verbindung zwischen dem einen und dem anderen hergestellt ist. Man kann sie haben oder nicht haben. Mit ihnen spielen, sie genießen oder leiden unter ihnen. Doch sie sind nicht real. Sind nichts weiter als die schmerzlichen Reibelaute, die entstehen, wenn sich eins in ein anderes drängt, für das es nicht bestimmt ist. Oder wenn Lust, Leidenschaft und Euphorie sich aufschwingen in blinde Höhen. Oder wenn Wille herrscht, anstelle von Anbindung. Und Absicht, anstelle von Hellsicht.*

War es das? Hatte sie es richtig verstanden? Oder war es doch ganz anders und zugleich auch das Gegenteil? *Wieder Zweifel. Wieder diese drängende Ungeduld.*
Und da vernahm sie erneut Lucias Worte in ihrem Inneren:
*Lass Zeit vergehen.*
*Nichts muss sein.*
*Nicht heute, nicht morgen.*
*Alles darf sein.*
*Jetzt oder wann immer.*
*Angemessen, achtsam, verbunden.*

Die Sonne verströmte nun schon ihr Abendlicht über das Land.
Claire war viele Stunden dagesessen, hatte nur manchmal ihre Position geändert, wenn Gesäß oder Glieder zu schmerzen begonnen hatten, und aus der Zeit, die sie sich genommen hatte, war Zeitlosigkeit geworden.
Jetzt erst kehrte sie langsam in die Gegenwart zurück. Sah sich um und ließ ihren Blick über die Hügel und Saumpfade bis zum Horizont im Westen schweifen, dann über Blütenfelder im Norden bis hinüber zum Lorbeerwald im Süden, der das Dorf umschloss. Das Pfeifen um die Felsen hinter ihr hatte sich im Abendwind verstärkt und trug die leise Stimme der Natur von Osten her zu ihr.
Claire stellte sich die Windrose vor, in deren Mitte sie saß, und dachte an den Kratersee und die Kolonie des Glücks und die Anordnung der Häuser und Schulen um das tiefblaue Wasser und wie es im Widerschein des Himmels leuchtete.

Nie zuvor war ihr eine solche Harmonie begegnet. So viel Einklang, eine so angemessene Lebensweise, mit achtsamen, höflichen, forschenden Menschen und alle verbunden, miteinander und dem Leben und der Natur, die sie umgab wie ein Schoß. Konnte es so einfach sein? Konnten Glück und Lösung so nahe liegen? Nur ein paar wenige Übungen weit entfernt?
Sie würde es erfahren. Sich selbst zum Forschungsobjekt machen und die Lehren überprüfen und sich ihnen stellen. Und dann erst, wenn die Zeit reif wäre, würde sie entscheiden, in welcher Form die Welt davon erfahren durfte. Doch erfahren musste sie davon. Denn wie sonst, wie anders sollten Hoffnung und Überleben möglich sein, wenn nicht ein Traum den Weg weisen würde? Wie es stets war, zu allen Zeiten der Menschheitsgeschichte.
Und mit einem Schlag erkannte Claire, dass dieser Traum nur dann lebbar sein würde, wenn das Handeln der Menschen nicht mehr von Gefühlen bestimmt wäre, sondern von der Anbindung an das Feld und der Führung durch seine Weisungen. *Drüsen* und *Seelen*. Diese merkwürdigen, fremden Worte und die inneren Vorgänge, die sie beschrieben, ergaben mehr und mehr Sinn. Hinter ihnen schien sich tatsächlich die Lösung zu verbergen.
Doch das würde sie sich erst einmal selbst beweisen müssen.

Sie fand Ajan auf der Terrasse des Gemeinschaftshauses. Er saß mit drei anderen, einer Frau und zwei Männern, unterschiedlich jungen Alters zusammen, hatte seine Beine lässig auf einen Stuhl gelegt und hielt eine Zigarette in der einen und

ein Glas Whisky in der anderen Hand.
Die Runde begrüßte Claire in ausgelassener Stimmung, als diese über die Stufen auf sie zukam, und Ajan nahm die Beine gleich vom Sessel, wischte mit dem Ärmel über die Sitzfläche, zog ihn näher zu sich und bot ihr den Platz an.
„Wir haben ein wenig gefeiert", sagte er mit leichtem Zungenschlag und grinste sie selig an.
„Ihr lasst es euch wirklich gut gehen, was?", warf Claire in die Runde und war eigentlich überrascht, dass Weisheit und Anbindung sich mit so viel Leichtigkeit und Lebensfreude verstanden, dass sie einander nicht ausschlossen, wie es so oft und an so vielen Orten der Welt gepredigt wurde, sondern ganz im Gegenteil, sich erst zu bestätigen schienen. Diesem Gedanken musste sie irgendwann noch weiter nachgehen.
„Wie war dein Tag? Hat Lucia dich gebissen?" Ajan lachte.
Claire sah ihn von der Seite an, musste mitlachen und schüttelte den Kopf:
„Sie war sehr behutsam und gütig und, ja, einfach großartig."
„Siehst du? Würde nicht auch alles andere unsere Philosophie Lügen strafen? Wenn wir uns letztlich doch so verhielten wie die Menschen der alten Generationen draußen in der Welt?"
„Aber ihr feiert, trinkt, lasst euren Gefühlen freien Lauf."
„Natürlich. Wie auch sonst? Wir sind Menschen. Aus Fleisch und Blut. Mit starken Herzen. Aus Himmel und Hölle gemacht", antwortete er laut, nickte, Zustimmung heischend, in die Runde und beugte sich dann zu Claire. „Aber wie schon gesagt: Es kommt auf die Dosis und den Zeitpunkt an." Er war verführerisch nah gekommen. Claire konnte seinen Atem auf

ihren Lippen spüren, der nach Tabak und Alkohol roch, sie jedoch nicht abstieß, sondern vielmehr anzog wie ein zarter, warmer Geruch nach Leben und Leidenschaft. Beinahe hätte sie ihn geküsst. Hier und jetzt und vor allen anderen. Doch etwas hielt sie wieder zurück. Vielleicht sollte sie sich auch das eine oder andere Glas genehmigen.

Ajan war schon dabei, nach einem zu greifen.

„Worauf hast du Lust?“ *Er lächelt so schelmisch.* „Also, Durst. Was willst du trinken? Wir haben Wein, Bier, Whisky. Nur nichts Alkoholfreies. Heute ist ein Feiertag.“

„Warum eigentlich?“

„Weil der Rat der jungen Hohen seit Monaten wieder zum ersten Mal die Köpfe zusammengesteckt hat. Und es war höchste Zeit. Wir haben beinah den ganzen Tag im Feld verbracht und diskutiert und Pläne geschmiedet. Und nach so einem Tag muss man zurück auf die Erde finden. Darum trinken wir und rauchen und haben vorzüglich gespeist.“ Er übertrieb es verspielt. „Apropos, hast du Hunger?“

Claire blickte in die Runde und sah sich somit zum ersten Mal dem Rat der jungen Hohen gegenüber.

„Ihr seid nur zu viert?“

„Eigentlich sieben, aber Tomek wollte lieber zu seiner Frau und auch Marisa und Jorge waren so lange getrennt, dass sie Besseres zu tun hatten.“ *Wieder dieses verführerische Grinsen.*

„Gib mir Whisky.“ Claire hatte das Gefühl, sich Mut antrinken zu müssen.

„Hast du noch was vor, heute?“

„Du?“

„Kommt auf das Feld an.“
„Das ist es also.“
Ajan hob die Augenbrauen und blickte sie fragend an.
„Ach, nichts“, tat Claire es ab.
„Das musst du mir jetzt erklären.“
„Später, wenn wir allein sind, okay?“ Sie wandte sich den anderen zu. „Und ihr seid also alle auf *Share* geboren und Hellseher?“

Ajan hatte sich nicht getäuscht, als er während der Reise und auch noch in Rom dem Feld seiner ehemaligen Geliebten nachgespürt hatte. Mia, ihrerseits eine Empathin und Mitglied des Rates, war in den Monaten seiner Abwesenheit eine Verbindung mit Marc, dem Hellsichtigsten unter ihnen, eingegangen.
Schon während der Begrüßungsfeier am ersten Abend ihrer Rückkehr hatten die beiden Ajan darauf angesprochen und ihm von ihrer noch jungen Beziehung erzählt. Ajan, der Eifersucht nur aus seltenen Momenten seiner Jugendzeit kannte, hatte gleich einen Blick auf ihr geeintes Feld geworfen und sich mit ihnen zu freuen begonnen. Die Energiesignaturen ergänzten sich nahezu perfekt und in vielen Wesensanteilen mehr, als es bei ihm und Mia der Fall gewesen war oder je hätte werden können. Dennoch empfand er seine, wenn auch kleinere, Liebe zu ihr als ungebrochen und konnte ebenso spüren, dass einzelne ihrer Seelenstränge noch immer an ihn gebunden waren. Umso mehr hatte er an diesem Abend darauf geachtet, nicht weiter auf das Feld der beiden Einfluss zu nehmen, hatte sich vorläufig ganz von ihr entbunden, um dann

mit den beiden zu lachen, zu feiern und auf ihr Glück und ihre Liebe anzustoßen.

Als dann Claire nach ihrem Gespräch mit Lucia von der Terrasse zurückgekehrt war, hatte er sich gleich in ihre Nähe begeben und den restlichen Abend an ihrer Seite verbracht. Zum einen half er Mia und Marc dadurch, sich ungezwungen in ihrer Liebe zu bewegen, zum anderen bot er Claire die Unterstützung, die sie bei all den für sie so neuen Umständen noch dringend benötigte.

Zugleich jedoch musste er sich ihr gegenüber mit besonderer Umsicht verhalten. Für sie war alles neu. Sie war mit den Normen der alten Welt aufgewachsen. Trug die starke Vorstellung der ausschließenden Paarbindung in sich und hätte zu diesem Zeitpunkt mit seinen Erklärungen über die vielen Teile der Liebe, ihre Formen und auch darüber, dass viele Lieben zugleich in einem Menschen existieren können, nicht das Geringste anzufangen gewusst.

Darum hatte er bei jeder seiner Äußerungen und Handlungen darauf geachtet, ihr Verlangen und ihre Hinwendung zu ihm immer auch ein wenig zu zerstreuen.

In einigen Momenten war er einfach nicht darauf eingegangen, in anderen hatte er sie ablenken müssen oder an der Oberfläche Desinteresse vorgetäuscht, ohne sie jedoch wiederum von sich zu stoßen.

Als er nun neben ihr in der Runde des jungen Rates saß und sie beobachtete, wie sie mit den anderen offenherzig und ohne Scheu ihre Späße trieb und sich wie von selbst in die fremde Gruppe einfügte, musste er, auch des Alkohols wegen, den er

bereits konsumiert hatte, richtiggehend dagegen ankämpfen. Allzu gern hätte er ihre Hand genommen oder sein Bein an ihres gelehnt oder einen Arm um ihre Schultern gelegt.
Doch er hielt sich zurück. *Zu früh,* sagte er sich. Solange sie die grundlegenden Fertigkeiten nicht erlernt hatte, würde sie all ihre Gefühle, alle Liebe und Lust an ihn binden; ebenso wie das unbewusste, trügerische Verlangen danach, ihre Sehnsüchte, Nöte und Verletzungen, ihre Wunden, die sie aus ihrem bisherigen Leben mit sich trug, durch die Bindung an einen anderen Menschen geheilt zu bekommen; jene frühen Schmerzen, die aus den Tagen der Kindheit stammten, und ebenso den schmerzlichen Verlust ihrer ersten, großen Liebe, ihrer Mutter und schließlich ihres Vaters.
Ajan selbst wusste seine eine, einzige, tiefe Verletzung durch die Lehren von *Share* und die Jahre der Übungen mittlerweile ausgeheilt. Er war frei zu lieben und frei, jede Liebe loszulassen. Er wusste, dass *Hohe Liebe* stets Bestand hatte und niemals verloren ging. Man konnte sie immer loslassen. Denn sie kehrte stets zu einem zurück und dann hatte man auch nichts verloren. Und kehrte sie nicht zu einem zurück, dann war es nie jene Liebe gewesen. Dann handelte es sich nur um die eigene Not oder um die größte aller Sehnsüchte, nämlich, sich irgendwann an das Feld zurückzubinden, aus dem die Seele bei der Geburt ins Irdische gekommen war, um schließlich am Ende der hiesigen Tage dorthin zurückzukehren. Und diese Rückkehr gelang einem im Leben nur durch das *Seelen* und dann ohne dass man seinen Körper erst im Tod verlassen musste. Beherrschte man diese Form

der Anbindung, gehörten Sehnsüchte und Schmerzen und Trauer der Vergangenheit an. Und man war heimgekehrt, in das ewige, weite Land der Seele.

Viele Menschen in der alten Welt spürten diese Sehnsucht als Heimweh. Ein Heimweh nach etwas, nach einem Ort, einem Zustand, den sie im irdischen Dasein nicht zu erreichen vermochten. Doch wurde ihnen nie bewusst, dass man sich nur nach etwas sehnen konnte, das einem bereits vertraut war.

Ajan sah die junge, schöne Frau mit ihren funkelnden hellblauen Augen, dem frechen Grinsen, den silberblonden Haaren, grazilen Gliedmaßen und eleganten Bewegungen neben sich sitzen und da schoss, schneller als das Bewusstsein eingreifen konnte, ein heißer Schub voll Lust durch seinen Körper.

Beinah hätte er seine Hand ausgestreckt und sie berührt.

Claire, die mittlerweile das zweite Glas Whisky geleert hatte, war mitten in einem Gespräch gewesen, unterbrach sich abrupt und wandte sich ihm zu. Sie sah ihm direkt in die Augen, wunderte sich über den mitreißenden Strom, den sie von ihm empfing, verschmolz mit seinem Blick, spürte ihrerseits heftiges Verlangen in sich aufwallen und wollte ihn nur noch küssen, ihn haben. Jetzt. Sofort. Sie kam mit den Lippen immer näher an seine.

Im letzten Moment senkte Ajan den Kopf und wich ihr aus.

Ein jäher Schmerz schoss Claire durchs Herz. Sie erstarrte. Zugleich fühlte sie, wie Scham in ihr aufstieg. Sie schämte sich in Grund und Boden. Vor den anderen, vor Ajan, vor sich selbst.

Ruckartig erhob sie sich, ihr Sessel flog nach hinten und sie

rannte davon, nur weg von der Runde, ins schützende Dunkel der Nacht, die ihre Tränen verbergen sollte.
Ajan warf noch einen Blick in die Gruppe, traf auf verständnisvolle Augen, hörte Mia noch mitfühlend sagen, dass er Claire nun unbedingt aus ganzer Anbindung an das Feld begegnen musste, und lief ihr hinterher.

„Geh weg! Lass mich in Ruhe!“
Claire ließ sich nicht stoppen. Auch als Ajan sie eingeholt hatte, lief sie weiter davon, immer schneller in Richtung ihres Hauses. In ihrer Stimme lag der Schmerz vieler Jahre von Zurückweisung und Verlust. Kurz bevor sie die Stufen zu ihrer Veranda erreicht hatte, stolperte sie und fiel. Als Ajan wieder zu ihr aufschließen konnte, saß sie schluchzend und zitternd mit ausgestreckten Beinen im Sand. Die Tränen hatten den schmalen Kajalstrich unter ihren Augen verrinnen lassen und sich auch noch mit dem schwarzen, mehligen Vulkanstaub vermischt, den sie sich, trotzig wie ein Kind, mit dem Ärmel aus dem Gesicht wischte. Selbst im Dämmerlicht der Nacht erkannte Ajan, aus welchen Untiefen ihrer Psyche der Schmerz hervorgebrochen war.
„Lass mich! Hast du nicht gehört?! Ich will dich nicht in meiner Nähe haben! Geh weg! Geh!“
Er wusste, was zu tun war. Auch wenn die nächsten Momente ihr und auch ihm viel abverlangen würden.
Er beugte sich von hinten zu ihr, kniete sich hin und umarmte sie so innig und kraftvoll, dass es kein Entkommen für sie gab. Er war sich bewusst, was folgen würde. Claire begann, um

sich zu schlagen, versuchte mit aller Gewalt, sich zu befreien, beschimpfte ihn, wollte ihn irgendwie von sich stoßen. Doch Ajan gab nicht nach.

Während er sie mit seiner ganzen Kraft festhielt, regulierte er seinen Atem, stieß die Luft bis zum letzten Molekül aus seiner Lunge, konzentrierte sich auf die Torquellen in seinem Körper, auf seine Hände und Füße, seinen Schoß, seinen Bauch, sein Herz, seine Brust, seinen Kehlkopf, auf die Mitte seines Kopfes, schließlich auf den Scheitel, öffnete sie und ließ mit einem einzigen folgenden Atemzug dichte Feldströme in sich einfließen. Er atmete weiter, nahm noch mehr Energie auf, sandte sie durch alle Gliedmaßen, leitete die Rotation der Wirbel ein und setzte den Kreislauf in Gang. Fast im selben Augenblick übernahm die Weite und Gelassenheit des Feldes die Führung in seinem Inneren.

Noch immer hielt er Claire fest. Mit der Energie seiner Umarmung gingen nun die Ströme auf sie über, flossen in sie ein, öffneten auch ihre Torquellen und nahmen ihr Werk auf. Claire beruhigte sich. Die Spannung wich aus ihren Muskeln, das Herz reduzierte seinen Puls, der neuerliche Tränenstrom setzte die bitteren Stoffe frei, spülte die Moleküle des Schmerzes aus und floss nun der Erlösung zu. Als wäre sie aus tiefem Wasser wieder an die Oberfläche aufgetaucht, öffnete sie weit ihren Mund und sog in einem keuchenden Atemzug frische Luft in sich ein. Im Ausatmen stieß sie einen letzten Schrei aus und bahnte damit auch allem Schmerz und Zorn langer Jahre über die Stimme ihren Weg in die Wirklichkeit.

Ajan wiegte sie jetzt ganz ohne Kraft. Den Griff hatte er längst schon gelöst und hielt nun das stille, weinende Bündel Mensch in seinen Armen, wie man ein Neugeborenes hält, nachdem es mit Atem und Schrei aus dem Feld eingekehrt war in die Schwere seines Körpers und dieses Lebens.

Er hielt den Strom ohne Unterlass aufrecht. Friedlich nun und langmütig, ohne Widerstand durch Gefühle oder Körperkraft.

Claire war wieder aus der Zeit getreten. Sie fühlte sich, ähnlich wie am Nachmittag desselben Tages, als Lucia ihre Hände gehalten hatte, doch noch um vieles weiter und voller, von ruhiger Kraft ummantelt.

Dieser Mann, der sie vor wenigen Augenblicken so tief gekränkt hatte, war nun wie ein schützender Engel um sie, hatte seine Flügel ausgebreitet und schwebte mit ihr in den Himmel.

Sie dachte an das tote Mädchen in Rom, an die Begegnung mit ihrer Mutter auf der Brigantine, sah etwas wie Lichtstrahlen vor sich und, als sie die Augen öffnete, zugleich die Dunkelheit der Nacht, das Glitzern des Wassers und einen Sternenhimmel, so hell und schwarz und tief wie eine unendliche Weite aus Liebe und Geborgenheit.

In Ajans Armen schlief sie nun ein, wie ein Säugling einschläft, sicher, behütet, genährt von der einzigen unvergänglichen Mutter, dem einzigen ewigen Vater: dem Feld.

# 15

Claire erwachte am nächsten Morgen in ihrem Bett. Der feste Leinenstoff der Matratze war mit frischem, weichem Stroh gefüllt, das nach Erde duftete und nach Land und Feldarbeit.
In den letzten Bildern ihres Traumes, kurz bevor sie ins wache Bewusstsein zurückkehrte, sah sie sich mit anderen Frauen und Männern Sommerweizen auf den Feldern ernten. Sie griff sich ein Bündel der trockenen Stängel, schnitt sie mit einer Sichel nur knapp über dem Grund ab, band sie zu einer Garbe und trug sie zu einem nahen Karren, der schon zur Hälfte befüllt war. Sie sang ein Lied; im Chor mit den anderen. Und das weite, goldene, zur Ernte reife Feld lag vor ihr ausgebreitet bis zum Horizont. Heißer Wind pfiff ihr um die Ohren. Sie rieb sich die Hände, um den trockenen Staub loszuwerden, und griff in das dünne Baumwolllaken, das ihren Körper bedeckte. Sie trug nur ein T-Shirt. Noch war sie im Nachhall des Traumes nicht verwundert darüber, versuchte nun aber, den Schlaf abzuschütteln, und öffnete die Augen. Sie musste sich bei Ajan über die Feldarbeit erkundigen. Vielleicht sollte sie ja ihren Plan ändern und einer ganz anderen Tätigkeit nachgehen, einer unter freiem Himmel und mit ihren Händen und Muskeln arbeiten anstatt mit dem Kopf.
Sie versuchte sich an die vergangene Nacht zu erinnern. Nur langsam tauchten vage Bilder auf. Sie lag in den Armen von Ajan und er trug sie die Stufen zum Eingang hinauf, öffnete die Tür – und dann war da plötzlich noch eine Frau, *konnte es*

*Mia gewesen sein* –, hatte sie entkleidet und gewaschen und ins Bett gelegt.
Ruhig war es in ihr und der Morgen, mit seinem Geruch von frischem Kaffee und Geräuschen tratschender Menschen durch die offenen Fenster vom Wasser her, fühlte sich friedlich an.
„Hallo Schlafmütze, endlich aufgewacht?“
Daher der Kaffeegeruch. Ajan kam mit einer Bol auf sie zu. Er hatte Café au Lait für sie zubereitet, den Espresso in einer verschraubbaren Maschine gekocht, von deren Geräusch Claire erst geweckt wurde, als das siedend heiße Wasser pfeifend durch die Düse aufgestiegen war. Sie kannte diese alten italienischen Maschinen, hatte sie aber selbst noch nie zuvor benutzt. Dazu hatte er noch Milch mit einem Schneebesen zu Schaum geschlagen und perfekt mit Zucker abgestimmt. *Woher weiß er, wie ich meinen Kaffee trinke?* Es roch köstlich und die strahlenförmigen Lachfalten in Ajans sonnengebräuntem Gesicht, als er ihr nun die Schale mit beiden Händen entgegenhielt, waren wieder mal unwiderstehlich.
„Du machst mir also Frühstück, aber küssen kannst du mich nicht.“
„Frühstück ist unverfänglich.“
„Ah, ja?“
„Schließlich hab ich auf deinem Fauteuil geschlafen und nicht in deinem Bett.“
„Du warst die ganze Nacht hier?“
Er nickte. Claire nahm einen Schluck und spürte der heißen Flüssigkeit nach, die ihre Geschmacksknospen zum Jubeln brachte.

„Was war das gestern Abend?“

„Claire will es wieder wissen.“

„Zuerst flirtest du mit mir, dann weist du mich zurück, rennst mir aber trotzdem hinterher, hältst mich fest wie ein Schraubstock und dann stellst du wieder irgendwas mit deiner Energie an und ich fühle mich plötzlich frei und, Gott klingt das bescheuert, wie neugeboren. Da muss ich doch wohl nachfragen.“

„Aber erklären kann ich es dir jetzt noch nicht.“

„Das ist alles?“ Sie äffte ihn nach. *„Erklären kann ich es dir jetzt noch nicht.* Wann dann?“

„Wenn du so weit bist.“

„Na, klasse. Jetzt fühl ich mich wieder beschissen.“

„Darum.“

Sie blickte ihn fragend an.

„Darum kann ich es noch nicht. Du fühlst. Und diese Gefühle tun mit dir, was sie wollen. Genauer gesagt, worauf sie irgendwann von Kindheit an programmiert worden sind. Claire, bitte, hab Geduld und lass los. Lerne bei Lucia deine Gefühle zu *drüsen* und sie zu meistern. Dann gehen wir die nächsten Schritte gemeinsam und ich werde dir alles zeigen und erklären. Kannst du das akzeptieren?“

Claire hatte sich aufgesetzt, ihre Beine unter dem Laken angezogen und sich an die Rückwand gelehnt. Sie sah durch das Fenster auf den hellen Tag, auf die Gesichter einiger *Sharer*, die vor ihrem Haus entlangspazierten. *Sie lächeln, immer lächeln sie.* Die Blütendüfte der Hyazinthen, Azaleen und Schmucklilien, die rund um ihr beschauliches Häuschen schon ihre Kelche geöffnet hatten, mischten sich mit dem

Kaffee und dem strahlenden Morgen und Ajans Lachfalten. Man musste wirklich bescheuert sein, um in dieser Umgebung nicht das reinste Glück zu empfinden. *Finde eine neue Zeit in dir. Lass es gewähren. Nichts muss sein. Angemessen, achtsam, verbunden.*

Vor ihr lag ein weiterer Tag mit Lucia und ihren Lehren. Ajan hatte die ganze Nacht an ihrer Seite zugebracht, hatte in dem, für ihn viel zu schmalen Fauteuil über sie gewacht. Hätte es einen größeren Beweis von Liebe geben können, oder zumindest von Zuneigung? Und hatte er, nach ihrem heftigen, eruptiven Erlebnis der vergangenen Nacht, nicht zutiefst verantwortungsvoll gehandelt und taktvoll?

Es war höchste Zeit, ihre Gefühle zu überprüfen und sie in neue Bahnen zu lenken.

Sie drehte sich zu ihm, legte ihre Hand auf seine und sagte:

„Danke."

Ajan streifte über ihre Wange und erwiderte:

„Willkommen in deinem Leben."

Der Weg zur Schule führte am Wasser entlang. Claire hatte ihre Riemensandalen in die Hand genommen und strich mit den Zehen durch den nassen Sand. Sie liebte es, das Gefühl der weichen, teigigen Masse unter ihren Füßen zu spüren. Das hatte etwas von Kindheit und Sandburgen bauen und Erdbeereis. Sie hielt inne, hockte sich hin und nahm ein wenig Sand in ihre Hände. Die feinen Körner zwischen ihren Fingern beschworen noch mehr ihrer frühesten Erinnerungen herauf.

Vater und Mutter, hinter ihr in Liegestühlen am Strand der

Côte d'Azur; ein pummeliger Junge, der mit seiner Schaufel auf ihren Palast einschlägt; sie selbst, die ihn daraufhin an den Haaren zieht; Vater, der herbeieilt, um ihr das zu verbieten; ihr Zorn, ihre Enttäuschung, ein weiterer, kleiner, unbedeutender, zerstörter Traum; Mutter, die sie zu trösten versucht, ihr mit Spucke auf einem Taschentuch über die Wange wischt; Kindertage, Zurechtweisungen und Nichtverstehen und tausend Sinne offen und lernen, gezwungen sein, zu lernen, was man wann fühlt, was man worüber zu denken hat, wie man, anderen zuliebe, handelt, was Recht und Unrecht ist seit Generationen, was die Tradition verlangt und wer das Sagen hat und dass die Nachbarin eine Fremde ist und der Alte gegenüber nichts wert.

Sie blickte über die glatte Oberfläche des kleinen Kratersees. Forellen schwammen darin. Da schwammen tatsächlich silbrig schimmernde Forellen und, etwas tiefer und viel träger, auch riesige, braune Welse mit ihren langen Barteln am Oberkiefer und den breiten Mäulern und auch noch andere Fische, kleine, große, bunte Fische, die sie nicht aus ihrer Kindheit kannte und die es miteinander aushielten und sich offenbar nicht gegenseitig zum Frühstück verspeisten.

Sie lächelte. Und es war immer noch Morgen und Ajans Blicke begleiteten sie von der Veranda ihres Hauses her. Sie setzte ihren Weg zur Schule des Herzens auf die andere Seite des Sees fort.

Claire stand gekrümmt, mit gesenktem Kopf, angespannten Schultern, einem schmalen Stand und traurigem Gesicht in

der Mitte des Lehrsaales. Sie atmete stockend, schluckte und schluchzte und hielt es kaum aus. Vor ihre Füße tropften Tränen auf den hellen Holzboden.
Sie hatte, laut Lucias Anweisung, eine Haltung einnehmen müssen, als würde sie einer Beerdigung beiwohnen und sich zudem an einen schmerzlichen Verlust erinnern. Beinah augenblicklich fühlte sie sich zurückversetzt an das Grab ihrer Mutter.
„Und nun beginne damit, dich zu beobachten, deinen Atem, deinen Herzschlag, die Rhythmen in deinem Inneren, die Spannung deiner Muskeln, deine Haltung, deinen Gesichtsausdruck. Schmeck das Salz in deinen Tränen. Vernimm die Laute, die dir entkommen. Jetzt tritt aus dir heraus und betrachte dich von außen. Benenne, was du siehst. Beobachte dich weiter. Lass nicht nach. Distanziere dich von dir, nimm Abstand von deinem Gefühlskörper und lass dein freies Selbst die Oberhand gewinnen. Lenke alle Energie in dieses Selbst. Merkst du es? Jetzt fallen deine Schultern an ihren natürlichen Platz zurück. Das ist gut. Mach weiter so. Die Energie beginnt sich zu verlagern. Beruhige deinen Atem, atme doppelt so lange aus wie ein, richte dich auf, lass dein Gesicht zur Ruhe kommen und beobachte dich weiter. Verwandle dich.“ Sie ging einen Schritt weiter, um Claire von der Trauer zu einem gegenüberliegenden Pol ihres Gefühlsspektrums zu lotsen. „Wie stehst du da, wenn du triumphierst?“
Claire blickte verdutzt zu ihr. Lucia, die sich an diesem Vormittag für sie allein hatte Zeit nehmen können, wiederholte: „Wie stehst du da, wenn du triumphierst?“

Claire reckte ihre Arme zur Decke, ballte die Fäuste, stellte sich etwas breiter hin, blickte nach oben und versuchte, noch immer unter Tränen, ein Lächeln.

„So?“

„Lächle.“

„Tu ich doch.“

„Nein, du bemühst dich zu lächeln und zweifelst. Das ist etwas ganz anderes. So funktioniert das nicht. Dann *drüst* du Hormone der Mühe und des Zweifels. Bei einem Lächeln, das unsere Drüsen dazu anregt, Glückshormone auszuschütten, wandern die Augenwinkel ein wenig nach unten und die Mundwinkel ein wenig nach oben. Es ist wie eine Begegnung zwischen Himmel und Erde. Probier es.“

„Fühlt sich besser an.“

„Was fühlt sich?“

„Bitte?“

„Lächle. Nicht aufhören. Lass dein Gesicht winken und dein Herz winkt zurück. Also: Was fühlt sich?“

Claire war verwirrt und suchte nach einer Antwort, während sie sich weiter bemühte, das richtige Lächeln zu lächeln.

„Ich“, gab sie stockend von sich, „fühle mich.“

„Und ist das ein und dasselbe oder sind da mehrere? Und vor allem: Fühlt das eine gleich wie das andere? Als du dich vorhin beobachtet hast, lächeln nicht vergessen, wer oder was hat da beobachtet? Und war das beobachtende Selbst Teil des Gefühls oder war es außerhalb davon?“

Claires Gesichtsausdruck fiel in sich zusammen.

„Das ist mir zu hoch.“

„Natürlich." Lucia war ganz offen und freundlich und meinte alles ehrlich und sagte es geradeheraus. „Du bist eine Anfängerin. Du hast nur gelernt, Gefühle zu haben, sie währenddessen bestenfalls mit dem Körper auszudrücken und dementsprechende Vorstellungen und Gedanken zu fassen. Wirst du nun aufgefordert, die drei Sphären zu trennen, dann bist du heillos überfordert."

„Die drei Sphären?"

„Fühlen, Verkörpern und Denken."

„Das höre ich zum ersten Mal."

„Und das ist einer der Gründe, warum du gestern von unseren Jüngsten so überrascht warst, als sie von einem Wesenszustand in den anderen gewechselt sind. Sie erlernen diese Fertigkeiten von Kindheit an: Sie vermögen die drei Sphären zu hundert Prozent in den Gleichklang zu schalten oder aber sie vollkommen getrennt voneinander zu handhaben. Und über allem schwebt ein höheres Selbst, das die Sphären frei und selbstständig bedient und das im Einklang mit dem Feld steht."

„Lucia! Wie soll ich das alles denn jemals erlernen?"

„Verstehst du nun, warum ich dir am ersten Abend auf der Terrasse solche Vorhaltungen machen musste? Dass du noch einiges lernen musst, bevor du begreifen kannst, warum wir so geworden sind, wie wir sind? Und warum es das zu beschützen gilt? Du bist mir hoffentlich nicht mehr böse darüber?"

„Ich bin dir nicht böse. Ich dachte, du wärst mir böse und jetzt fürchte ich zudem, dass ich dir und euch nie gerecht werden kann."

„Wie lange übt ein Geigenspieler, bis er eine Sonate von Mozart fehlerfrei zu spielen vermag?“
„Viele Jahre lang.“
„Richtig. Doch was ist der Unterschied?“
„Zwischen einem Geigenspieler und mir?“
„Nein. Zwischen der Geige und deinem Instrument?“
Claire kam sich wie ein Kleinkind vor und bemühte sich tunlichst, ihre Gedanken zu ordnen und nicht so mit dem Verstand hinterherzuhinken, den sie bislang für einwandfrei funktionstüchtig gehalten hatte.
Lucia erklärte es ihr:
„Dein Instrument bist du selbst. Es lebt. Es entwickelt sich. Es gehorcht dir. Denk an die Übung mit den Kreisen in der Luft. Heb deine Hand hoch: Du vermagst es. Hör in deinen Schmerz: Seine Stimme wird dich niederschmettern. Blick in den Himmel: Du siehst die Sonne und sie wird dich wärmen und erleuchten. Du entscheidest. Immer. Sogar, wie schnell du wachsen und aufblühen willst.“ Sie ließ Claire einen Moment, um das Gesagte zu verarbeiten. „Und letztlich verhält es sich wie bei der Geige, nur eben dass wir Komponist, Spieler und Instrument in einem sind. Manchmal schwingen alle Saiten zugleich, ein anderes Mal gibt nur eine den Ton an. Der Geiger bemüht sich, sein Bestes zu geben. Die Qualität der Musik jedoch hängt davon ab, ob der Komponist auch seine Seele ins Spiel bringt. Und ob er mit dem Feld verbunden ist, aus dem ihm schließlich die Gabe zufließt, seine Zuhörer zu berühren. Dann bindet er auch sie an das Feld und das ist es, was in Wahrheit dahintersteckt.“ Sie hielt inne und gab Claire

wieder einige Momente, während sie ein paar Schritte zu der hohen Glasfront an der Westseite ging und ihren Blick, zwischen einigen lichter stehenden Baumstämmen hindurch, über die nahen Anhöhen schweifen ließ.
Ohne sich Claire zuzuwenden, fragte sie:
„Was macht deine Trauer?“
„Sie hat sich“, Claire spürte ihren Gefühlen nach, „aufgelöst.“
„Sieh einer an.“ Lucia schmunzelte. „Und warum?“
„Ich weiß nicht genau.“ Sie kam an Lucias Seite. „Ich habe begonnen, mich zu beobachten, habe meine Haltung verändert, dir zugehört und zu begreifen versucht und währenddessen hat sich“, sie konnte es nicht genau erklären, „irgendwie die Energie in Kopf und Körper verschoben.“
„Also ist es nicht ganz so schwierig, oder? Was meinst du?“
„Aber nur durch deine Hilfe und Führung und, wie mir scheint, allerlei Ablenkungsmanöver.“
„Zu denen du ebenso allein in der Lage bist.“
„Irgendwann vielleicht.“
„Darum machen wir für heute auch Schluss. Nimm dir Zeit, über alles nachzudenken, und beginne damit, es selbst auszuprobieren.“ Sie wandte sich Claire zu. „Hast du dir schon überlegt, welche Arbeit du verrichten willst?“
„Ich hatte einen Traum heute Nacht.“
„Einen Traum?“ Lucia horchte auf.
„Gibt es Weizenfelder in der Nähe?“
„Woraus, glaubst du, machen wir unser Brot?“
„Könnte ich vielleicht dort arbeiten?“

„Davon hast du geträumt? Eine studierte Journalistin bei der Feldarbeit?“
Claire nickte.
„Das lässt sich bestimmt einrichten. Es ist Hochsommer und die Weizenernte hat vor wenigen Tagen begonnen. Allerdings stehen uns dafür keine Maschinen zur Verfügung. Es wird alles mit Muskelkraft und Sicheln und Sensen erledigt.“
„Ich weiß.“
„Dein Traum?“
„Ja.“
„Siehst du? Woher kommen hellsichtige Träume, wenn nicht aus dem Feld?“ Sie blickte Claire an. „Darf ich dich noch etwas fragen?“
„Natürlich.“
„Hattest du intensive Erlebnisse mit Ajan?“
„Du nimmst dir kein Blatt vor den Mund, was?“
„Warum auch? Reine Zeitverschwendung“, sagte sie leichthin. Claire schüttelte bewundernd den Kopf und beantwortete die Frage:
„Also, nicht in der Art, wie du es vielleicht gerade meinst, aber ja, intensiv ist noch gelinde gesagt.“
„Fühlst du dich ihm verbunden?“
„Ich denke schon.“
„Dann kommunizieren eure Felder bereits miteinander. Sie fließen ineinander ein. So lernst du von ihm und er von dir. Je dichter das gemeinsame Feld zwischen Menschen ist, desto stärker der gegenseitige Einfluss und desto schneller lernen sie voneinander. Darauf beruht im Wesentlichen übrigens auch

Kindererziehung. Es ist nicht nötig, Kinder mit vielen Worten zu lehren. Das meiste geschieht gewissermaßen ganz von selbst, auf der umfassenden Ebene des Feldes."
„Aber was könnte Ajan groß von mir lernen? Er weiß doch alles, kennt alles."
„Doch nur, was sein männlicher Körper aus dem Feld zu übersetzen vermag. Nicht jedoch, was dein weiblicher Körper davon empfängt. Aber das gehört nun wieder einer ganz anderen Schule an, jener der *Hohen Liebe*, die auf das *Seelen* folgt."
Sie nahm Claire an den Schultern. „Genug jetzt. Das werden entschieden zu viele Informationen auf einmal. Komm", sie hakte sich bei ihr ein, „lass uns zu den irdischen Feldern spazieren. Ich werde dich Ada vorstellen. Sie ist eine unserer Ältesten und ihr obliegt die Einteilung der Landarbeiten."

Claire stand der Schweiß auf der Stirn. Ihr Baumwollhemd, das sie im Bekleidungsdepot erhalten hatte, klebte mittlerweile schon auf der Haut und die Finger schmerzten vom starken Griff, den sie zum Einhalten der Sichel anwenden musste. Die andere Handfläche war gerötet und von feinen Striemen überzogen. Das Zusammenfassen mehrerer Weizenähren an den widerspenstigen Stängeln, knapp über den Wurzeln, kostete ebenso viel Kraft. Bis in den Rücken zogen sich, schon nach wenigen Stunden Feldarbeit, die Verspannungen. Sie richtete sich auf, wischte mit dem Ärmel über die Stirn und versuchte zu Atem zu kommen. Sie brauchte dringend eine Pause.
Hinter sich hörte sie freundliches Lachen.
„Hast du dir leichter vorgestellt, was?" Mia, die ihren Anteil

am Gemeinwohl auch auf den Feldern einbrachte und schon seit Jahren mit dieser Arbeit vertraut war, hatte sich auf den Weg zu ihr gemacht. „Aber du warst sehr tüchtig." Sie wies zu dem Holzkarren, der etwas abseits stand und beinahe schon bis zum Rand mit Garben vollgeschichtet war. „Das hast du ganz allein geschafft und das ist echt nicht schlecht für drei Stunden und den ersten Tag. Alle Achtung."

„Na, wenigstens etwas."

Mia sah sie an und ihre Feinfühligkeit verriet ihr gleich, was sich in Claires Gefühlskörper abspielte.

„Du hattest Unterricht?"

„Mhhh."

„Bei Lucia? Dein erster Tag?"

„Genau genommen der zweite, aber gefühlt habe ich mich wie der erste Mensch."

„Was hast du erwartet?"

„Eigentlich nichts. Aber auch nicht, dass es so schwierig ist."

„Ist es auch nicht. Es kommt dir nur jetzt so vor. Und das ergeht allen Frischlingen so. Verzeih, das war nicht abwertend gemeint. So nennen wir Jungen alle Neuankömmlinge. Haben wir aus irgendeiner amerikanischen Serie und hat sich so eingebürgert." Sie lachte. „Aber dafür helfen wir auch alle mit."

„Richtig, ich wollte mich noch für die gestrige Nacht bei dir bedanken. Du hast mir die schmutzigen Kleider abgenommen und mich gewaschen und ins Bett gebracht, nicht wahr?"

„Das war doch selbstverständlich. Doch das meine ich nicht. Wir verbinden uns mit euch."

„Wie?"

„Schon am ersten Abend. Darum die große Begrüßungsfeier. Alle höheren Jungen bilden so etwas wie einen Schutz- und Lehrkreis um die Frischlinge. Wir kommen mit euch ins Gespräch, beobachten euch, fühlen uns ein, spüren euren Feldern nach, aktivieren unsere Torquellen und binden sie an eure. Damit beginnen unsere höheren Fähigkeiten in euch einzufließen. *Share*. Verstehst du? Wir teilen." Sie lächelte liebevoll. „Das ist, was es eigentlich bedeutet. Dich zu waschen und ins Bett zu bringen, war selbstverständlich. Wir teilen aber noch etwas viel Wichtigeres mit euch: unsere Seelenfelder. Und darum fühlt sich das Lernen zwar anfangs etwas schwierig an, doch nur so lange, bis du deinen Willen ausgeschaltet und alle Absichten und das ganze andere Alte hinter dir gelassen hast." Mias Lächeln, ihre ganze Ausstrahlung, war tatsächlich wie eine Begegnung zwischen Himmel und Erde. Sie war so herzlich und offen, dass Claire auf eine Art von ihr berührt war, wie sie es, nach nur wenigen Minuten mit einem fremden Menschen, selten zuvor erlebt hatte. Verstohlen wischte sie sich eine Träne aus dem Augenwinkel.

„Spürst du, wie tief du gerade fühlst? Und wie sich dieses Gefühl jenseits des Herzens abspielt?"

*Sie fühlt alles, was ich fühle.*

„Und bald ist das auch umgekehrt so." Sie lächelte wissend. „Denn mein Vermögen wird zu deinem. Mit jedem Augenblick, in dem du dich in Liebe an mich bindest, wächst es. Liebe ist Anbindung. So wie jetzt eben." Sie legte ihre Hände auf Claires Schultern, wie eine alte, beste Freundin. „Und mit jedem weiteren Tag potenzieren sich dein Wissen und dein

Vermögen. Das ist die Macht der *Hohen Liebe*. Sie ist es, die uns lehrt und führt und nährt. Und sie teilt sich immer in unendlich viele Teile und macht uns so zu einem Organismus. Jeder steht ganz für sich allein und ist doch zugleich verbunden mit allen anderen."

Da war es wieder: Dieses Aufgehobensein, dieses Zuhausesein in einem anderen Menschen und zugleich in allem, was sie umgab. Sie konnte das Feld nun immer besser verstehen. Woher all diese Güte kam und die Selbstlosigkeit und die Liebe. Diese sagenhafte, neue, andere Art von Liebe, die ohne Vorbehalte war und jenseits von Zeit und Raum lag, die man miteinander geteilt haben musste.

„Es ist ganz einfach, Claire. Es ist dir nur noch fremd. Und schau, ich bin gerade erst zwanzig geworden. Und ich kenne das schon alles. Woher? Du bist so viel reifer und erfahrener als ich. Hast so vieles schon gesehen und erlebt. Und weißt, hast mit eigenen Augen gesehen, was die alten Lehren angerichtet haben in der Welt. Dreh dich einmal um dich selbst und du wirst ebenso viel vermögen wie wir. Hast du Hunger?"

„Wie bitte?"

„Ob du Hunger hast?"

„Schon, aber ..."

„Denk nicht so viel nach, Claire. Ist nicht nötig jetzt. Es wirkt von selbst in dir weiter. Lass uns was essen gehen."

# 16

*Liebste Jana!*
*So viele Tage schon will ich dir schreiben.*
*Ich hoffe sehr, dass es dir und Amid gut ergeht.*
*Was soll ich sagen? Wie kann ich erklären, warum ich einfach verschwunden bin, ohne mich von euch zu verabschieden?*
*Lass es mich so ausdrücken: Es waren wirklich außergewöhnliche Umstände, die mich dazu gezwungen haben.*
*Und sei versichert, dass es mir sehr leidtut. Ich denke jeden Tag an euch und besonders auch an Amid, den ich so schnell in mein Herz geschlossen habe. Bitte, richte ihm das von mir aus und auch dass ich mein Versprechen, euch wiederzusehen, so bald wie möglich einlösen werde.*
*Mehr kann ich dir leider nicht verraten.*
*Nur so viel vielleicht: Ich bin auf einer Trauminsel irgendwo im Atlantik. Und ein umwerfender Mann hat mich auf Händen aus Rom getragen ...*
*Sei beschützt und umarmt und ..., ja: Möge das Feld mit dir sein.*
*(Mach dir keine Gedanken, ich lerne gerade viel Neues.;-))*
*Deine Claire*

Claire überflog ihre Zeilen noch einmal und schickte die Mail ab. Da sie nicht vorhatte, auch nur ein Wort zu viel über *Share* zu verraten, hielt sie es nicht für nötig, sich mit Ajan abzusprechen. Zudem zählte persönlich Geschriebenes für sie, mehr als alles sonst, zur Privatsphäre.

Ihr Neopad hatte sich zuvor problemlos ins Netz eingeloggt und da sie es seit Tagen nicht benutzt hatte, waren erst unzählige andere Nachrichten zu löschen und wenige einzelne mit Standardfloskeln zu beantworten gewesen.
Für ihren Vater und vor allem Jerome musste sie sich jedoch etwas einfallen lassen.
Ihr Vater hatte auf seine letzten Zeilen, die sie noch in Rom von ihm erhalten hatte, immerhin keine weiteren folgen lassen. So groß schien seine Sorge also doch nicht zu sein oder er war zu gekränkt, um sich weiter mit ihr zu befassen. Sie überlegte lange, was sie ihm schreiben könnte, doch ihre Reue per Mail zu bekunden und sich lange Erklärungen abzuringen, schien ihr schließlich unpassend. Darum schrieb sie nur ein paar Worte an ihn:

*Lieber Papa,*
*es geht mir gut und es tut mir leid, was vorgefallen ist.*
*Sobald ich wieder in Paris bin, werde ich versuchen, dir alles zu erklären.*
*Mach dir bitte keine Sorgen, ich bin bestens aufgehoben und beschützt und die Arbeit geht gut voran.*
*Und bitte verzeih mir,*
*Deine Claire*

Jerome hatte jeden Tag versucht, sie zu erreichen, mal per Anruf, dann wieder mit längeren, besorgten Nachrichten. Ihm musste sie als Nächstes schreiben.
Schon die Anrede fiel ihr schwer. So vieles hatte sich verän-

dert. Und jemanden zu belügen, war ihr noch nie leichtgefallen. Also bemühte sie sich, so gut es ging und so nah wie möglich an der Wahrheit zu bleiben.

*Geliebter Jerome!*
*Bitte entschuldige, dass ich mich so lange nicht gemeldet habe. Du musst dir ja alles Mögliche denken.*
*Doch es ist nur, weil ich hier kaum Empfang habe. Es gibt wenige intakte Sendemasten und die sind nur ein paar Stunden am Tag aktiv. Und wenn ich mich dann melden wollte, war es gerade am falschen Ort oder zur falschen Zeit.*
*Es geht mir also gut und alles ist in Ordnung. Meine Recherchen schreiten zügig voran, ich treffe viele Menschen, schließe neue Bekanntschaften und sammle unzählig viel neues Material.*
*Allerdings wird es noch einige Tage oder vielleicht sogar Wochen dauern, bis ich wieder zurück bin. Das wird dich jetzt wahrscheinlich kränken und, wie ich befürchte, auch wütend machen. Doch bitte hab Verständnis.*
*Es wird mein Recherchekonto auch nicht weiter belasten und kaum weitere Kosten verursachen. Ich komme gut zurecht und die Menschen hier sind sehr großzügig.*
*Ich melde mich wieder, sobald ich besser einschätzen kann, wie lange es noch dauert.*
*Die Story wird jedenfalls sensationell! Glaub mir!*
*Und bitte sei mir nicht böse und hab Vertrauen in mich.*
*Ich brauche das jetzt. Mehr als du dir vorstellen kannst.*
*In Liebe,*
*Deine Claire*

War das so gut gesagt? Mehr konnte sie Jerome weder verraten noch erklären. Zu diesem Zeitpunkt schien es ihr sicherer, ihn erst einmal in dem Glauben zu lassen, sie wäre nach wie vor in Rom. Er würde von *Share* früh genug erfahren.
Und die sensationelle Story musste sie ihm in Aussicht stellen, um ihn wenigstens ein wenig zu beschwichtigen. In Wahrheit bereitete ihr aber gerade das erhebliche Sorgen. Mit den täglichen Erkenntnissen und Erlebnissen auf der Insel wuchsen auch die Zweifel, was sie davon überhaupt veröffentlichen sollte oder durfte.
Sie konnte die Befürchtungen der Gründer ebenso nachvollziehen wie den heimlichen Wunsch der jungen Hohen, *Share* für die Welt zu öffnen. Ein langer Weg lag noch vor ihr, bevor sie darüber eine Entscheidung würde fällen können.
Sie legte das Neopad zur Seite und griff nach Ajans Wolltuch, das er für sie vom Schiff hatte mitbringen lassen. Mit angezogenen Beinen mummelte sie sich ein.
Der späte Nachmittag hatte einige Wolken mit sich gebracht und Mia hatte ihr, nachdem die beiden aus der Gemeinschaftsküche gekommen waren, von den Wetterkapriolen erzählt, denen die Kolonie manchmal ausgesetzt war. Der Hochsommer brachte zwar zumeist lange Sonnenphasen mit sich, doch blieben die *Sharer* auch in diesen Monaten nicht von den schweren Regengüssen verschont, die im Winter oft sogar über Wochen anhielten.
Der eine oder andere Schatten lag also scheinbar auch über diesem Paradies.
Claire hatte gleich nach dem Betreten ihres Häuschens die

Fensterläden geschlossen, die jetzt bei zunehmender Windstärke vor sich hin klapperten. Das gleichmäßige Geräusch machte sie müde und sie döste langsam ein.

Erst konnte sie das Klopfen an der Tür nicht von dem der Läden unterscheiden. Als es sich jedoch heftiger wiederholte und den Rhythmus brach, schreckte sie hoch. Zu dringlich kam es ihr plötzlich vor.
Sie öffnete die Tür, die ihr im starken Wind entgegenschlug und stand einem älteren, hageren Mann gegenüber, den sie von der Begrüßungsfeier wiederzuerkennen glaubte. Wenn ihre Erinnerung sie nicht täuschte, war er neben Lucia an der Tafel gesessen und hatte sich flüsternd mit ihr unterhalten.
„Verzeihen Sie die Störung, Mademoiselle Claire, aber das Gründerpaar wünscht Sie umgehend zu sprechen." Seine Stimme klang gebrochen und fordernd zugleich.
„Ist etwas geschehen? Mit Ajan? Geht es ihm gut?" Sie war überrascht, dass ihr erster Gedanke Ajans Wohlergehen galt.
„Keine Sorge, wir sind alle wohlauf." Scheinbar gehörte der Mann zur Familie. „Doch ich habe mich noch nicht vorgestellt, bitte entschuldigen Sie." Claire bewunderte zwar die ausgewählte Höflichkeit dieses Herrn, wollte jedoch endlich wissen, worum es ging. „Mein Name ist Paolo, ich bin Lucias Bruder. Würden Sie mir nun bitte folgen?"
„Können Sie mir nicht verraten, worum es geht?", fragte sie, während sie nach ihrer Jacke griff.
„Soviel ich weiß, handelt es sich um die Mail, die Sie eben versendet haben."

„Wie bitte?"
„Etwas scheint damit nicht in Ordnung zu sein. Aber darüber werden Étienne und Lucia Sie gewiss aufklären."
Claire war, auch seiner befremdlichen Wortwahl wegen, zu erstaunt, um nachzufragen, und Paolo machte obendrein nicht den Anschein, weitere Auskünfte erteilen zu wollen.
Sie folgte ihm über den Uferweg durch den kühlen Wind und unter einer dunklen Wolkendecke, die der Nacht viel zu früh zuvorgekommen war und nun den Tag seines Lichts beraubte.

„Sie haben meine E-Mails abgefangen?!", platzte es aus ihr heraus. „Was ist mit dem versprochenen Schutz der Privatsphäre?"
„Bitte, Claire, beruhige dich." Étienne bemühte sich, mit noch tieferer Stimme als sonst, auf sie einzuwirken. „Wir müssen sichergehen. Und darum werden alle Neuankömmlinge von unseren Programmierern überwacht. Es ist einfach zu gefährlich, besonders in diesen Jahren."
„*Die Story wird jedenfalls sensationell*", las Lucia laut, mit harten Gesichtszügen, aus Claires Mail an Jerome vor. „Das wolltest du vor einer Stunde deinem Chefredakteur schicken, mit dem dich offensichtlich noch etwas mehr als eine Arbeitsbeziehung verbindet."
Claire war zu wütend, um darauf zu antworten. Sie stand wie versteinert, mit zitternden Händen, im Amtsraum des Gemeindehauses dem Gründerpaar gegenüber und sah sich aller Rechte und vor allem ihrer Freiheit beraubt, die sie, gerade in Bezug auf das geschriebene Wort, für das höchste Gut ihrer

Zunft, vielleicht sogar ihres Lebens hielt.

Zugleich fühlte sie sich einmal mehr in ihre Schulzeit zurückversetzt, als sie wiederholt zum Direktor zitiert worden war, um sich für eine ihrer, zwar wahrheitsgemäßen, aber polemischen Aussagen im Schülerportal verteidigen zu müssen. Und tatsächlich trafen die folgenden Worte von Lucia den wunden Punkt.

„Wir müssen dich bitten, *Share* zu verlassen. Du wirst morgen auf das Festland zurückgebracht." Étienne sah überrascht zu seiner Frau. Scheinbar war diese Entscheidung von ihr allein getroffen worden.

Claires Zorn hatte nun ein Ausmaß angenommen, der an den des letzten Gesprächs mit ihrem Vater herankam. Es war dieselbe Hitze, die sie auch dazu verführt hatte, ihrem Vater die unerhörte Beschuldigung an den Kopf zu werfen.

„Dann schicken Sie mich doch zurück! Tun Sie es! Nur zu! Doch Sie werden sich wundern, was Sie dann von mir zu lesen bekommen werden! Und das in einem der größten Medien der Welt. Ich werde die Lage der Insel herausfinden, das schwöre ich Ihnen! Ich werde über Ihre Ansichten und Lehren berichten und über Ihre Geheimnistuerei und allerlei obskure Vermutungen anstellen. Ich werde meine *sensationelle Story* bekommen! Sie müssen mich schon umbringen, um mir meinen Mund und meine Worte zu verbieten!" Den letzten Satz hatte sie so laut geschrien, dass Paolo, der sich im angrenzenden Arbeitszimmer aufhielt, erschrocken zur Tür hereingestürzt kam. Étienne nahm die Situation nun wieder in die Hand.

„Alles in Ordnung, Paolo. Du kannst wieder hinausgehen. Wir klären das schon."

Der hagere Mann blieb im Türrahmen stehen, blickte von einem zum anderen und zog sich dann, nachdem von keiner Seite ein weiteres Wort gefallen war, wieder zurück.
Claire stand immer noch zitternd mitten im Raum und flüsterte vor sich hin:
„Nicht *eine* Frage. Nicht einmal die Chance einer Rechtfertigung. Alles gelogen. Scheinheiliges Getue. Blind vor Angst und Alter."
Lucia, die sie sehr wohl verstanden hatte, setzte zu einer Entgegnung an, doch Étienne legte schnell seinen Arm auf ihre Schulter und hielt sie zurück. Er wandte sich zu ihr und flüsterte etwas in ihr Ohr. Er schien ganz ruhig zu sein, als würde er die Situation völlig anders einschätzen. Lucia erhob sich daraufhin ohne Widerspruch und verließ den Raum.
Einige Minuten verstrichen, ohne dass einer der beiden etwas von sich gab. Étienne, weil er Claire Zeit geben wollte, sich zu beruhigen, und Claire, weil sie noch immer zu aufgewühlt war und ihr Zorn sich nun langsam in Schuldgefühle und Traurigkeit verwandelte.
Étienne entgingen Claires innere Bewegungen nicht und langsam kam zum Vorschein, was er vermutet hatte: Auch darin waren diese junge Frau und seine eigene sich sehr ähnlich; denn auch Lucia konnte bisweilen, trotz der Jahrzehnte ihrer Übungen und all ihres Wissens, ihrem Zorn keinen Einhalt gebieten, bevor er sich seinen Weg nach außen gebahnt hatte. Und das vor allem dann, wenn es um *ihr* Werk, *ihre* Kinder, *ihre* Kolonie ging.
Zudem traf auf sie beide, Étienne und Lucia etwas zu, von

dem nicht einmal Paolo oder Ajan wussten: Mit Frankreich verband sie eine lange und schmerzliche Vergangenheit.
Und so steckten in Claires geflüsterten Worten über Angst und Alter mehr als nur Funken der Wahrheit.
„Es tut mir leid“, flüsterte sie schließlich den Tränen nahe, „es tut mir sehr leid.“
„Ich weiß“, antwortete Étienne ruhig. „Atme ruhig und tief und langsam. Richte dich ein wenig auf. Und lächle. Ist eine gute Chance, das *Drüsen* zu üben.“ Er schmunzelte.
Claire blickte ihn erstaunt an, nahm aber dankbar die Wirkung seiner gütigen Stimme wahr und sah die Krähenfüße um seine funkelnden Augen. Sie versuchte ein Lächeln, die Begegnung zwischen Himmel und Erde, wie Lucia es sie gelehrt hatte. Sie wurde wieder traurig.
„Mach weiter. Ganz gleich, was sich sonst in dir abspielt. Vollzieh die Übung so lange, bis sie deine Hormone neu gepegelt hat. Lass deine Schultern los. Heb deinen Kopf und schau nach oben. Erinnere dich an den letzten Moment seligen Glücks.“
Claire befolgte seine Anweisungen und begann in ihrem Inneren zu suchen. *Ajan.* Natürlich Ajan. Am Morgen, vor ihr stehend, mit der Bol in der Hand.
„Du liebst ihn.“
„Gott, ihr macht mich fertig mit eurer Gedankenleserei.“ Sie lächelte kopfschüttelnd.
„Ja, ja, das geht allen so am Anfang“, flötete Étienne.
Claire wurde ernst: „Was ich vorhin gesagt habe, mit meiner Mail ausgelöst habe …“, Étienne unterbrach sie: „Ist vergangen und darum vorbei. Was du jetzt sagst, ist entscheidend.

Vorhin haben deine Gefühle gesprochen. Und, wie du schon weißt, blenden sie die Wahrheit. Also: Was *ist* die Wahrheit?"
„Ich habe diese Zeilen nur geschrieben, um Jerome zu beschwichtigen. Wir sind seit Jahren ein heimliches Paar. Vor meiner Abreise nach Rom wollte er unsere Beziehung öffentlich machen, und da erst habe ich begriffen, wie wenig ich selbst das noch wollte. Mittlerweile glaube ich, es gar nicht mehr zu wollen. Doch ich konnte ihm damals nicht die Wahrheit sagen, denn er hätte mir sonst niemals die Reise nach Rom bewilligt. Und ihm jetzt mitzuteilen, dass ich noch wochenlang wegbleiben würde und mir nicht mal ansatzweise sicher wäre, überhaupt einen neuen Bericht, geschweige denn eine *sensationelle Story*, mitbringen zu können, habe ich einfach nicht übers Herz gebracht. Ich habe das vor allem deshalb geschrieben, um nichts über *Share* verraten zu müssen, nicht einmal, dass ich hier bin. Er glaubt, ich recherchiere immer noch in Rom."
Die Tür, durch die Lucia zuvor verschwunden war, öffnete sich langsam und sie betrat wieder den Raum, jedoch gelöster und wieder mit jenem ganz anderen, weisen und liebevollen Ausdruck im Gesicht, den Claire vom Unterricht her kannte.
„Sie haben gelauscht?", fragte sie, erst wieder etwas aufbrausend aus dem Gefühl, hintergangen worden zu sein. Lucia antwortete ruhig und aufrichtig:
„Es tut mir ebenso leid, Claire. Das Lauschen", sie warf einen einverständlichen Blick zu Étienne, „wie auch meine Überreaktion und Entscheidung vorhin. Ich will es gern zurücknehmen. Würde es dir etwas ausmachen, wenn wir jetzt wieder

zum Du übergehen?“
Claire sah sie nun mit neuem Vertrauen an und Lucia fuhr fort: „Du hattest völlig recht. Natürlich hätte ich dich befragen und dir eine Chance geben müssen, dich zu erklären. Was soll ich sagen? Ich bin manchmal“, sie suchte nach den richtigen Worten, „nun ja, wie du.“
Claire war gerührt. So viel Offenheit und ehrliches Eingeständnis hätte sie als Letztes erwartet.
„Ich danke dir“, sagte sie.
„Ich danke *dir*“, erwiderte Lucia, „für jedes Wort, jedes Gefühl. Wenn sie einen so treffen wie eben, sind sie immer eine Lehre, eine Chance, zu üben und zu wachsen. Und das dauert eben umso länger an, je später man damit begonnen hat. Und, tja, die Ängste meiner Kindheit schlagen manchmal noch immer aus. Aber wenigstens von Jahr zu Jahr seltener. Wie ist das bei dir?“ Sie lächelte nun wieder so liebevoll und gütig, dass ihr Claire in diesem Moment einfach nur in die Arme fallen wollte. Sie sah der alten Frau in die Augen und konnte auf einmal fühlen, dass auch diese die Umarmung wollte. Und da war noch etwas anderes, das Claire nun, als wäre ihr plötzlich ein weiterer Sinn erschlossen, ebenso erkannte: Lucia sah in ihr die Tochter, die sie nie hatte und selbst nie sein durfte.
Claire ging auf sie zu und die beiden Frauen umarmten einander, als würde kein Alter sie trennen und auch kein Blut.

Étienne und Lucia warteten, bis Claire das Gemeindehaus verlassen hatte und außer Hörweite war. Zuvor hatten sie gemeinsam eine Formulierung für die Mail an Jerome gefunden,

die weniger in Aussicht stellte, ihn jedoch trotzdem beruhigen musste.
Lucias Entscheidung, Claire von der Insel zu verweisen, war zurückgenommen und ein Zeitpunkt für den Unterricht am kommenden Tag, etwas später als üblich, vereinbart worden.
Es war still in dem hohen Amtszimmer.
Lucia blickte ernst zu Étienne. Auch wenn ihre Worte an Claire vom Herzen gekommen waren, hatte sich ihre Sorge um das künftige Schicksal der Kolonie nicht gelegt, im Gegenteil.
„Täusche ich mich oder steht uns da etwas bevor?", fragte sie in die Stille hinein.
„Wir werden mit dem Rat darüber reden müssen", antwortete Étienne, „schließlich übersteigt es unsere Fähigkeiten, frei von Ängsten in die Zukunft zu sehen." Er warf einen verständnisvollen Blick zu ihr.
„Wird das Beste sein", stimmte sie ihm zu. „Ich kann in diesem Punkt nach wie vor nicht unterscheiden, was ich zu sehen vermag oder was mir meine Furcht, zu sehen, vorgaukelt." Sie hielt kurz inne. „Erinnert sie dich manchmal an ihn?"
„Ist es dir auch aufgefallen?"
„Etwas in ihren Augen, ihren Bewegungen. So vertraut."
Étienne seufzte:
„Ja."
„Und?"
„Nichts weiter. Das ist lange vergangen und sicher nur ein Zufall."
*„Dieses* Wort? So beiläufig aus deinem Mund?"
„Nicht immer handelt es sich um Weisungen des Feldes."

„Tatsächlich?“

Er schwieg.

Lucia blickte ihn an und wiederholte:

„Was steht uns da bevor, mon amour?“

# 17

Am folgenden Tag ging ein Unwetter über der kleinen Kolonie nieder.

Claire hatte unruhig geschlafen. Das Klappern der Fensterläden im Wind war gegen Mitternacht in das Rauschen dichter, auf sie schlagender Tropfen übergegangen. Erst früh am Morgen war sie dann, von wirren Träumen geplagt, in tieferen Schlaf gesunken und als sie am späten Vormittag völlig übermüdet aufgewacht war, hatte sie am ganzen Körper gezittert. Die Temperatur war empfindlich gefallen und sie hatte schnell ihren Sweater und eine lange Leinenhose hervorgekramt, sie übergestreift, ihr Tuch um die Schultern geschlungen und sich wieder unter dem Laken vergraben. Eine Überdecke hatte sie nirgendwo finden können.

Bei diesem Wetter wollte sie am liebsten gar nicht aus dem Haus und ein Tag Ruhe, um die vielen Ereignisse zu verarbeiten, hätte ihr zudem gut getan. Sie döste vor sich hin, wollte eigentlich nach der Uhrzeit sehen, um das Treffen mit Lucia nicht zu verpassen, schweifte dann mit ihren Gedanken aber zu Ajan ab – *wie schön wäre jetzt eine Schale mit heißem Kaffee aus seinen Händen* –, und schlief, noch bevor sie nach ihrem Pad greifen konnte, wieder ein.

Das Klopfen an der Tür war weniger dringlich als das am Abend zuvor. Es war eher rhythmisch, bestand aus drei Schlägen und wiederholte sich nach einer kurzen Pause. Claire registrierte es im Halbschlaf, fand es aber so beruhigend, dass

es ihrem Unterbewusstsein Anlass gab, einen neuen Traum einzuleiten, der sie in einen Tanzsaal verführen, in einen langsamen Walzer hineinziehen wollte, den ein Quartett von Geigenspielern irgendwo angestimmt hatte.
„C l a i r e."
Das passte nicht dazu. Diese Stimme kam von einem anderen Ort, aus einer anderen Zeit.
„Claire! Bist du da? Ist alles in Ordnung?!"
Lucia! Das war Lucias Stimme, die da nach ihr rief. Claire hatte bestimmt den Unterricht verpasst und würde eine weitere Rüge erhalten.
Sie sprang auf, verfing sich, stolperte beinahe, kämpfte sich aus dem verschlungenen Laken hervor und riss die Tür auf.
„Ja! Ich bin da! Alles in Ordnung. Es tut mir leid."
Lucia blickte sie erstaunt an, Claire fuhr fort, sich zu rechtfertigen:
„Ich habe schlecht geschlafen und dann war es so kalt und dann bin ich noch mal eingedöst und habe die Zeit übersehen."
Lucia lächelte und hielt ihr eine bunte, flauschige Wolldecke hin.
„Ich wollte dir die hier vorbeibringen. Dachte mir, dass du vielleicht frierst. Und du hast die Zeit gar nicht übersehen, es ist noch nicht mal Mittag. Wir wollten uns erst um eins treffen. Und ich bin auch gekommen, um dir vorzuschlagen, den Unterricht für heute ausfallen zu lassen. Ein Tag Pause wird dir bestimmt guttun."
Claire begriff erst langsam, träumte noch halb vor sich hin. *Das ist sehr praktisch, wenn man nur an was denken muss*

*und dann wissen alle schon Bescheid.* Und da stieg noch ein anderer Gedanke aus den Schichten ihres Unterbewusstseins auf: *Bei Mutter war das auch oft so. Mutter.*
„So? Ja. Dann: danke. Entschuldige, willst du vielleicht reinkommen?"
„Wenn *du* das willst?"
„Ich glaube schon, ja."
„Dann gern. Soll ich uns vielleicht Kaffee kochen oder kennst du dich mit der alten Maschine bereits aus? Die geben den besten Espresso auf der ganzen Welt."
„Ich weiß." Sie schmunzelte und hielt es für besser, unerwähnt zu lassen, dass Ajan die Maschine für sie bereits benutzt hatte. „Und bitte, gern. Darf ich dir vielleicht zusehen dabei?"
Lucia lächelte sie nun so glücklich an, dass Claire für einen Augenblick ein lange vergessenes Gefühl überkam, das sie nur an der Seite ihrer Mutter vor so vielen Jahren empfunden hatte: jene tiefe Selbstverständlichkeit in Liebe und Zuneigung, die nur Eltern ihren Kindern gegenüber zu eigen ist.

Wenig später kochte dampfend der Kaffee auf der Herdplatte. Claire hatte aufmerksam beobachtet, wie Lucia die Bohnen in einer Handmühle, die Claire noch gar nicht aufgefallen war, zuerst gemahlen, dann in den trichterartigen Aufsatz gelöffelt, ihn am oberen Rand mit dem Finger plan gestrichen, in den unteren, mit Wasser befüllten Teil der Maschine gesteckt und diesen dann mit dem Aufsatz verschraubt hatte, der die Düse enthielt, durch die der Kaffee hochkochte. Sie konnte nicht sagen, warum sie diese wenigen Handgriffe, die Lucia für sie beide so routiniert verrichtete, derart faszinierten und anrührten. Es war wie nach Hause kommen. Hatte sie in der Kindheit ihre Mutter in der Küche beobachtet, während irgendwo Kaffee auf einer Herdplatte gedampft hatte? Sie konnte sich nicht daran erinnern.

Da es in Claires Einzimmerhäuschen nur das eine Fauteuil gab, bot sie es Lucia an und saß selbst, wie am Morgen zuvor, mit angezogenen Beinen auf dem Bett. Der Regen schlug weiterhin gegen die Fensterläden und pfiff mit dem Wind um die Wette die Außenwände entlang.

Die beiden Frauen hielten ihre Schalen in den Händen und hingen ihren Gedanken nach.

Lucia war sich nun sicher, dass von Claire keine Bedrohung für die Kolonie ausgehen würde. Ihr Herz war groß und gut und erlaubte ihr nicht, anderen Schaden zuzufügen. Trotzdem blickte Lucia mit weniger Zuversicht in die Zukunft als sonst.

Claire dachte an ihre Mutter, die ihr in diesem Moment auf eine andere Art nahe war. In Lucia fand sie etwas von ihr wieder. Doch waren ihre Gefühle nicht klar, nicht eindeutig, eher wie eine offene Weite, voll von Liebe zwar, an deren Rändern jedoch Trauer und Zorn im Schlafe lagen.

Schließlich durchbrach sie das Schweigen:

„Ganz verstehe ich es noch immer nicht."

„Hm?"

„Das *Drüsen* und was Gefühle uns vermitteln wollen und was davon real ist und was nicht."

„Doch ein wenig Unterricht?"

„Ein wenig vielleicht." Sie lächelte. „Diesen einen Punkt würde ich gerne schneller begreifen."

„Warum töten Tiere andere Tiere?", fragte Lucia als Einleitung.

„Also, Unterricht, ja?"

„Ja."

„Nun", Claire überlegte, „um zu überleben. Aus Hunger oder um ihr Rudel, ihren Nachwuchs, ihr Territorium zu schützen."

„Und was fühlen sie dabei, wenn sie kämpfen, sich verteidigen, töten?"

„Ich nehme an, sie fühlen wie wir Schmerz und Angst und Aggression oder auch Eifersucht und schließlich Trauer, wenn sie einander verlieren."

„Tatsächlich ist das so. Zumindest bei den meisten Tieren und vor allem bei jenen, die als unsere direkten Vorfahren gelten. Und dann? Wenn ihr Hunger gestillt, ihr Territorium erobert und ihr Nachwuchs sicher ist? Was tun sie dann?"

Claire war so weit schon klar, worauf Lucia hinauswollte.

„Sie lassen ab vom Töten und Kämpfen. Sie leben ihr Leben in der Gegenwart, blicken nicht zurück und nicht voraus."

„Richtig. Und warum tötet der Mensch dann als einziges uns bekanntes Wesen weiter? Warum erobert er, rächt sich, häuft Macht an, verbarrikadiert sich, schafft Grenzen und Feindbilder, schürt Ängste und Zorn und Hass in einem fort?"

„Ich kann es nicht genau sagen."

„Das ist der springende Punkt: Weil er sich erinnert, und, kraft seines Bewusstseins, aus der Erinnerung auf Zukünftiges schließt. Was einmal geschehen ist, kann und wird, so denkt er, wieder geschehen. Und während er denkt, sich erinnert und

Gewaltfantasien kreiert, regt er seine Drüsen an, Gefühlshormone freizusetzen, und er beginnt schließlich, diese hormonelle Veränderung in seinem Inneren als Gefühle wahrzunehmen. Und obwohl kein Angreifer ihm nunmehr real gegenübersteht, fühlt er doch, als wäre es so, als wäre der Nächste sein Feind, der ihm zur Bedrohung werden könnte. Folgt er nun diesen Gefühlen, hält sie für real und lässt sich von ihnen führen, so wird er schließlich zu jenem Monster, das ohne rechten Grund tötet, das sich rächt, verschanzt, verurteilt und ausgrenzt. Entscheidend ist also: Folgen wir unseren Gefühlen oder folgen unsere Gefühle uns? Und: Woran erinnern wir uns und was davon übertragen wir in die Zukunft?"

„Und darum lernen wir das *Drüsen*, um Meister unserer negativen Gefühle zu werden. Gut, das kann ich nachvollziehen. Doch wie ist das mit den positiven Gefühlen? Was ist mit Liebe, Glück, Lust?"

„Da liegt der zweite Haken, der noch um vieles gefährlicher sein kann als der erste."

„Warum?"

„Weil man unterscheiden lernen muss, ob ein positives Gefühl tatsächlich ein freies, offenes, ehrliches Gefühl ist oder ob es sich auf ein negatives gründet."

„Jetzt wird es wieder kompliziert."

„Nein, wird es nicht. Es ist ganz einfach, du hast es nur noch nicht durchschaut. Wir sind ja nicht dumm, wir Menschen, wir sind nur falsch programmiert und dadurch verblendet."

„Also wie? Kannst du es mir so erklären, dass ich es verstehen kann?"

„Ich will es versuchen. Zuerst ein paar Fragen: Wenn du einen Menschen liebst, tust du es deshalb, weil du ihn für dich haben, besitzen, beherrschen willst oder weil er dich beschützt, für dich sorgt, sich um dich kümmert oder weil du an seiner Seite Status und Macht erlangst oder dir andere Vorteile versprichst? Oder liebst du *ihn* auch dann noch, wenn *er* dich nicht mehr liebt, dir nicht mehr gibt, dich nicht mehr schützt, seine Liebe sogar jemandem anderen schenkt?"
Lucia hielt inne und beobachtete aufmerksam Claires Reaktionen und ob sie ihr folgen konnte. „Lass uns das Glück betrachten: Wenn du glücklich bist, bist du es dann, weil du etwas erreicht hast, an dem ein anderer gescheitert ist, oder bist du es, weil du schöner, jünger, stärker, angesehener, erfolgreicher bist als andere? Wovon ist dein Glück abhängig? Von Erfolgen, Triumphen, Reichtum, Macht? Oder ist Glück eine konstante Größe in dir, die sich wie von selbst allein daraus ergibt, dass du am Leben bist? Was ja an sich schon ein Wunder ist, nicht wahr? Oder eben, weil es dir als greifbares Gefühl tagtäglich aufs Neue aus dem Feld zufließt, an das du gebunden, durch das du mit allem verbunden bist, niemals allein und doch All-Ein?" Wieder spürte sie nach, ob Claire noch mit den Gedanken bei ihr war. „Du hast noch die Lust erwähnt. Auch Tiere fühlen Lust, bevor und während sie sich paaren. Und das ist auch beim Menschen aus demselben Grund so, sonst wären wir schon lange ausgestorben. Nur dass der Mensch daraus auch Liebe ableitet und es *Verliebtheit* nennt. Und tatsächlich ist Verliebtheit beides: Sie ist körperliches Verlangen nach Fortpflanzung und zugleich seelische Begegnung zweier

personaler Felder. Wobei das eine nicht zwingend etwas mit dem anderen zu tun haben muss. Wir können mit anderen Menschen seelisch verschmelzen, ohne sie körperlich zu begehren, ohne uns mit ihnen zu vereinigen. Und ebenso können wir mit anderen Menschen körperlich verschmelzen, ohne uns seelisch mit ihnen zu verbinden. Nun, und damit komme ich für heute auch gleich wieder zum Abschluss: All das auseinanderzuhalten und voneinander trennen zu lernen, lehren uns das *Drüsen* und *Seelen*. Beide gehen Hand in Hand miteinander und ergänzen sich zu großer Einsicht und Erkenntnis."
Sie lehnte sich zurück und nahm einen Schluck Kaffee. Claire dachte nach. Das war nun doch etwas mehr, als sie an einem Ruhetag zu hören bekommen wollte. Nichtsdestoweniger war sie dankbar für die Hingabe, mit der Lucia sich ihr widmete.
Nach einer Weile sagte sie:
„Ich habe noch viele Fragen und wenn es für dich in Ordnung wäre, würde ich ein paar davon trotzdem gerne jetzt stellen. Sonst arbeitet es erst wieder den ganzen Tag in mir und dann komme ich gar nicht zur Ruhe."
„An mir soll's nicht liegen", gab Lucia liebevoll zur Antwort, „ich fühle mich sehr wohl in deiner Nähe. Es strömt so viel zurück, wenn man dich lehrt. Das macht es leicht und viel Freude." Sie lächelte. „Also?"
„Vielleicht muss ich das meiste auch nur laut denken und du korrigierst mich, wenn ich falsch liege?"
„Ganz, wie du willst."
„Es klingt doch alles erst einmal danach, als wären Gefühle und Leidenschaften grundsätzlich schlecht. Als bräuchten wir

uns nur von ihnen zu lösen und alles wäre gut. So ähnlich lehrt das doch auch der Buddhismus, nicht wahr?“
„So ähnlich, ja.“ Lucia kam nun Claire mit einer Frage zuvor: „Doch was stimmt daran nicht?“
„Das wollte ich dich auch fragen.“
„Nun?“
Claire überlegte und sagte dann:
„Es funktioniert nicht. Es kann niemals funktionieren. Wir Menschen lieben unsere Gefühle. Wir brauchen sie. Ohne Gefühle wäre das Leben farblos und langweilig. Nimm uns den Jubel, wenn unsere Lieblingsmannschaft gewinnt, die Lust und Leidenschaft beim Sex, verbiete uns den Zorn über Ungerechtigkeit, den Schmerz, wenn wir jemanden verlieren, oder gar die tief empfundene, ein Leben lang währende Liebe zu unseren Kindern. Wer wären wir dann? Doch keine Menschen mehr! Und das ganze Leben wäre an sich traurig und eine einzige Einöde aus, im besten Fall, vielleicht eintönigem, seligem, angebundenem Dahinvegetieren.“
„Richtig!“, ereiferte sich nun auch Lucia. „Und darum hat es auch nicht geklappt mit dem Buddhismus wie auch mit allen andern Religionen, von deren Lehren viele noch erheblich Schlimmeres zur Folge hatten und immer noch haben. Buddha war zumindest schon auf der richtigen Spur.“
„Du sagst das so leicht. Doch viele Menschen folgen den Religionen immer noch blind, nehmen die Worte der Propheten für bare Münze und handeln danach.“
„Sie haben nichts anderes.“
„Stellen die Lehren von *Share* also eine neue Religion dar?“

„Gewissermaßen. Religio bedeutet ja: *Rückbindung*. Und das deckt sich ganz mit unserem *Seelen*, das uns wieder verbindet mit dem einen, umfassenden Feld seelischer Energie. Doch wir benutzen den Begriff Religion gar nicht. Einfach, weil er mit zu viel Vergangenheit aufgeladen ist und so viel Verderben und Unterdrückung, so viele Irrwege damit verbunden sind, verstehst du? Je mehr Vergangenheit ein Wort, eine System, eine Handlung mit sich trägt, desto stärker wirkt sie in die Zukunft. Da wird es dann sehr schwer, sich dieser Wirkungskraft entgegenzustellen. Darum haben wir viele neue Begriffe eingeführt. Nimm zum Beispiel die *Ehe*. Sie ist etwas Wundervolles, doch trägt sie eine lange und mitunter schwere Geschichte mit sich. Die meisten unserer Paare leben darum in einer Art *wilder Ehe* zusammen, doch auch dieser Begriff trägt eine lange Geschichte. Manche haben große Feste inszeniert, um ihre Beziehungsform vor der Gemeinde bekannt zu geben, ihre Liebe zu feiern und sie mit allen zu teilen. Viele Paare haben ihr zudem auch eine neue Bezeichnung gegeben: Seelenbund, Feldgarbe, Lebensunion, Quantenallianz und manchmal noch seltsamere Namen."

Claire staunte wieder einmal über die vielen, so konsequent gelebten Neuerungen der *Sharer*.

„Können wir zu den Gefühlen zurückkehren?", bat sie.

„Du hast noch immer nicht genug für heute? Dann lass uns zumindest eine Pause einlegen. Hast du Hunger? Ich habe dir einen großen Schirm mitgebracht. Wir könnten zum Gemeinschaftshaus spazieren, dort eine Kleinigkeit essen und dann weitermachen. Was hältst du davon?"

„Es geht also darum, stets zu überprüfen, ob ein Gefühl im Hier und Jetzt wirklich angebracht ist oder nicht“, fasste Claire zusammen.
Sie saß wieder auf ihrem Bett und Lucia neben ihr im Fauteuil. Die beiden hatten den Schirm gemeinsam benutzt, sich diesmal wie enge Freundinnen eingehakt und auf den Weg gemacht. Nach einer kleinen Mahlzeit waren sie zurückgekehrt, hatten neuen Kaffee aufgesetzt und sich wieder ins Gespräch vertieft.
„So ist es“, bestätigte Lucia.
„Wenn also jemand, zum Beispiel, ganz real mein Leben bedroht, sind Panik und Aggression wichtig, damit ich mich verteidigen und schützen kann. Wenn mich aber jemand nur mit einer gehässigen Bemerkung angreift und ich reagiere mit Kränkung und Zorn, dann stammen diese Gefühle aus der Vergangenheit, entspringen alten, bereits vorhandenen Verletzungen?“
„Zumeist ist das so.“
„Und wenn ich also das *Drüsen* beherrsche, dann erledigt sich das alles. Dann kann ich in jedem Augenblick selbst entscheiden, ob ich nun fühlen will oder nicht. Und wenn ich zudem noch zu *seelen* vermag, mich also an das Feld anbinden kann, kommen mir von dort die Botschaften zu, die mich weisen, angemessen und damit richtig zu handeln.“
„Grundsätzlich ist es so einfach, ja.“
Claire glaubte, es nun tatsächlich durchschaut zu haben. Gewiss würde sie noch lange brauchen, um die Techniken zu erlernen, und dann musste sie alles erst in die Lebenspraxis

umsetzen, doch das schien ihr weniger schwierig, als zur grundsätzlichen Erkenntnis zu gelangen.

„Eine Frage habe ich noch, also für heute." Sie schmunzelte und wandte sich wieder Lucia zu, die sie bereitwillig und offenherzig ansah. „Ich darf auch weiterhin meiner Lust und Leidenschaft, meiner Freude und Liebe und auch meinem Eifer, meinem Zorn und meinem Gerechtigkeitssinn folgen, darf das alles leben und muss einfach nur überprüfen, ob es im gegebenen Fall auch dem Feld entspricht?"

„Du kennst die Antwort schon."

Claire strahlte.

„Und hier auf *Share* darf ich das alles ausprobieren und erlernen?"

„Dafür haben wir unsere Lehrplätze eingerichtet, die vier Schulen erbaut und andere, neue Foren und Räume geschaffen: Feldstätten – wie der Übungsplatz vor den Basaltfelsen oder an manchen Wasserfällen und Klippen über dem Meer –, das Gefühlskarussell, die Streitarena oder unter dem Felsen das Angstlabyrinth und, nicht zu vergessen, unser Charaktertheater, das einem die eigene Persönlichkeit erschließt und die Form eines Octagons hat. Wir haben Lehren aus der ganzen Welt zusammengetragen, Meister eingeladen, sich uns anzuschließen, und viele sind auch geblieben, um hier zu lehren, zu lernen, zu leben und zu lieben."

„Und wie funktioniert nun das *Drüsen* genau?"

„Nein, Claire, das ist wirklich genug für heute. Du bist ja unersättlich. Außerdem hast du alles, was es dazu braucht, schon begriffen." Sie lachte und nahm Claire bei den Händen. „Den

Rest des Tages nimmst du dir Zeit, erst einmal alles Neue zu verdauen, und lässt es dir gut gehen. Vielleicht triffst du dich mit Ajan, er wird dich bestimmt schon vermissen. Doch kein Unterricht mehr für heute. Und morgen soll wieder die Sonne scheinen und dann verbringst du einen weiteren Tag auf den Feldern oder erkundest einfach mal die Insel." Sie erhob sich, stellte ihre Schale auf die Anrichte und ging zur Tür. „Wir beide sehen uns bald an der Speerspitze. Ich gebe dir Bescheid." Bevor sie durch die Tür trat, drehte sie sich noch einmal um und sagte liebevoll: „Ich mag dich sehr, Claire." Dann ging sie.
„Ich dich auch", erwiderte Claire leise in die Stille des leeren Zimmers hinein und fühlte sich plötzlich einsam.
Sie legte sich aufs Bett, unter die bunte Wolldecke, entspannte ihr Gesicht und ihre Schultern, atmete tief ein und so lange wie möglich aus – was, wie sie bereits gelernt hatte, die Entspannung noch unterstützte –, und erinnerte sich mit aller Kraft noch einmal an den Moment, in dem Ajan ihr die Schale Kaffee ans Bett gebracht hatte. Wenig später keimte ein Funke Glück in ihr. Er hielt zwar nicht lange an, vertrieb aber immerhin die Einsamkeit. Und entspannt fühlte sie sich obendrein. *Klappt ja gar nicht so schlecht, dieses Drüsen*, dachte sie und beschloss, sich noch eine kleine Mütze Schlaf zu gönnen.

# 18

Ajan ließ seine Beine über die Klippe baumeln. Es saß auf einem schmalen Felsvorsprung, seinem Lieblingsplatz, hoch über dem Meer und blickte auf die azurfarbene glitzernde Wasserwelt. Nach den Gewittern des gestrigen Tages war der Himmel wieder klar, aus reinem Blau gemacht und dieser ebenmäßige Baldachin spiegelte den Frieden über der Insel wider. Kurz erinnerte er sich an das Kolosseum in Rom, entließ die traurigen Bilder aber mit langen Atemzügen schnell wieder in das ferne Land, aus dem sie heraufgezogen waren.
Er spürte den Sonnenstrahlen auf seinem nackten Oberkörper nach und der feuchten Luft, die da und dort, rund um ihn herum, im hellen Vormittagslicht neblig vom nassen Boden aufdampfte und ihn einhüllte wie ein perlender Mantel aus Wolken und Äther.
Er liebte die Weite, den endlosen Blick bis zum Horizont und weiter hinaus ins Unendliche, in die Sterne, die er sich am Tag so gern vorstellte, sich mit ihnen umgab, um seine Sicht zu weiten, sich zugleich seiner Kleinheit bewusst zu werden und sich als Sandkorn zu empfinden – am Strand des Lebens vielleicht oder im Fallen durch das Nadelöhr einer ewigen Sanduhr oder im Steigen, vom Wind über den Grat einer Düne gepeitscht, ins Firmament geschleudert.
Hinter ihm fiel der kalte Explosionskrater des Vulkankegels in einem sanften Hang ab und verschmolz im verwaschenen Uferstreifen mit dem größten der sieben Binnenseen der Insel. Das umliegende Land, die Hänge, die sich als weites Becken

um das Wasser schmiegten, waren mit Weinstöcken übersät; eine einzige grüne Fläche, nirgendwo unterteilt durch Grenzsteine oder Zäune und damit auch ohne Verweise auf Besitzanspruch oder Eigentum. Alles auf *Share* wurde geteilt, das Land, der Boden, die Liebe.

Claire beschäftigte ihn schon den ganzen Tag. Das Verlangen nach ihr wurde immer stärker. Am liebsten wollte er Pflicht und Vorsicht vergessen, seine Achtsamkeit hinter sich lassen und diesem intensiven Wunsch nach Vereinigung mit ihr folgen. Doch das durfte er nicht. Noch nicht. Es wäre zu früh für sie, vor allem in diesen Tagen und Wochen, da sie zum ersten Mal den Trugbildern starker Gefühle auf die Schliche kam.
Es würde sie nur verwirren, sie wäre vor den Kopf gestoßen, vor allem dann, wenn Ajan, nach Verschmelzung und innigem Glück, seine eigenen Gefühle bald erneut *drüsen* würde, um die freie, helle Sicht aus dem Feld wiederzuerlangen.
Er war so geübt darin, sie stand am Anfang.
Er musste ihr noch Zeit geben zu wachsen, musste bald beginnen, sie auch das *Seelen* zu lehren und ihr die vielen neuen inneren Prozesse weiter zu entschlüsseln.
Seine Pflichten hätte er ohne Weiteres eine Zeit lang vernachlässigen können, doch nicht die Verantwortung ihr gegenüber. Auch wenn es für ihn, und mehr noch für sie, erst einmal schmerzvoll war, einander mit Abstand und Geduld begegnen zu müssen.
Trotz dieser Überlegungen musste er sich eingestehen, etwas Derartiges selbst noch nie erlebt zu haben.

Es hatte zahlreiche Phasen der Verliebtheit in seinem Leben gegeben, in denen er der Leidenschaft begegnet war und ausgiebig und ausschweifend die Tiefen und Höhen der Lust erkundet, sich der Ekstase oder den zärtlichen, leisen Momenten der körperlichen Vereinigung hingegeben hatte. Doch seine Partnerinnen waren stets Töchter von *Share* gewesen. Sie wussten ebenso wie er um die Teile der Liebe, ihre verschiedenen Gesichter und vor allem die Unterschiede zwischen körperlichen und seelischen Formen. Sie waren, wie er, von Kindheit an geschult in der Stimulierung ihrer Gefühle und auch der Anbindung an das Feld. Es gab keine Missverständnisse, keine Eifersüchte, keine falschen Hoffnungen oder schmerzvollen Abschiede. Sie waren eins geworden, sie blieben eins – auf die eine oder andere Weise.

Manchmal waren aus diesen Frauen Geliebte geworden und vereinzelt sogar große, bleibende Lebenslieben, die bis heute, als nahe und vertraute Seelen, einen Raum in seinem Inneren bewohnten. Auch das wäre für Claire zu diesem Zeitpunkt kaum zu verstehen gewesen.

Allerdings, und das wurde ihm erst mit den Tagen bewusst, stellte die Begegnung mit ihr auch für ihn etwas Neues dar.

Das höchste Maß an Verlangen, diesen sehnenden Schmerz in seinen Lenden, in seinem ganzen Körper zu empfinden und zugleich den, von Anfang an, scheinbar völlig aufeinander eingestimmten Klang der seelischen Felder wahrzunehmen, konnte er mit nichts zuvor Erlebtem vergleichen.

Er fragte sich, angesichts der Vielschichtigkeit seiner Empfindungen, einmal mehr, was diesen Wunsch nach Vereinigung antrieb: die ganz und gar diesseitige Lust oder die jenseitige Wirkungskraft des Feldes? Oder beides zugleich und gleich berechtigt? Oder noch so viel anderes mehr?

*Wahre Liebe kennt nur eine Bindung: die an das Feld.*

*Ihr konnte man erst begegnen, sobald man in der Lage war, sich vom Irdischen zu lösen, sich abzunabeln vom eigenen Körper und damit von Wünschen, Sehnsüchten, Verlangen.*

*Dann beginnt Aeterna, die siebte Liebe, zu blühen. Und Lust und Leidenschaft werden zu Spielformen, zu Genuss, zu reinem, irdischem Vergnügen, denen jedoch nie mehr falsche Bedeutungen zukommen.*

Das war es, was er gelernt hatte. Worauf ihn die Alten vorbereitet hatten, die Blumenkinder der freien Liebe, der wilden Ehen, die so weit über alle bis dahin bestehenden Normen hinausgegangen waren und sich hier auf *Share* noch weiter entwickelt hatten. Manche von ihnen waren mit den Jahren dann doch enge, monogame Partnerschaften eingegangen, andere lebten polygame Formen, in denen einer der Partner auch Teil anderer Beziehungen war, und wieder andere hatten für sich ein polyamores Zusammenleben entdeckt, bei dem beide Partner noch weitere, enge Liebesbande zu Paaren oder Einzelpersonen pflegten. Ajan hatte sich bislang immer der letzten Gruppe zugeordnet. Mit Claire jedoch war ihm nun zum ersten Mal eine Frau begegnet, die er sich auch als einzige, als ausschließliche Partnerin vorstellen konnte.

Nicht jeder Mensch war dafür bestimmt, viele wilde Blumen aufzulesen, um seinen Strauß zu binden. Manche fanden alles Leben in einer einzigen Rose.

*Und wir schreiten ja auch voran, entwickeln uns, werfen Schalen ab oder greifen neue auf, um uns zu schmücken, zu stärken, zu wappnen; und dringen in neue Länder vor, mit anderer, fremder Blütenpracht.*

Mit Claire betrat er ein solches Neuland. Und er war sich zumindest klar darüber, dieses Land nur mit ihr gemeinsam erforschen zu wollen; und erst dann, wenn auch ihrem Herzen und ihrer Seele alle Teile und Formen der Liebe eröffnet wären und keine Gefahr mehr für sie bestünde, sich darin zu verirren. Oder für ihn.

Ajan erhob sich, streckte seine Glieder und atmete tief durch. Der seufzende Laut, der ihm entkam, ähnelte im Klang einer flehenden Bitte.

Er ließ seinen Blick noch einmal über das Wasser streifen, den Horizont entlang, und beschloss, Claire sobald wie möglich hierherzuführen, ihr diesen Platz zu zeigen, der ihm, so viele Stunden des Lebens, als das Herz seiner Heimat erschienen war.

Dann wandte er sich dem Landesinneren zu und stieg den sanften Hang, einer Furche zwischen Weinstöcken folgend, hinab. Die Trauben an den Reben waren noch nicht reif genug und er widerstand der Versuchung, eine abzubrechen und zu kosten.

Voll Vorfreude steuerte er den westlich gelegenen flacheren Hang des Kraters an, über dessen Kamm der Weg in das dahinterliegende Waldstück und von dort weiter zu einem der kleineren Wasserfälle führte. Dorthin wollte er, um im Fallbecken zu schwimmen und sich das schwere Wasser auf die Schultern prasseln zu lassen, wie er es auch oft in seiner Kindheit mit den anderen Jungen des heranwachsenden Rates getan hatte. Eine Stunde später erreichte er sein Ziel, zog sich aus, kletterte einige Naturstufen, seitlich vom Wasserfall, über die Felsen hoch und sprang, Kopf voraus, in das metertiefe, türkisblaue Becken.

Claire war dankbar, sich entscheiden zu dürfen, ob sie ihrer Arbeit auf den Weizenfeldern nachgehen oder einen weiteren Tag für sich, mit Üben und Nachdenken, verbringen wollte. Lucia, der sie am Morgen beim Frühstück im Gemeinschaftshaus begegnet war, hatte ihr versichert, dass beides für die Gemeinschaft von gleichem Wert wäre.
Da ihr niemand hatte beantworten können, wo Ajan sich aufhielt, war sie, mit einigen Wasserflaschen, belegten Broten und Obst für den Tag, zu ihrem Häuschen zurückspaziert, hatte ein paar Kleidungsstücke und die Verpflegung in den Rucksack gepackt und war in Richtung Westen aufgebrochen, um die Insel zu erkunden und vielleicht einen hübschen Platz unter der Sonne zum Üben zu finden.
Hinter der Schule des Herzens begann der Lorbeerwald schon bald wieder dichter zu werden. Claire spähte regelmäßig durch die hohen Äste und das Laubwerk der Kronen zur Sonne hoch, um die Orientierung nicht zu verlieren. Das Schulgebäude lag genau im Westen der Siedlung und so dachte sie, am späteren Tag nur die dem Sonnenuntergang entgegengesetzte Richtung einschlagen zu müssen, um wohlbehalten zurück zu finden.
Sie stieß schnell auf einen der alten Saumwege und folgte ihm die Anhöhe hinauf zu einem der großen Vulkankegel. Bald lichtete sich der Wald und im Zurückblicken konnte sie die

Richtung ausmachen, in der die Kolonie lag, die nun schon wieder hinter dem dicht wuchernden grünen Gürtel verschwunden war. Gegen Norden breiteten sich Blumenfelder und Maisplantagen aus und gegen Süden fiel das Gelände in Wiesen und Feldern flach in Richtung Meer ab.
Ihr Weg führte nun immer steiler den Hang hinauf und mit jedem Schritt kam sie mehr ins Schwitzen. Doch sie wollte unbedingt auf den höchsten Punkt des Kammes, in der Hoffnung, von dort aus den Großteil der Insel überblicken zu können. *Und wenn Claire sich etwas in den Kopf gesetzt hat, dann zieht sie das auch durch*, fiel ihr einer der Sätze ein, mit denen Jerome sie gern zum Besten hielt. Sie schmunzelte bei diesem Gedanken und fragte sich, woher eigentlich dieser Leistungsanspruch stammte, den sie bei allem an sich selbst stellte? Dann blieben ihre Gedanken bei Jerome hängen: Wie es ihm wohl ergehen mochte? Ob er sie vermisste oder auch ganz froh war, sie eine Zeit nicht um sich haben zu müssen? Doch dem war bestimmt nicht so. Schließlich wollte er doch ihre Beziehung öffentlich machen. Was aber, wenn er das nur ihretwegen vorgeschlagen hatte, weil sie es sich schon so lange gewünscht hatte? Sollte sie ihm mitteilen, dass dieser Wunsch nun nicht mehr bestand? Sollte sie ihm vielleicht sogar andeuten, dass sie mit einem anderen Mann Zeit verbrachte und ...? Ja, was und? Sie wusste ja nach wie vor nicht, wer Ajan eigentlich war, konnte ihn noch immer nicht einordnen, fühlte sich ihm manchmal sogar fremd, dann plötzlich wieder so nah wie niemandem sonst zuvor und spürte doch täglich, wie das tiefe Verlangen nach ihm wuchs.

Jerome würde bestimmt, schon auf die kleinste Andeutung, mit gekränktem Stolz und heftiger Eifersucht reagieren, sich alles Mögliche ausmalen und darauf bestehen, dass sie sofort die Heimreise antrat. Also besser kein falsches Wort ihm gegenüber. Im Gegenteil. Je weniger sie ihm erzählte, desto eher blieben seine Hoffnungen aufrecht und sie gewann Zeit, um noch mehr, viel mehr zu erfahren und zu lernen. Je länger sie darüber nachdachte, desto stärker wurden jedoch ihre Bedenken. Denn Jerome und Vater würden sich gewiss beieinander nach Neuigkeiten erkundigen. Und wenn nun keiner von beiden etwas zu berichten hätte, würden ihre Sorgen und Angstfantasien schnell Blüten treiben und sie gegenseitig noch anstacheln. So viel Zeit würde ihr also nicht bleiben, bis sie Farbe bekennen musste. Die Frage war nur, welche der möglichen Farben?

Während sie so vor sich hingedacht hatte, war sie weiter bergauf gewandert und dem Grat des Vulkankegels immer näher gekommen. Vor den letzten hundert Metern ihres Aufstieges legte sie noch eine kurze Rast ein. Eine schwarze Felsplatte, etwas abseits, bot eine gute Sitzgelegenheit.

Sie kramte nach einer der Wasserflaschen und trank sie beinah in einem Zug leer. Die Ärmel ihrer weißen Sommerbluse hatte sie schon zuvor hochgekrempelt und war froh, sich für eine alte, abgeschnittene Jeans entschieden zu haben, bei der Hitze, die der Tag mit sich gebracht hatte.

Wie viel Zeit blieb ihr also, bevor einer der beiden Männer nach mehr Informationen verlangte? Wie lange konnte sie die beiden noch hinhalten? Bislang waren weder von Jerome, ihrem

Vater oder Jana Antworten eingetroffen. Allerdings rechnete sie auch gar nicht damit. Die wenigen Zeilen, die sie ihnen letztlich geschickte hatte, waren sehr allgemein gehalten, verrieten nichts, gaben keinen Anlass zur Sorge.

Sie zählte die Tage nach, die seit ihrer Ankunft vergangen waren, und hätte schwören können, schon weit über eine Woche auf *Share* verbracht zu haben. Umso erstaunter war sie festzustellen, dass es sich erst um den fünften Tag handelte.

Das Gute daran war, wie viel sie in so kurzer Zeit schon gelernt hatte. Das ließ sie etwas zuversichtlicher auf die folgende Woche blicken. Denn mehr Zeit glaubte sie nicht zu haben. Dann würde sie entscheiden müssen, ob es einen Bericht, eine neue Kolumne über die *Rebellen der Menschlichkeit* auf *Share* geben sollte oder nicht. Und wenn dieser Titel ihrer Serie auf eine Gemeinschaft zutraf, dann auf diese. Die vielen neuen Ideen und Lebensweisen durfte sie der Welt nicht vorenthalten, darüber musste sie berichten und auf die eine oder andere Weise ihre Zweifel überwinden.

Es war genau so, wie Lucia es ihr am ersten Abend auf der Terrasse vorausgesagt hatte. Dennoch war sie sich mehr denn je bewusst, welche Verantwortung da auf ihren Schultern zu lasten begann. Umso wichtiger wurde es, so rasch wie möglich so viele der neuen Lehren wie möglich kennenzulernen, um tatsächlich ganz begreifen zu können, worauf diese selbstlose, liebevoll utopische Gemeinschaft beruhte.

Sie hörte in sich hinein und spürte ihren Gefühlen nach. Da waren Ängste davor, einen Fehler zu begehen, Sorgen darüber, wie ihr Vater und Jerome auf die Wahrheit reagieren würden,

Zorn, sobald sie sich genau das vorzustellen begann, Liebe, wenn sie an Ajan dachte, und Trauer, bei dem Gedanken, diese Insel der Seligen irgendwann wieder verlassen zu müssen.
Gefühle, immer Gefühle und Vorstellungen über die Zukunft, die sich allesamt aus Erfahrungen der Vergangenheit formten. Sie wollte das nicht mehr. Wollte eine neue Sicht gewinnen und neu auf die Wahrheit des Lebens blicken und dieser Perspektive dann auch folgen. Doch das würde enorm viel Mut erfordern. Denn woraus bestand ihre aktuelle Wahrheit eigentlich?
Erst einmal daraus, dass sie sich in diesen Tagen auf *Share* beinahe mit jeder Stunde gewandelt hatte und dies weiterhin tat. Dann liebte sie Ajan, ob sie wollte oder nicht, ob sie ihn nun schon kannte oder nicht, ob er ihre Liebe jemals würde erwidern können oder nicht.
Jerome war mittlerweile nicht mehr als ein Mittel zum Zweck geworden. Sie erschrak bei diesem Gedanken, den sie gar nicht hatte denken wollen, der so schnell aufgetaucht war und von dem sie doch wusste, dass er ganz und gar der Wahrheit entsprach. Wie sollte sie damit umgehen?
Erstmal egal. Weiter damit, die neuen Fakten auf einen bereinigten Tisch zu legen.
Sie wollte nicht mehr in ihr altes Leben zurück. *Share*, dieses Land, diese Insel, mit ihren magischen Orten, die Kolonie mit allem, was es dort noch zu entdecken gab, war ihr neues Zuhause geworden. Verrückt zwar, nach nur fünf Tagen, und doch so klar wie ein Kleid, für das man sich unter Hunderten entschied, der Klang eines Instruments, das man aus dem Orchester heraus als das einzig geliebte, vertraute vernahm, oder

das Gesicht der eigenen Mutter, das einem aus tausend Augen ein Leben lang begegnete.
Sie wollte ihren Vater noch einmal wiedersehen, um sich bei ihm zu entschuldigen und sich mit ihm auszusöhnen. Doch auch nicht mehr als das. Weitere Lebenszeit wollte sie ihm keine schenken. Auch wenn das grausam war, es entsprach der Wahrheit. Und ebenso erging es ihr mit Paris, ihrer Wohnung dort, ihren Kollegen von Le Monde, ihren Freunden und Bekannten. Diese Welt war ihr nun mit einem Mal fremd geworden und erschien ihr alt und überholt und in Werte und Vorstellungen verstrickt, die nicht mehr die ihren waren.
Doch übertrieb sie es nicht schon wieder? Ging das alles nicht viel zu schnell? Woher nahm sie die Gewissheit? Oder handelte es sich, einmal mehr, nur um Wunschvorstellungen, die schon so viele Entscheidungen ihres Lebens bestimmt hatten? Was oft, aber eben nicht immer gut ausgegangen war.
Sie seufzte tief, unterbrach den Fluss ihrer Gedanken und blickte über das Land. Eigentlich war das hier ein bezauberndes Plätzchen. Sie hatte zwar, entgegen ihrer Absicht, noch nicht den ganzen Aufstieg geschafft, aber sie war ja nicht unbelehrbar und immer bereit, einen alten Plan zu verwerfen, sofern eine neue Erkenntnis zu einer besseren Option führte. Darin schätzte Jerome sie einfach ganz falsch ein und er nutzte seine Sticheleien allzu oft dafür, um sie von etwas abzubringen, und dann seine eigenen Wünsche erfüllt zu bekommen. Auch das sollte der Vergangenheit angehören. Es war Zeit, mit und auf *Share* neu zu beginnen, zu sich selbst zu stehen und den eigenen Vorstellungen zu folgen. Auch wenn es noch immer

nicht so einfach war, diese auch klar zu erkennen. Zu oft noch fühlte sie sich hin und her gerissen zwischen alten und neuen Gefühlen, Gedanken, Wünschen und den unzähligen Regeln im Inneren, wer man zu sein, wie man sich zu verhalten hatte, was man sich, seinen Eltern oder der Gesellschaft schuldig war. Diese Kluft war, nach wie vor, nur schwer oder kaum zu überbrücken.

Vor allem: Wie sollte man zu Entscheidungen gelangen, wenn die möglichen Wege so weit auseinanderklafften und keine Kompromisse möglich waren?

Claire konnte nicht zugleich in zwei Welten leben, zwei Männer lieben, ihren Bericht schreiben und ihn nicht schreiben, alles hinter sich lassen und doch mit allem weitermachen. Solchen Entweder-oder-Situationen war sie immer aus dem Weg gegangen, hatte Mittelwege gewählt und Kompromisse geschlossen. Es war besser, von vielem ein wenig zu haben als von Wenigem alles. Aber stimmte das auch? Besonders, wenn das Wenige einem so nah und das Viele so fern war? Aber wer konnte das eine vom anderen unterscheiden? Worin lag die Wahrheit? Und wer konnte sie erkennen?

Etwas kitzelte sie am Ohr. Sie fasste erschocken danach und hätte beinahe den Schmetterling verjagt, der da um sie herumflatterte. Und es war nicht nur einer, sondern gleich drei. Sie waren groß, überdurchschnittlich groß, trugen, in dunkel umrandeten Kreisen, orangerote und gelbe Felder auf den Flügeln, die wiederum von schwarz-weißen Sprenkeln eingerahmt waren. Claire konnte nicht wissen, dass die Inselbewohner sie *Feiticeiras, kleine Hexen*, nannten. Denn sie tauchten gern wie aus dem Nichts und ganz zufällig auf, um jemanden, der sich verlaufen hatte, auf den richtigen Weg zurückzuführen. Die *Sharer* waren zudem auch überzeugt davon, dass sie vom Feld geschickt wurden, um einen daran zu erinnern, sich wieder in die Anbindung zu begeben.

Für Claire handelte es sich zunächst nur um wunderschöne Schmetterlinge, von denen sich einer nun auf ihrer Hand niedergelassen hatte. Die beiden anderen waren schon wieder weitergezogen, doch dieser eine schien es noch eine Weile bei ihr aushalten zu wollen. Sie hielt die Hand ganz ruhig und beobachtete das seltene, schillernde Insekt. Zugleich spürte sie das feine Kitzeln auf ihrem Handrücken und musste sich konzentrieren, um nicht dem Impuls nachzugeben, das Tier von der Hand zu schütteln. Sie musste diese kleine Entscheidung treffen, einfach um der Schönheit des lieblichen Wesens noch länger begegnen zu dürfen, auch wenn das Kitzeln nun immer stärker wurde. Die Schönheit führte sie und machte die Entscheidung leicht und wie selbstverständlich.

Claire spürte diesem Gedanken nach und schloss die Augen. Das Bild des Falters zeichnete sich nun auch ganz deutlich vor ihrem geistigen Auge ab. Es war gewissermaßen von außen in sie eingedrungen. Sie öffnete die Augen und betrachtete wieder das zarte, so zerbrechliche Tier auf ihrer Hand, bevor sie ihre Augen abermals schloss, um es sich noch tiefer einzuprägen und damit auch das Gefühl dieser, wenn auch noch so kleinen, aber so leichten und selbstverständlichen Entscheidung.

*Was wir sind, was wir als Nächstes zu leben haben, ist immer schon in uns angelegt. Wir wissen um es Bescheid, wir kennen es, es ist uns vertraut und nah. Doch es wahrzunehmen, gelingt nicht an der lauten, wirren und so oft aufgewühlten Oberfläche des Körpers, der Gedanken oder Gefühle. Es ist feiner, stiller, zarter oder eben, wie es Lucia genannt hatte: jenseits des Herzens.*

Claire versank in diese Empfindung – und mit einem Mal wurde es ganz still um sie und in ihr. Ihre Zweifel hatten sich beruhigt und waren dieser einen Wahrnehmung gewichen, die sie nun vollkommen beanspruchte und zugleich, wie der Weg durch ein Nadelöhr, in eine andere Welt entführte. Das Feld öffnete sich für sie und sie tauchte ein in die zeitlose, raumlose Wahrnehmung der anderen Wirklichkeit. Dort brauchte es nur den zarten Anflug einer Frage, wie ein Schmetterling, der einen so sanft, nur einer Ahnung gleich, berührt, und die Antwort erschien wie von selbst.

Jeder ihrer Fragen kam nun eine Antwort entgegen, als würde die eine die andere bereits in sich tragen, als wären sie untrennbar und fanden doch erst in ihrer Vereinigung zum Wissen.

Die Zeit verstrich, oder waren es nur Sekunden, und Claire tastete sich von einem Wissen zum anderen, von einer Zukunft zur nächsten. Alles wurde nun klar und hell und am Ende ihrer Reise fand sie sich in einem Garten wieder, nur den Hauch einer Zeit lang, und sah einen Vogel vor sich landen, mit weit ausgebreiteten, schlagenden Flügeln.

Schließlich öffnete sie langsam die Augen und noch immer teilte der Falter seine Zeit mit ihr und schlug jetzt seinerseits, wie in Zeitlupe, mit den Flügeln, als wollte er ihr zum Abschied zuwinken. Dann erhob er sich sanft wie ein Luftzug

und flog tänzelnd davon.
Sie sah ihm lange nach, dankbar und berührt und so innig verbunden mit diesem kleinen Himmelsgeschöpf, dass sie ihm Tränen nachweinte und ihm hinterherwinkte, wie einem Freund, der weiterziehen musste. Sie würde ihm gewiss noch öfter begegnen.

Claire hatte ihren Platz auf der Insel gefunden. Hierher würde sie nun immer zurückkehren, um ihre Gefühle und Gedanken zu klären.
Sie ließ ihren Blick schweifen, prägte sich alles ein, das abfallende Feld zu ihrer Rechten, den Saumweg zur Linken, die Distanz zum letzten Waldstück unter ihr und zum Grat des Vulkankegels hinter ihr.
Sie strich mit ihren Fingerkuppen über den warmen Felsen, auf dem sie saß, blickte noch einmal in die Richtung, die der Schmetterling genommen hatte, und spürte plötzlich den Impuls, ihm folgen zu wollen. Gewiss würde sie ihn nun nicht mehr einholen, doch warum nicht in diese Richtung weitergehen? Die Sonne hatte eben erst den Zenit überschritten und so blieben ihr bis zur Dämmerung, vor deren Einsetzen sie die Kolonie wieder erreicht haben wollte, noch viele Stunden. Sie schulterte ihren Rucksack und machte sich, querfeldein, auf den Weg ins Inselinnere.
Bald stieß sie auf einen Weg, der zwar etwas von der Flugbahn des Schmetterlings abwich, aber häufig benutzt schien und nicht zu weit von ihrer Route abwich, die sie spätestens am Abend würde retour nehmen müssen.

Sie kam zuerst in ein Wäldchen mit hohen Farnen und Stauden, stieß auf riesige Hortensienbüsche und tauchte etwas später ins Schatten spendende Dickicht des Lorbeerwaldes ein. Der Pfad schlängelte sich weiter durchs Unterholz, war mitunter von hohen, gebogenen Ästen, ähnlich einem Arkadengang, überdacht und führte dann über kleine Lichtungen noch tiefer in den Wald. Claire befürchtete zwischendurch, sich zu verirren, spürte aber andererseits den Nachhall dieser ruhigen Gewissheit und Verbundenheit mit allem. Das gab ihr Vertrauen und der Stand der Sonne, den sie immer wieder zwischen den Wipfeln erspähte, bestätigte sie darin.
Leises Rauschen begann nun ihren Weg zu begleiten. Lange noch behielt es seine schwebende Lautstärke bei, als würde Claire parallel zu einem Fluss laufen, ging dann aber unversehens in ein schwellendes Tosen über.
Wenige Meter weiter endete der Weg direkt auf einem Felsvorsprung über einem hohen Wasserfall, der sich vom Fluss in die Tiefe stürzte, dessen Lauf sie nun, um einen Felsen spähend, zurückblickend einsehen konnte.
Sie wagte es nicht, ganz an die Kante nach vorn zu gehen, und prüfte zur Sicherheit auch die Stabilität der Steinfläche, indem sie ihr Gewicht von einem Bein auf das andere verlagerte. Die Steinplatte bewegte sich keinen Millimeter und so befand sie es als unbedenklich, sich weiter darauf aufzuhalten. Die Tiefe zog sie zudem magisch an. Zu gern hätte sie einen Blick nach unten geworfen.
Sie legte sich flach auf den Boden, robbte langsam vor, immer noch die Festigkeit des Untergrunds prüfend, und reichte

schließlich mit dem Kopf so weit über die Felskante, dass sie nun das ganze Fallbecken von oben überblicken konnte.
Die Schönheit des türkisblauen Beckens nahm ihr beinah den Atem. Intensiv spiegelte es das Sonnenlicht und den nahen Waldrand wider. Was sie jedoch noch um vieles mehr fesselte, war der Anblick des nackten Mannes, der da knapp unter der Wasseroberfläche mit kräftigen Schwimmzügen dahintauchte. Seine Silhouette hob sich klar vom Untergrund ab und die athletische Form des Körpers, die Eleganz seiner Bewegungen, die nur durch feine Wellenlinien unterbrochen wurde, jagten ihr augenblicklich Hitze in den Schoß. Der Mann tauchte auf, schüttelte sein halblanges, dunkles Haar und erst da erkannte sie ihn. Im selben Moment setzte Ajan zu einer Bewegung an, als wollte er nach oben schauen, und Claire zog reflexartig ihren Kopf ein, um nicht von ihm gesehen oder obendrein noch erkannt zu werden.
Die Hitze stieg ihr nun in die Wangen und sie schämte sich für ihr mädchenhaftes Verhalten. Trotzdem hoffte sie, dass er sie nicht bemerkt hatte. Weniger, weil es ihr peinlich gewesen wäre, sondern vielmehr, weil sie instinktiv spürte, ihm in diesen Stunden gar nicht begegnen zu wollen. Ihn von oben weiterhin zu betrachten, käme durchaus in Frage, nicht aber ihn zu sprechen oder ihm noch näher zu kommen.
Sie ließ einige Augenblicke verstreichen, bevor sie langsam wieder über den Rand spähte. Ajan schwamm weiter, sein Allerwertester strahlte hellleuchtend, knackig frisch durch das Wasser nach oben und Claire bemerkte geradezu erleichtert, dass die Hitze in ihr sich wieder an die richtige Stelle verzogen hatte.

Dieser Mann war ausnehmend schön. Alles an ihm. Doch wusste sie nun, dass jede weitere Annäherung an ihn verfrüht wäre. Eine der Antworten, wenige Stunden zuvor auf ihrem Felsen, hatte ihr das unmissverständlich gezeigt. Sie war noch nicht bereit dazu. Noch schwankten ihre Gefühle allzu sehr, war sie nicht geübt genug, sie nach Belieben zu *drüsen* und vor allem die Anbindung an das Feld aus eigenem Vermögen herzustellen. Noch bedurfte es immer einer Hilfestellung, sei es durch Ajan selbst, durch Lucia oder auch einen Schmetterling. Sie lächelte beim Gedanken an das kleine Wesen, dessen Erscheinen ihr so vieles eröffnet hatte.

Nun sah sie also von hoch oben auf Ajans Gesäß, seinen Rücken, seine Arme und Beine, genoss den Anblick und fühlte sich ganz aus sich selbst heraus sicher und glücklich.

Es war ihr, als hätte sie mit diesem Tag eine Schwelle überschritten. Ihr altes Leben lag nun hinter ihr und ein neues konnte beginnen. Jetzt war sie bereit dazu.

Sie wartete genüsslich, bis Ajan das Schwimmen beendet hatte, beschloss dann aber, nachdem er sich pudelnackt in seiner ganzen Pracht mit dem Rücken in den Sand gelegt hatte, dass es nun gut war und sie dieser Anblick bestimmt doch noch auf dumme Gedanken bringen würde. Leise und etwas wehmütig, doch nicht ohne Stolz auf ihre Standhaftigkeit, zog sie sich zurück, blinzelte zur Sonne hoch, schloss aus ihrem Stand, schon weit im Westen, auf die Richtung, die sie einschlagen musste, und machte sich zur Kolonie auf. Anderthalb Stunden später kam sie wohlbehalten dort an.

# 19

„Zuerst versuchst du es immer über den Körper." Lucia war ganz in ihrem Element und unterwies Claire mit Elan und Eifer.

„Welches Gefühl auch immer du *drüsen* willst: Du erinnerst dich an das entsprechende Verhalten und beginnst damit, es anzunehmen. Als wäre es ein Kinderspiel oder als wärst du eine Schauspielerin. Wenn du also Glückshormone *drüsen* willst, um dich glücklich zu fühlen, dann lass dein Gesicht strahlen, lächle, entspann dich, öffne deine Handflächen, lass deine Schultern locker und atme ruhig. Benimm dich so, als wärst du bereits glücklich. Die Botschaften deiner Körperoberfläche werden dann von anderen Regionen deines Gehirns als wahr angenommen und es beginnt, sich ebenso darauf einzustellen. Es wird dir schon aufgefallen sein, dass nahezu alle *Sharer* diese Technik tagtäglich anwenden. Es macht das Leben einfach schöner und leichter, allem und jedem mit Glück und Freude zu begegnen, unabhängig davon, was einem widerfährt." Sie lächelte zärtlich.

„Wenn du hingegen Wuthormone *drüsen* willst – weil du beispielsweise glaubst, mehr Kraft zu benötigen, um deine Stimme erheben und für etwas Wichtiges einstehen zu können –, dann spann deinen Nacken an, deinen Unterkiefer, erhöhe deine Bisskraft, ball deine Fäuste und schärfe deinen Blick. Jedes Gefühl besteht aus ganz genau beschreibbaren körperlichen Mustern, die auf der ganzen Welt und bei allen Völkern gleich sind. Wir haben Schriften dazu erstellt, die du in der

Bibliothek des Gemeinschaftshauses findest. Du kannst später hingehen und dir Kopien abholen."

Der Morgen war schon in einen lauen Vormittag übergegangen und leichte Wolken standen am Himmel über ihrem Übungsplatz vor dem Basaltfelsen. Lucia hatte die kleine Gruppe der jüngeren Schüler in das Höhlenlabyrinth vorausgeschickt und sie angewiesen, nachdem sie ihre Übungen dort beendet hätten, zu ihren Häusern zurückzukehren. Die Größeren unter ihnen führten dabei immer die Kleineren.

Noch hatte sie nicht entschieden, ob sie Claire so bald schon dieser Prüfung unterziehen und sie später, nachdem sie mit ihr geübt hatte, auch in die Höhlen schicken konnte. Vielleicht erlaubte sie Claire, selbst darüber zu entscheiden.

„Zuerst versuchst du es also mit dem Körper. Du nimmst außen das entsprechende Verhalten an und wartest ab, was sich in deinem Inneren verändert. Du wirst merken, dass sich schon nach wenigen Sekunden dein Hormonhaushalt umstellt, was du dann als Gefühl wahrnehmen kannst. Falls dir das nicht genügt, kannst du zusätzlich mit deinen Erinnerungen arbeiten oder mit ganz realen Dingen, wie mit Düften, Musik oder Bildern, die du dir ansiehst. Viele Menschen tun das unbewusst, indem sie sich, zum Beispiel, Fotos ihrer Liebsten auf den Schreibtisch stellen. Würden sie es nutzen und jeden Morgen ein paar Minuten mit glücklichen Erinnerungen im entsprechenden körperlichen Verhalten verbringen, während sie diese Fotos betrachten, würden sie ebenso ihre Gefühle *drüsen* und sich auf Glück und Freude einstellen. Wie man ein Radio oder Fernsehgerät auf das gewünschte Programm einstellt. So

einfach und praktisch ist das."
Claire dachte an ihren Vater und die vielen Fotos auf dem Kaminsims seines Arbeitszimmers. Wie gut würde es ihm tun, diese Techniken auch zu kennen und sie vor allem anzuwenden. „Neben dem Studium der körperlichen Ausdrucksformen", fuhr Lucia fort, „kommen also auch unseren Erinnerungen und ebenso unseren Visionen über die Zukunft große Bedeutung zu. Sie haben direkten Zugriff auf unsere Hormone. Darin liegt auch der Grund, warum so viele Menschen auf der Welt Lotto spielen. Mit den positiven Fantasien zu einem möglichen Gewinn *drüsen* sie Freude und Glückshormone. Und das trägt sie viele weitere Tage durch ihr oft allzu tristes Dasein. Du solltest dich also ausgiebig dabei beobachten, welche Erinnerungen du regelmäßig heraufbeschwörst oder welche Vorstellungen du über die Zukunft hegst – sofern du es zur Meisterschaft im *Drüsen* bringen willst. Für den Moment reicht es aus, ein paar Schritte in die richtige Richtung zu gehen. Lass uns üben."
Die folgenden drei Stunden führte Lucia Claire durch alle Tiefen und Höhen des Gefühlsspektrums. Sie gab ihr Anweisungen zum jeweiligen körperlichen Verhalten, korrigierte die Muskelspannung, den Atem, die Blickrichtung oder befragte sie nach Erinnerungen und anderen möglichen Impulsen, was Claire immer wieder zu neuen und völlig unterschiedlichen Empfindungen inspirierte.
Schließlich gönnte sie ihrer Schülerin eine Pause und bot ihr aus einer Kühltasche ein belegtes Brot und eine kleine Flasche Bier an.

„Wir dürfen Bier trinken, während wir üben?“
„Natürlich! Ideal bei der Hitze und die kleine Menge Alkohol reduziert, im gerade richtigen Ausmaß, deine Hemmschwellen. Die Dosis macht die Medizin oder das Gift.“
Ajan war zweifelsohne auch durch Lucias Schule gegangen. Claire konnte sich lebhaft an den Abend ihres Kennenlernens in Rom erinnern. Ihre Gedanken schweiften nun zu ihm ab, während sie sich einen Bissen Brot und einen ordentlichen Schluck des kühlen Gebräus gönnte.
Am gestrigen Abend war sie ihm noch bewusst aus dem Weg gegangen. Zu wach waren die Erinnerungen an seinen nackten Körper gewesen. Da hatte sie nicht riskieren wollen, doch noch schwach zu werden und wieder einen Annäherungsversuch zu starten. Für den heutigen Abend hatte sie schon vor dem Unterricht beschlossen, sich mit ihm zu treffen, was ihr, nach all den Übungsstunden und mit den neuen Fertigkeiten, gewiss weniger Mühe bereiten würde.
„Hast du dich wieder mit Ajan getroffen?“, fragte Lucia wie beiläufig und hatte demnach wieder einmal in ihren Gedanken gelesen.
„Manchmal ist es wirklich unfair, wenn ihr alle immer wisst, was man gerade denkt.“
„In ein paar Wochen vermagst du das auch. Und mach dir keine Sorgen, ich schnappe immer nur ein bisschen auf. Ich binde mich mittlerweile nur sehr selten tiefer an das Feld eines anderen. Das überlasse ich den jungen Hohen. Die können das viel besser als ich und schließlich geht es ja bei allem immer um deren Zukunft. Ich bin alt und meine Tage sind gezählt.“

Sie sagte das so leichthin und ohne Wehmut, dass Claire gar nicht auf die Idee kam, ihr zu widersprechen. „Also? Hast du dich mit ihm getroffen?“

„Nicht direkt, nein. Ich bin ihm zwar begegnet, gestern bei meiner Erkundungstour, aber er hat mich nicht gesehen.“ Sie versuchte nach besten Kräften, nicht an Ajans Allerwertesten zu denken, sonst hätte Lucia bestimmt wieder etwas davon aufgeschnappt. Trotzdem schien es Claire, als würde gerade eben ein verschmitztes Lächeln über Lucias Gesicht huschen. Schnell sprach sie weiter: „Wir haben uns in den letzten Tage nicht gesprochen. Aber heute Abend will ich ihn sehen.“

„Sofern du bis dahin wieder aus dem Labyrinth herausgefunden hast.“

„Wie?“

„Du machst dich so gut, dass du es versuchen solltest. Es konfrontiert dich mit deinen Ängsten und du kannst das *Drüsen* dort unter echter Bedrohung üben. Vor allem wird es dir auch helfen herauszufinden, ob du schon bereit bist für einen weiteren Schritt mit Ajan.“

„Woher ...?“

„Na, das war einfach. Wenn du ihm gestern begegnet bist, ihn aber nicht angesprochen hast, muss etwas in dir vorgehen. Und was sonst könnte das sein als deine Vorsicht und vor allem Absicht, ihm als Ebenbürtige und auf Augenhöhe begegnen zu wollen?“

Lucia verstand wirklich etwas von Menschen, das musste man ihr lassen. Trotzdem wunderte sich Claire, wie selbstverständlich sie mit Claires Beziehung zu Ajan umging, handelte es

sich doch um ihren Sohn. Bei diesem Gedanken blieben Lucias Züge nun jedoch ausdruckslos.
„Soll ich das tatsächlich schon wagen?“, fragte Claire.
„Ihn schon jetzt zu verführen – oder den Gang in die Höhlen?“ Lucia lachte.
„Du bist unmöglich!“
„Ja. Und stolz darauf. Alles erlaubt. Nur eine Frage des Zeitpunkts. Und ich habe dich jetzt nicht gekränkt, oder?!
„Hast du nicht.“
„Also dann: auf zum Labyrinth!“

Der Eingang zum Höhlensystem lag am Fuß des Südhanges der Speerspitze. Nach wenigen Minuten waren die beiden dort angekommen und standen vor dem hohen Bogen, der in das Innere des Berges führte. Der Anblick erinnerte Claire an ein weit aufgerissenes Maul, das sie verschlucken wollte. Die nahe Dunkelheit hatte etwas seltsam Bedrohlicheres an sich, was daran liegen musste, dass sie viel zu bald einsetzte. Der Größe des Portalbogens nach hätte das Licht viel weiter ins Innere der Höhle fallen müssen, doch das tat es nicht.
„Du gehst also los, durchwanderst die Höhlen und solltest vor dem Abend wieder draußen sein. Und alles, was du dazu brauchst, sind Geduld und Gleichmut. Sollten sie dir abhanden kommen, dann stell sie wieder her, *drüse* sie und finde den Weg zurück.“ Lucia lächelte schelmisch, was Claire gar nicht gefiel. „Ich werde dich, wenn du zurück bist, erwarten. Für dieses Mal erlaube ich mir, das Band zwischen uns aufrecht zu halten und mitzufühlen, wie es dir gerade ergeht.“ Sie nahm

Claire bei den Händen und schloss kurz ihre Augen. Claire spürte nichts weiter als Lucias weiche Hände und blickte der in Schönheit gealterten Frau ins Gesicht. Ihre Züge hatten, als sie so mit geschlossenen Augen vor ihr stand, etwas zutiefst Friedliches.

Claire wurde selbst ganz ruhig und empfand bald etwas wie Freude auf den folgenden Ausflug in die Unterwelt *Shares*. Währenddessen waren auch ihr die Augen zugefallen und doch war es, als würde sie Lucia weiterhin ansehen. Als sie dann die Augen wieder öffnete, blickte Lucia sie bereits lächelnd an.

„Macht viel Freude, dich zu lehren, Claire. Du bist offen und bereit. Es ist nicht leicht, ein Gefäß zu füllen, das schon voll ist, doch deines ist gefüllt und leer zugleich. Das ist eine Gabe. Nicht jeder Mensch wird damit geboren und es zeugt von einer alten Seele."

„Gibt es das denn tatsächlich? Kehrt man als derselbe Mensch in vielen Wiedergeburten zurück?"

„Ganz so ist es nicht, nein. Wenn Menschen davon schwärmen und jeder Dritte ein Pharao in Ägypten war oder sogar Cleopatra selbst, hat die Fantasie beinahe immer nachgeholfen. Doch da Körper, Geist und Gefühle unsere Seele darstellen und zugleich von ihrer Energie gespeist werden, finden sich in jedem Menschen unterschiedlich viele Felder aus Vergangenheit und Zukunft zusammen. So ähneln wir in gewissem Sinn unseren Vorfahren, tragen alte Felder alten Wissens als Empfangenes, Wiederbelebtes in uns. Manche Menschen sind auch tatsächlich andere, die vor ihnen schon waren oder sie sind es in einigen Bereichen des Wesens oder Charakters. Es kommt auf die Konstellation der drei Sphären an und hat dadurch sehr viel mit unseren Körpern und genetischen Energien zu tun. Doch das würde jetzt zu weit führen und Ajan wird es dir viel besser erklären, wenn du mit ihm in ein paar Tagen am *Seelen* arbeitest." Lucia ließ erst jetzt Claires Hände los, nahm sie an den Schultern und wandte sie dem Eingang der Höhle zu. „Fühlst du dich ruhig und gelassen?"

„Bis eben, ja. Doch wenn ich da hineinschaue, wird mir ganz mulmig zumute."

„Dann beginne jetzt mit dem *Drüsen*. Dieser Anblick, diese Höhle, das Labyrinth existieren nicht. Erst und nur dann, wenn du es zur Existenz erhebst. Verstehst du?"

Claire verstand nicht und zeigte sich entsprechend ratlos.

„Erinnere dich an den Eingang des schönsten Hotels, das du jemals in deinem Leben während eines Urlaubs bewohnt hast. Erinnere dich daran, atme ruhig, lass deinen Körper los, lächle – Himmel begegnet Erde, vergiss nicht – und lass dich ganz in deine Erinnerung fallen. Steh vor diesem Hoteleingang, siehe, höre, rieche, schmecke und spüre diesen vergangenen Augenblick deines Lebens."

Claire fand sich erst langsam und unter der Führung von Lucia in der Vergangenheit ein. Ein Hotelbesuch, nur um dort Urlaub zu machen, lag lange zurück. Doch fand sie eine Erinnerung, die dazu passte: Eine Reise, vor Antritt ihres Studiums, hatte sie nach Hawaii geführt und das Hotel, in dem sie drei sündteure Nächte mit einem Freund verbracht hatte, war ein wahrer Traum gewesen. Sie folgte der Spur dieser Erinnerung, nahm mit ihrem Körper den Ausdruck freudvoller Gelassenheit an und ließ die Wellen der Erinnerung an das Ufer der Gegenwart branden. Immer deutlicher konnte sie nun wieder das befreite, getragene Gefühl von damals in ihrem Inneren wahrnehmen.

„Bevor du nun die Augen öffnest, stell sicher, dass du nichts anderes sehen wirst als den Eingang in dieses Traumhotel."

Claire öffnete die Augen und dachte weiterhin an den Eingang zur Empfangshalle auf Hawaii vor über zehn Jahren. Sie sah es vor sich, ließ nicht davon ab, mit ihrer Fantasie in die Erinnerung zu blicken, und legte das Bild über das des Höhleneingangs. Nun blickte sie nicht mehr in eine Höhle, sondern auf traumhafte Tage, die vor ihr, hinter diesen Hoteltüren, lagen. Sie achtete darauf, den Kontakt dazu nicht zu verlieren, was ihr nicht besonders schwerfiel, da die Erinnerung viel zu schön war, um sie gleich wieder fallen lassen zu wollen.

„Ich bin jetzt also dort", sagte sie zu Lucia gewandt, „fühle mich, als wäre ich dort, bin entspannt und ausgeglichen und doch ist mir bewusst, dass es nicht die Realität ist."

„Sind denn die Gefühle, zu denen du dich entschieden hast, weniger wahr als dieser Stein dort?"

Claire suchte nach einer Antwort.

„Das ist es, was du begreifen musst", fuhr Lucia fort. „Nur, was in dir Platz findet, was du zu fühlen, woran du zu glauben, was du als wahr zu erkennen beginnst, ist auch tatsächlich wahr. Alles andere sind bloß Trugbilder der Materie. Lass eine Explosion diesen Berg erschüttern: Er wird in sich zusammenfallen. Spalte ein Stück Holz und entzünde es. Was

wird daraus? Heb einen Stein auf und wirf ihn ins Wasser. Ist er verschwunden? Ist er zu Wasser geworden? Kannst du dir sicher sein, bevor du ihn nicht am Grund wiederentdeckt hast? Ist es derselbe Stein? Und später, am Ende der Zeit, wird er sich nicht tatsächlich im Wasser aufgelöst haben? Der Stein zu Wasser geworden? Das Holz zu Rauch? Der Berg zu Staub? Was ist Realität? Wandel der ewigen Energie. Wandel des Feldes, das als einziges Bestand hat, von Anbeginn zu Anbeginn. Wir aber, Claire, wir scheinbar so kleinen, unbedeutenden Menschen, wir greifen nach dieser Energie mit der Kraft unseres Bewusstseins, wir nehmen sie auf, wir gehen mit ihr, wandeln Materie und Geist und Körper und Herzen. Wir sind die Schöpfer, im selben Atemzug, da uns das Feld erschafft, täglich aufs Neue und doch immer gleich, jene kleine Weile lang, die wir Leben nennen. Begreife, Claire, nichts existiert. Erst der Mensch erhebt es dazu. Was also siehst du vor dir?"
„Ein Hotel auf Hawaii", antwortete Claire und es war ihr nun, als würde sie das Bild ihrer Fantasie nicht mehr über das des Höhleneingangs legen, sondern als würde es dahinter wie von selbst zum Vorschein kommen und sich als wahre Realität abzeichnen.
„Gut so und nun geh und verbring ein paar Stunden Urlaub dort drinnen."

Claire durchschritt die grauen, dunklen Kammern und verschlungenen Gänge, die nur ab und zu von Licht, das aus schmalen Kaminen bis nach unten ins Gewölbe fiel, erhellt wurden.

Finster war es meistens und schwarz vor Augen manchmal, doch jedes Mal, wenn Claire diese Realität einholen wollte, lichtete sich das Dunkel erneut und wurde zu etwas anderem. Sie stieg über steiniges Geröll und sah sich auf Kieswegen unter Palmen gehen.
Sie tastete die groben, scharfen Wände entlang und strich mit der Hand über runde Bambusstäbe oder die weichen, tief hängenden Fächerblätter der Brotfruchtbäume.
Sie sah blind in die Schwärze vor ihren Augen und das hell glitzernde Wasser des Pazifiks leuchtete ihr entgegen und erhellte den Weg.
Sie spürte, je tiefer sie in die Höhle vordrang, den erkalteten Schweiß auf ihrer Haut, das Frösteln und erzitterte unter der Berührung des jungen Liebhabers, der ihre Nächte begleitete.
Sie roch den modrigen Geruch feuchter Wände und morastiger, unterirdischer Tümpel und atmete den warmen, sämigen Duft eines Binnensees ein, der umrahmt war von wuchernden Blumenbüschen: Orchideen, Jasmin, Silberschwert und Hibiskus.
Sie legte eine Pause ein, ließ sich mit dem Rücken an einer Wand auf den Boden gleiten, nahm einen Schluck Wasser aus einer Proviantflasche, die sie bei sich trug, und fand sich noch im selben Moment auf einem Liegestuhl am Meer mit einem Cocktailglas in der Hand wieder. Das Getränk schmeckte süß und cremig nach Ananas und Rum und Kokosnüssen.
Irgendwann gab das Dunkel schließlich den Blick auf einen Lorbeerwald frei, vor dem sie eine ältere Frau mit langen grauen Haaren und einem Blumenkranz in Händen empfing.
Es war Lucia und der Tag schon zum Abend geworden.

„Du bist tatsächlich etwas ganz Besonderes, Claire. Ajan hat sich nicht getäuscht.“ Die beiden Frauen schritten, diesmal wie echte Freundinnen, lachend, einander an Händen haltend und tratschend, durch den Waldgürtel zur Siedlung zurück. Lucia kam gar nicht aus dem Schwärmen heraus „Ich habe nicht den leisesten Anflug von Angst bei dir wahrgenommen. Im Gegenteil: Alles, was ich empfangen konnte, war voll Freude und Glück. Zwischendurch war es, als würde der Wald rund um mich herum zu blühen beginnen. Etwas Derartiges hat noch niemand zuvor beim ersten Gang durch die Höhlen geschafft.“

„Es war ganz einfach. Ich musste mich nicht mal bemühen. Und es ging vorüber wie im Flug. Allerdings kam es doch nicht aus mir, oder? Du hast mich doch am Eingang zum Labyrinth irgendwie verzaubert mit deinen Worten und deiner Energie?“

„Claire, diese kleine Ansprache halte ich jedes Mal, wenn sich einer unserer Neuankömmlinge auf den Weg dorthin macht. Es sind vielleicht nicht immer dieselben Worte, aber der Inhalt bleibt immer gleich. Was dann der eine oder andere daraus macht, wie tief es wirkt, auf welchen Grund es fällt, das macht den Unterschied.“ Sie unterbrach sich und spürte scheinbar einem Gedanken nach. „Genug für heute. Dabei belassen wir es und gehen ein bisschen feiern, ja? Welch ein Fortschritt! Lass uns trinken und essen und etwas Gras rauchen!“ Sie lachte laut und lief los wie ein Mädchen, das zu einer Party unterwegs war. Claire fühlte sich für einen Augenblick, als wäre sie die Ältere der beiden. *Was für eine Frau! Man kommt ihnen nicht aus, diesen Sharern.* Dann rannte sie ihr nach. Erst vor dem Gemeinschaftshaus konnte sie Lucia einholen, die sie mit einer Umarmung empfing, sich mit ihr wild im Kreis drehte und Claire in diesem Moment sofort wieder mit sich riss: in eine Stimmung voll ausgelassener Freude und Ungeduld. Jetzt würde also gefeiert werden.

„Ich traue ja meinen Augen kaum!?“, rief Ajan amüsiert, als er die beiden Frauen zu später Stunde doch noch aufgespürt hatte. Ihr Lachen war weit um das Gemeinschaftshaus herum zu hören gewesen, an dessen Hinterseite sie, sichtlich angeheitert, auf einer Decke am Boden der Terrasse saßen, tranken und rauchten.

Ajan war an diesem Tag seinem Dienst im Haus der Heiler nachgegangen.

Wenn er nach den oft langen Reisen auf die Insel zurückgekehrt war, brauchte es immer ein paar Tage, bis er seine Neuankömmlinge mit den Gebräuchen der Kolonie vertraut machen und selbst die vielen Eindrücke der vergangenen Wochen verarbeiten konnte. Sobald er in seinen Rhythmus zurückgefunden hatte, ließ er selten einen Tag verstreichen, bevor er sich wieder seiner zweiten Begabung zuwandte. Er hatte zwar nicht die umfangreiche Ausbildung der Ärzte und Heiler durchlaufen, doch schätzten diese seine besonderen Fähigkeiten. Er war ein Naturtalent und schon von früher Kindheit an mit heilenden Händen gesegnet. Sehr viel später erst hatte er erfahren, wie diese Kräfte zustande kamen, und dass sie in manchen Menschen als natürliche Begabung angelegt waren. Da ihm allerdings, im Lesen der personalen Seelenfelder, niemand sonst in der Kolonie das Wasser reichen konnte, war er zum *Seeker* ausgebildet worden. Im Haus der Heiler war er ein stets willkommener Gast geblieben und so staunten die Ärzte aus der ersten Generation der Gründer bis heute über sein Talent. Unter seinen Händen schlossen sich offene Wunden nicht selten innerhalb von Stunden und Brüche verheilten in wenigen Tagen.

Ajan selbst machte darum kein großes Aufheben, war dankbar darüber, nützlich sein und der Gemeinschaft, die ihm stets so viel an Lebensglück offenbart hatte, auch darin dienen zu dürfen.

Die Reisen in die Außenwelt waren zwar um vieles beschwerlicher und mit zahlreichen Entbehrungen verbunden, doch die Lehrer der Kolonie unterwiesen ihre jungen Schützlinge außerordentlich gut darin, Pflichten und Mühen, die man auf sich zu nehmen hatte, im angemessenen Ausgleich zu Wünschen und Vorlieben zu halten. Zwischen Himmel und Erde, Geben und Nehmen, Dienst und Freiheit sollte Gleichgewicht herrschen, damit der Mensch sich seiner Mitte stets gewahr blieb.

Am späteren Abend hatte er sich dann aufgemacht, um Claire zu suchen. Zuerst hatte er es bei ihrem Haus versucht, war dann einmal um den Kratersee spaziert, auch um sich die Beine zu vertreten, hatte im Gemeinschaftshaus, nachdem er sie auch da verpasst hatte, etwas gegessen, sich mit Marisa und Jorge unterhalten und hatte erst beim Verlassen des Hauses die Stimmen der beiden Frauen an der Rückseite vernommen. Jetzt kam er auf sie zu, schon sichtlich müde, denn der Tag war lang gewesen.

„Du rauchst tatsächlich?“, fragte er Claire überrascht.
„Lucia ist sehr überzeugend. In allem.“ Sie lachte ihrer Lehrerin und Freundin zu. „Und wir haben uns eben erst“, ihr Zungenschlag war nicht zu überhören, „den zweiten Joint angezündet. Den wir uns schwesterlich teilen. Ich gebe zu, ein bisschen“, sie zeigte einen klitzekleinen Spalt zwischen Daumen und Zeigefinger, „Rotwein haben wir auch getrunken.“
Ajan setzte sich lachend neben sie auf den Boden.
„Ist noch was übrig für mich?“
„Vom Rotwein, ja. Vom Joint geben wir nichts her“, antwortete Claire todernst.
„Einen Zug könnten wir ihm schon abgeben“, warf Lucia ein.
„Einen ganzen?“, rief Claire erbost. „Einen halben kann er haben.“ Sie reichte die Tüte an ihn weiter. „Aber wirklich nur einen halben. Ich beobachte dich genau.“
Ajan sah in ihre strahlenden, glänzenden Augen und im selben Moment ging ihm das Herz über.
„Was geht denn da schon wieder vor in dir?“ Claire musterte ihn mit schmalem, verschmitztem Blick. „Du musst nämlich wissen: Ich mache große Fortschritte. Was ich schon alles sehen und wahrnehmen kann. Ja, so ist das, nicht wahr, Lucia?“
„Sie ist wirklich außerordentlich begabt.“
Ajan sah zu Lucia, die er gut genug kannte, um zu wissen, dass ihr solche Worte, auch im angeheiterten Zustand, nicht über die Lippen gekommen wären, wenn sie nicht der Wahrheit entsprochen hätten.
„Ich komme ja aus dem Staunen gar nicht mehr raus.“
„Und du wärst noch viel, viel erstaunter, wenn dir Lucia erzählen

würde, wie ich mich heute in den Höhlen geschlagen habe."
„Da bin ich aber gespannt", sagte Ajan mit einem erwartungsvollen Blick Richtung Lucia, die sich nicht lange bitten ließ und wahrheitsgetreu von Claires Fortschritten zu erzählen begann. Lucia hatte dabei auch den Hintergedanken, der jungen Frau, die sie so in ihr Herz geschlossen hatte, ein wenig Zeit zu verschaffen. Die Rauschmittel hatten Claire sichtlich zugesetzt und Lucia wollte nicht verantworten, dass ihr Schützling sich doch zu einer Tat hinreißen ließe, die diese am Tag darauf gewiss bereut hätte.
Sie nahm sich ausführlich Zeit, hielt Claire behutsam davon ab, noch mehr Alkohol oder Cannabis zu sich zu nehmen, schenkte ihr Wasser nach und erzählte so lange, bis Claire beinah die Augen zufielen.
Ajan hörte aufmerksam zu und freute sich, dass sein Blick ihn auch diesmal, und gerade bei Claire, nicht getäuscht hatte.
„Ich denke, es ist Zeit, zu Bett zu gehen", erklärte Lucia schließlich, wandte sich zu Claire und half ihr hoch. „Ich begleite dich zu deinem Haus, ja? Und Ajan: Bist du so lieb und trägst die Gläser und Flaschen hinein?" Ihr Ton war gerade ausreichend bestimmend, dass Claire ihr nicht widersprechen konnte und Ajan ihr folgen musste. „Ihr beiden solltet morgen mit dem Unterricht beginnen."
Ajan blickte sie überrascht an.
„Sie ist schon so weit", erklärte Lucia. „Wundere dich nicht. Wir waren vorher noch in der Bibliothek und haben die Lehrunterlagen für sie zusammengestellt. Claire kann selbst weiterüben und ich setze meine folgenden Stunden mit ihr nur

alle paar Tage an. Führ sie herum, zeig ihr, was das *Seelen* alles vermag. Einiges hat sie von ganz allein entdeckt, nicht wahr, Claire?"
„Ich bin, ehrlich gesagt, schon sehr müde", entgegnete Claire entschuldigend. „Sehen wir uns morgen, Ajan? Und bist du mir nicht böse, wenn ich jetzt schlafen gehe?"
„Wie sollte ich?", antwortete er sanft. „Alles ist gut. Ich hole dich morgen Vormittag ab."
„Dann brechen wie jetzt auf", sagte Lucia abschließend, beendete damit ihre kleine Feier und machte sich mit Claire auf den Weg.
Ajan blickte den beiden Frauen hinterher, wie sie torkelnd das Ende der Terrasse erreichten und aus seinem Blickfeld verschwanden. In seinem Inneren breitete sich eine warme Woge von Vertrauen aus. Alles hatte seine Richtigkeit. Wohin auch immer diese junge Frau ihn und die Kolonie führen mochte und sogar, wenn es Schmerz, Angst und Verlust bedeuten sollte, am Ende der Tage würde sie ihnen die Lösung bringen und eine neue, wahrscheinlich sogar die einzige Zukunft.
Das war es auch, was der hellsichtige Marc, er selbst und seine anderen Freunde im Rat der jungen Hohen schon Tage zuvor erkannt hatten. Das Feld hatte ihnen die Wege erhellt, verschlungene zwar, gefährliche Wege, voll Umbruch, Tränen und Leid, doch auch den Neubeginn unter anderen Himmeln. Ajan sah es nun wieder vor sich. Und zu Freude und Hoffnung mischte sich still die Trauer. Er atmete aus.

# 20

Fasziniert beobachte Claire viele Stunden lang, wie Ajan seine Hände über die Körper bewegte. Sie hatte schon oft davon gehört, dass Heiler ihre Hände benutzten, sie auflegten und dadurch Heilungsprozesse beschleunigen konnten. Doch Ajan ließ es nicht dabei bewenden. Je nach Art und Schwere der Verletzung oder Erkrankung vollführten seine Finger und Handflächen ganz unterschiedliche Bewegungen, die manchmal einem Tanz, dann wieder einer geheimen Zeichensprache oder auch sanften Wellen glichen, als würde er etwas sammeln, anhäufen oder auftragen.

Nun saß er schon einige Zeit am Krankenbett einer alten Frau, der Claire zuvor noch nicht begegnet war. Den wenigen Worten, die zwischen ihm, einem Arzt und der Patientin gewechselt wurden, hatte sie entnehmen können, dass deren Erkrankung schon einige Wochen andauerte, die genaue Ursache aber nach wir vor nicht geklärt werden konnte.

Claire war bei der kurzen Führung durch das Haus der Heiler am frühen Nachmittag erstaunt gewesen, wie modern die Ausstattung der Behandlungsräume, des Operationssaales und Diagnoselabors waren. Die kleine Klinik schien, soweit sie es beurteilen konnte, auf dem neuesten Stand der Technik zu sein, die sich wie selbstverständlich in die hellen, freundlichen Räume des Holzgebäudes einfügte.

Der altersschwachen Patientin hatte ihr Arzt scheinbar schon mehrmals eine Verlegung in eines der Spitäler am Festland empfohlen; die medizinische Versorgung wäre dort noch

umfassender. Ajan hatte Claire in diesem Zusammenhang auch wieder von den für solche Situationen bereitstehenden Schnellbooten erzählt, mit denen sich das Festland in überschaubarer Zeit erreichen ließe.
Die liebenswerte Dame, sie war weit über neunzig Jahre alt, hatte jedoch darauf bestanden, *Share* nicht mehr verlassen zu wollen. Zwar lebten all ihre wenigen, verbliebenen Verwandten auf dem Festland, doch zog sie es vor, in der Kolonie unter ihresgleichen zu bleiben.
Tag für Tag wurde sie schwächer.
Ajan hatte bereits gestern viele Stunden bei ihr verbracht und nun, nachdem er einige andere Patienten besucht hatte, seine Behandlung fortsetzen wollen.
Doch in der letzten Stunde hatte sich etwas verändert. Die alte Frau war schon vor einer Weile eingeschlafen und Ajan war daraufhin kurz aus dem Zimmer gegangen, um einen der Ärzte zu sprechen. Nachdem er zurückgekommen war, hatte er seine Arbeit nicht fortgeführt, sondern sich nur aufrecht neben die Frau gesetzt, seine Hände, zu Schalen geformt, übereinander in den Schoß gelegt und seine Augen geschlossen.
So harrte er nun schon eine ganze Weile aus.
Die Zeit verstrich.
Lauer Wind zog durch den Raum.
Das Licht des Tages gehörte nun langsam wieder der anderen Seite der Welt.
„Es ist so weit“, sagte er schließlich und blickte Claire an. „Komm zu mir. Das Tor wird sich bald öffnen.“
Claire, die mittlerweile beinahe im Fauteuil in einer Ecke des

Zimmers beihnahe eingeschlafen war, fuhr erschrocken hoch. „Was meinst du?“

„Sie wird bald gehen. Ihre Lebensenergie sammelt sich für die Reise. Ich werde dich jetzt zur Anbindung an das Feld führen. Und dann, wenn es so weit ist, wirst du miterleben können, wie sich das Tor des Todes öffnet. Es ist übrigens das dichteste aller Feldtore, die es gibt. Die Tore der Empfängnis und Geburt sind ähnlich groß, lassen sich jedoch damit nicht vergleichen.“ Ajan sprach sanft und so, als würde er Claire von etwas ganz anderem erzählen, wie man Blumen bindet vielleicht oder ein Blatt vom Baum bricht.

„Ajan!“, sie sah entsetzt zu ihm. „Du meinst, sie wird sterben und ich soll dabei sein?“

Ajan nickte unbefangen. „Das will ich nicht. Das“, Claire wusste gar nicht, was sie sagen sollte, „habe ich noch nie getan, nie zuvor miterlebt. Nein, bitte, ich glaube, das kann ich nicht.“

„Hab keine Furcht. Nach allem, was du bereits erlernt hast, wird es dir viel leichterfallen, als du dir vorstellen kannst. Denk daran, wie mühelos du das Labyrinth bewältigt hast. Und dabei ging es um dein eigenes Leben.“

„Aber das habe ich in keinem Moment so wahrgenommen.“ Claire versuchte weiterhin, sich zur Wehr zu setzen. Sie war aufgestanden und hatte sich instinktiv Richtung Tür bewegt.

„Du kannst ruhig gehen, wenn du das willst. Nichts muss sein und zu keinem Zeitpunkt. Doch alles kann sein. Es kann sein, dass sich dein Leben, dein ganzes Dasein, in den kommenden Augenblicken zum ersten Mal tatsächlich erleuchtet. Es kann aber auch ein anderes Mal oder nie geschehen. Es liegt bei dir." Er wies mit einer Kopfneigung auf die alte Frau, die in den letzten Zügen lag. „Romana wird in Frieden gehen, ob du währenddessen an ihrer Seite bist oder nicht." Ajan sprach ohne Vorwurf oder Absicht, Claire zu beeinflussen. „Vielleicht gelingt es dir, trotz der Angst, die du gerade empfindest, in dich hineinzuhören und wahrzunehmen, ob es tatsächlich noch zu früh ist oder ob du doch schon bereit dazu bist." Er schloss erneut seine Augen und richtete sich auf, als würde er selbst einer fernen Stimme lauschen. „Sie ist noch ganz hier. Eure Felder sind sich nah. Sie würde es begrüßen, wenn du bleibst."

Claire zitterte am ganzen Leib und wusste nicht, was sie tun sollte. Sie erinnerte sich an ihr Erlebnis in den Höhlen und wie leicht und selbstverständlich alles gewesen und wie wenig ihr die Gefahr bewusst geworden war. Aber das hier war etwas ganz anderes. Hier stand ihr der Tod leibhaftig vor Augen.

„Und genau darum geht es", Ajan hatte in ihr gelesen und antwortete auf ihre Gedanken. „Jetzt nimmst du nur wahr, was du vom Tod bislang kennst. Alles Schreckliche und Beängstigende, das er an sich hat, solange man nicht mit dem Feld verbunden ist. Doch", er kam näher, „hör mir nun bitte ganz genau zu und versuche zu verstehen: Gehst du mit mir in die Anbindung, während das Tor sich öffnet, dann wirst du jenes ewige Dasein wiedererkennen, aus dem du bei deiner Geburt in dieses Leben hineingestorben bist und in das du, bei deinem nächsten Tod, zurückgeboren wirst."

Claires Ängste versiegten mit einem Mal. Stattdessen traten neue Gedanken hervor, geklärte, mit Konturen wie aus Glas.

*Was, wenn das wahr ist? Was dann?! Was, wenn Erinnerung*

*nur in Körpern möglich ist, die Bewusstsein tragen? Und ewiges Dasein, körperlos, in unendlicher Gegenwart existiert? Und wir uns darum nicht an es erinnern, sondern es nur erfahren können, in Augenblicken vollkommener Gegenwärtigkeit oder als Ahnung vielleicht, als Anflug einer Sehnsucht nach Heimat?*

„Du beginnst bereits zu verstehen." Ajan lächelte stolz. „Komm, setz dich hierhin." Er stellte behutsam einen Sessel auf die andere Seite des Bettes und bot ihn ihr an.

Claire nahm halb anwesend, in Ahnungen versunken, Platz. Ajan setzte sich gegenüber und hielt ihr seine Hände entgegen. Er nickte auffordernd.

Der gebrechliche, hagere Körper Romanas lag nun, nur von einem weißen Laken bedeckt, zwischen ihnen. Claire fasste Ajans Hände über der sterbenden Frau und hielt sie fest. Seine Stimme bekam nun etwas Hypnotisches, als er sie weiter, so viel weiter über die Grenze des Irdischen hinausführte. Romanas Atem wurde währenddessen langsamer und langsamer.

„Atme mit ihr. Und lass dein Leben los."

Bevor er fortfuhr, wiederholte er das eben Gesagte mehrmals und bei jedem Mal wurde sein Ton tiefer und ruhiger, bis er sich in Romanas Atemzügen auflöste und nur mehr einem Hauch glich, einem Luftzug, als würden von fern her Engel durch das Zimmer gehen.

Claire hatte ihre Augen geschlossen und spürte noch Ajans kraftvolle Finger zwischen ihren, bis auch diese sich aufzulösen schienen. Ihr Atem war nun so verlangsamt, dass sie ihn kaum noch zu spüren vermochte.

Ajans Stimme drang, als er weitersprach, wie durch Schleier zu ihr herüber, flüsternd beinah, schwebend, als würde einer der Engel reden: „Erinnere dich an dein Erlebnis am Wasserfall bei unserem ersten Marsch Richtung Kolonie. Damals schon hast du die Tore gesehen, die sich um deinen Körper geöffnet hatten, wie Schleusen, Pforten, Doppeltrichter, Kanäle. Jeder Mensch sieht sie ein wenig anders, in Formen und Farben. Folge diesen Bildern erneut. Öffne die Tore an deinen Händen, Füßen und in der Mitte des Kopfes. Dann an deinem Schoß, deinem Bauch, dem Sonnengeflecht, über dem Herzen, dem Kehlkopf, der Stirn und schließlich am Scheitel."

Claire folgte den Bildern. Ließ sie entstehen, malte sie weiter mit ihrer Fantasie, fühlte, wie sie vollendet wurden von anderen Händen, gab der Bewegung nach, dem Fluss, der nun durch sie zu strömen begann, und dann: Wie alle Ströme zu rotieren begannen, wie sich Kreisläufe bildeten, um sie herum, in alle Richtungen zugleich, wie sie sich ausdehnten, immer weiter, höher, tiefer und schließlich übergingen in unendliche Weiten.

Romanas Atem endete in diesem Augenblick.

Die Zeit hielt inne.

Und alles wurde hell.

Claire war dort.

Und mit ihr Ajan.

Und Romana.

Deren Gestalt – nur noch Licht und Strom ohne Alter – über ihnen schwebte, lange und dann, irgendwann, ferner glitt, in den Äther.

Es war etwas wie Liebe, das Claire fühlen konnte, etwas wie Glück und Euphorie und zugleich nichts davon, nichts, was sie so, jemals zuvor, hätte fühlen oder denken oder ahnen können.
„Das ist *Aeterna*. Die siebte Liebe. Sie ist die Quintessenz, der Gral, die Chymische Hochzeit, die reine Religio." Ajans Stimme drang nun von einem anderen Ort in Claire ein und es waren nicht ihre Ohren, die sie hörten, sie las ihn, vernahm ihn aus ihrem Inneren ebenso wie von überall her, war eins mit ihm, angebunden an das umfassende, unendliche Feld und damit auch an seines.
So geschah es. So gelang es. Darum all dieses Sehen und Wissen und Vermögen der *Sharer*.
Ajan erhob nun erneut seine irdische Stimme, bewusst etwas lauter und eindringlicher als zuvor. Claires Ohren hörten sie wieder: „Halte die Anbindung, Claire, und spüre zugleich meinen Händen nach. Halte sie noch fester. Beim ersten Mal zieht es uns oft mit Macht in die Weiten des Feldes. Du musst darum den Kontakt zu einem anderen Körper stabil in deinem Bewusstsein behalten und ihn, an zumindest einer Stelle deines eigenen Körpers, ohne Unterbrechung spüren."
Claire riss es beinahe aus dem Feld heraus, als sie nun, durch den Druck von Ajans Händen, auf die Erde zurückfuhr. Ajan empfing sie dort. „Nun bist du wieder hier. Gut so. Und jetzt bleibe in deinem Körper, ganz hier und strecke dein Feld zugleich zurück in die Weite, dehne es wieder aus, erhöhe die Rotation der Tore, sei hier wie dort, mit Händen und Füßen auf der Erde, mit deiner Seele im Herzen der Weltseele."
Claire antwortete ihm mit einem sachten Druck ihrer Finger

und wandte sich wieder dem Feld zu. Noch einmal durchlief sie den Prozess, noch einmal erschien Romana an ihrer Seite, als würde sie ganz aus Freude und Himmel bestehen, und trug sie nun mit sich, weiter in das Feld, in den jenseitigen Kosmos hinein.

Claire sah nun mannigfaltige, verzweigte Ströme, begegnete dichten Ballen von Feldern, Gebilden aus bunten Lichtern, dunklen Nebeln, hellen Schwärmen, Wirbeln, Gewölben, Gefällen und Schleifen, Kaskaden aus gleißenden Farben, all dies aus einer anderen Welt eines anderen Daseins stammend, aus einer Erkenntnis, einer Erfahrung eines Wissens, eines Glaubens, eines Volkes, eines Krieges, einer Angst, einer Liebe, eines Gottes, eines Mythos, einer alten, jungen, entstehenden, flammenden Erde.

Ajan, der jede ihrer Bewegungen, an sie gebunden, verfolgte, erhöhte nun wieder den Druck seiner Hände.

Romana löste sich ins Jenseits und entschwebte zu hellen Bündeln von Feldern, die auf sie zu warten schienen.

Claire kehrte zurück auf die Erde und Ajan sagte:

„Atme tief ein. Sprich ein Wort. Und lächle." Er kannte alle Techniken, hatte schon viele Neuankömmlinge über die Grenze begleitet. Er wusste, was zu tun war. Das Feld war ihm vor langer Zeit zur ersten Heimat geworden, er selbst, seit vielen Jahren, ein lebendiges Tor, ein Grenzgänger zwischen den Welten. „Sprich es aus."

Claire lächelte, atmete aus und sagte:

„Mensch!"

„Ja", antwortete Ajan, „das ist es. Du bist angekommen."

Claire lag auf dem Bett und sah durch das offene Fenster zu den Sternen.
Still war es in ihrem Zimmer und der See draußen war still und der Wind und das Wasser und ihr Herz.
Sie hatte zugesehen, wie junge Lehrlinge der Heiler gekommen waren, um den leblosen, entseelten Leichnam von Romana abzuholen; wie Bettwäsche und Matratze gewechselt, die Läden geschlossen, die Lichter gelöscht wurden.
In der frühen Nacht war Ajan dann mir ihr, Hand in Hand, aus der Klinik zum Gemeinschaftshaus spaziert. Er hatte darauf bestanden, für Claire und sich noch eine Kleinigkeit zurechtzumachen – ihre Körper brauchten unbedingt stoffliche Nahrung –, hatte Wein, Brot und Käse aus der Küche geholt, für sie aufgeschnitten und vor sie beide hingestellt.
Nach der kleinen Mahlzeit hatte er sie bis zu ihrem Häuschen begleitet und sich dann zur Nacht mit einer Umarmung verabschiedet.
Er wusste, dass nun das Feld ihre Führung übernehmen würde. War die Rückbindung einmal erfolgt, blieb sie für immer aufrecht, als schmale Leitung zwar nur, als loses Band, das der Mensch jedoch jederzeit aufgreifen konnte, um seine Tore dadurch aufs Neue zu speisen und zu öffnen. Es brauchte keine Worte, um Claire das wissen zu lassen. Das Feld würde es ihr ohnehin zeigen.
Claire war dankbar, für den Einklang, der zwischen Ajan und ihr in diesen Stunden geherrscht hatte, und dafür, ihn an ihrer Seite zu wissen.
Am Ende dieses so bewegenden Tages war sie dann auch froh

gewesen, sich allein in die behagliche Stille ihres Wohnraumes zurückziehen zu dürfen.
Diese erste, weite Reise in das Feld, Romanas Tod oder, sollte sie sagen, deren Übergang, hallten beständig in ihr nach. Es fühlte sich an, als wäre ein Teil von ihr noch immer dort oder anders: Ein Teil des Feldes war immer noch bei ihr, wie eine neue Dimension des Wesens oder ein Glied des Körpers.
Sie lag auf dem Bett, fühlte ihre Bauchdecke sich im ruhigen Atem heben und senken, spürte ihre Haut, wie sie den Körper so selbstverständlich umspannte, und erinnerte sich an ihre Seele, der sie an diesem Tag zum ersten Mal leibhaftig begegnet war, als sie sich erlöst hatte, aus eben dieser Haut, und hineingeströmt war in die unermessliche Weite des Feldes.
Hätte Ajan sie nicht an den Händen gehalten, sie hätte sich wohl verloren, wäre verflogen, zu irgendeinem Flügelwesen im Äther geworden.
Ein Schauder lief ihr durch den Körper und zog eine Welle von Angst hinter sich her. Genug davon. Sie musste sich mit etwas anderem beschäftigen, auf die Erde zurückfinden, an Hiesiges denken, am besten an ihre Arbeit, an Jerome und einen Bericht, auf den er gewiss schon ebenso ungeduldig wartete wie auf sie selbst.
Sie tastete nach dem Laken, rollte sich ein und begann, von Worten zu träumen, von wahren Sätzen, von Zeilen, die in Blöcken gesetzt, neben einem großen Foto der Kolonie auf Seite eins von Le Monde erschienen und damit die Welt erreichten.
Darüber schlief sie ein.

# 21

Als Ajan an die Tür klopfte, steckte Claires Kopf tief in den Lehren von *Share*.

Wie in alten Tagen ihrer Studienzeit hatte sie die Papiere, Listen und Skizzen neben einigen Büchern, vergilbten Landkarten und Fotos überall auf dem Boden ihres Zimmers verteilt. Schon seit dem Vormittag hockte sie inmitten dieser Berge von Wissen, mit einer Schale Kaffee neben sich, einem Schreibblock und gespitzten Stiften, um sich Notizen zu machen, die sie später in ihr Pad übertragen wollte.

Ein handgeschriebenes Blatt, voll mit Symbolen, Glyphen und den sieben Formen der Liebe, lag ganz obenauf:

*1 Eros, die körperliche Liebe*
*2 Amor, die romantische Liebe*
*3 Storge, die genetisch familiäre Liebe*
*4 Philia, die Freundesliebe*
*5 Sapia, die Wissens-, Forscher-, Berufsliebe*
*6 Agape, die Gottesliebe*
*7 Aeterna, die hohe, ewige, All-Eine-Liebe*

Sie hatte im Netz bereits darüber recherchiert und herausgefunden, dass die *Sharer*, oder zumindest einer ihrer Gründerphilosophen, auch hierbei alte Thesen und Bedeutungen den Lehren von *Share* angepasst und sie erweitert hatte. *Aeterna* war noch in keiner der philosophischen, psychologischen oder spirituellen Schulen der Vorzeit aufgetaucht oder als solche benannt worden. Am frühen Morgen war Claire zudem aufgebrochen, um die Kolonie, ihre Häuser und Menschen im Morgenlicht zu fotografieren. Die Software ihres Neopads war auf dem neuesten Stand, Aufnahme und Bearbeitung der Fotos ein Leichtes und, mit über dreißig Megapixel, jedes von höchster Qualität und für sämtliche Magazine der Welt, ob Print oder online, zu verwenden.

Sie hatte sich vorgenommen, ihre Studien parallel zum Verfassen des Artikels zu betreiben, und erhoffte sich dadurch, jeweils von dem einen für das andere zu profitieren und schneller voranzukommen.

Als sie nun auf Ajans Klopfen antwortete und ihn zu sich ins Zimmer rief, versteckte sie jedoch erst einmal ihre Notizen unter anderen Papieren. Es war noch zu früh und sie wollte keine unnötigen Fragen beantworten oder Bedenken ausräumen müssen.

„Du verschwendest keine Zeit", sagte er bewundernd, als sein Blick über den Boden glitt und die unzähligen Dokumente betrachtete. „Ich habe erwartet, dich schlafend anzutreffen. Niemand sonst verbringt den Tag nach dem ersten *Seelen* mit Studien." Claire kniete immer noch auf dem Boden inmitten des Zimmers und bemerkte erst da, dass sie übersehen hatte, die Bildanwendung ihres Pads zu schließen. Ein strahlendes Foto der Kolonie leuchtete Ajan entgegen, als er sich nun neben sie hockte, um das Ganze aus ihrer Perspektive zu überblicken.

„Du lernst und recherchierst zugleich?" Er hatte sie schnell durchschaut.

„Ja", gestand Claire.

Ajan nickte nachdenklich.
„Was denkst du?“, fragte sie nach.
„Nichts. Gut so. Das Feld wird dich führen. Mach nur keinen Unsinn, so wie letztens. Étienne hat mir davon erzählt. Vergiss einfach nicht, den Gründern und dem Rat alles vorzulegen, bevor du es veröffentlichst.“
„Nichts anderes hatte ich vor.“ Sie sah auf das Blatt, unter dem sie ihre vorläufigen Notizen versteckt hatte. „Glaubst du, sie werden es genehmigen?“
„Kommt darauf an, was du schreibst. Solange du der Welt nicht verrätst, wo wir uns befinden, oder Geburtsnamen nennst, die unversehens alte Verwandte auf den Plan rufen würden, oder uns als linke Anarchisten mit radikalen Tendenzen bezeichnest, sehe ich kein Problem.“ Er grinste.
„Gar nicht so weit hergeholt. Weiter links geht ja wohl nicht und *Drüsen* und *Seelen* sind schon sehr radikale Zugänge in den Augen kapitalistischer Normalos.“
„Darum.“
Claire überlegte.
„Wird nicht einfach.“
„Ist es das jemals, wenn es der Wahrheit gerecht werden soll?“
„Du bist ebenso clever und gebildet wie feinfühlig, Ajan. Du verblüffst mich immer wieder.“
Ihre Augen trafen sich und kurz herrschte Stille.
„Ich wollte eigentlich nur vorbeischauen,“ wand er sich einmal mehr aus der entstandenen Nähe, „um dir zu sagen, dass heute Abend die Verabschiedung von Romana stattfindet. Wir versammeln uns rund um den See bei Sonnenuntergang. Hast

du ein buntes Kleid dabei?“
„Ein buntes Kleid?“
„Beisetzungen sind auf *Share* immer Feste des Lebens. Wir weinen aus ganzem Herzen und lachen aus ganzer Seele. Darum kleiden wir uns auch in allen Farben des Regebogens, bringen Körbe voll Blumenblüten mit, entzünden Lebensfeuer, singen im Chor und später dann wird gefeiert bis in den Morgen.“
„Warum überrascht mich das nicht?“ Sie schüttelte den Kopf bei der Vorstellung der Abschiedsfeier. „Aber ich habe leider nichts Passendes anzuziehen.“
„Ich lass dir was holen. Und du musst den Abend mit mir verbringen. Tut mir leid.“ Er hatte sein schelmisches Lächeln aufgesetzt. „Die Seelenführer begleiten ihre Schützlinge zumeist durch die erste Verabschiedung. Ein sehr lehrreicher Brauch. Und auch wenn du Romana nicht lange gekannt hast, bist du mit ihr stärker verbunden als sonst jemand. Ein gemeinsamer Übergang bindet die personalen Felder für immer aneinander, sogar über den Tod hinaus.“
Claire sah ihn an und nun war die Stille, wie aus dem Nichts, wieder vom Feld getragen. Und da verstand Claire mit einem Mal und sagte berührt:
„Wir sind gemeinsam gegangen: Romana, ich und du.“
Ajan kniete sich neben ihr, auf Augenhöhe, hin.
„Ja, schöne, süße Claire.“ Seine Stimme strich über sie. „Und nun darf *Aeterna* herrschen und unsere Liebe hat keine Grenzen mehr: jenseits des Herzens, jenseits des Körpers.“
Und da rauschte plötzlich ein jäher Wind in das Zimmer und wirbelte alle Blätter und alle Schriften durch und, ohne einander

zu berühren, verschmolzen ihre beiden Felder zu einem.
Die Zeit glitt wieder aus den Fugen, löste sich auf und mit ihr der Raum.
Der Atem der beiden ging ruhig, zog als Zweig des Windes in sie ein und flüsterte etwas von Zukunft und Auftrag und Hoffnung, als Schützlinge, Zöglinge auf fernen Inseln.

Viel später erst, sie hatten voreinander kniend verweilt, lösten sich ihre Felder aus der Umarmung. Ihre Körper erhoben sich wortlos, streckten die Glieder und Claire begleitete Ajan zur Tür und sie hörte ihn in ihrem Inneren sagen: *Ich komme dich am Abend holen.* Und sich selbst antworten: *Wann immer und oft noch und ewig wieder.* Und dann ging er und das Band zwischen ihnen dehnte sich und er ging weiter und es dehnte sich weiter.

Nach einer Weile klopfte es erneut an der Tür.
Claire hatte mittlerweile die chaotische Ordnung wiederhergestellt, die sie bei Recherchen und Studien so mochte, die ihrer Art, parallel und sprunghaft zu arbeiten, am meisten entsprach. Vorsichtig, um nicht wieder alles in ungeordnetes Chaos zu verwandeln, stand sie auf, tapste auf Zehenspitzen über die schmalen freien Streifen zwischen den Blättern und öffnete die Tür. Mia stand davor und hielt ihr ein bunt glänzendes Stoffbündel entgegen.
„Ajan hat mir gesagt, du könntest das brauchen. Ich wollte es eigentlich selbst anziehen, aber ich habe noch ein anderes, das genauso passt. Hier, es gehört dir.“

„Mia, das kann ich nicht annehmen. Noch dazu, wo du es selbst tragen wolltest."
„Wir *Sharer* teilen nicht nur, wir tauschen auch, weißt du? Irgendwann wirst du eines deiner lieben Dinge in Händen halten und plötzlich an mich denken. So wie es mir gestern am Morgen mit diesem Kleid ergangen ist, lange bevor ich von Romanas Übergang gehört hatte. Ich war an meinem Schrank, habe es zufällig herausgezogen und da ging mir durch den Kopf, wie gut es dir stehen könnte. Einfach so. Solche Eingebungen werden dir nun auch immer öfter passieren. Sie kommen aus dem Feld. Willst du es nicht gleich anprobieren?"
Claire zögerte, dachte an ihre Arbeit, wollte sich nicht abermals erklären und rechtfertigen müssen, aber auch nicht unhöflich erscheinen. Bevor sie antworten konnte, hatte Mia ihren Zwiespalt schon erkannt.
„Ich störe dich, entschuldige, wie unaufmerksam von mir."
Ihr Blick fiel auf den Boden des Zimmers. Sie hielt für einen Moment in ihren Bewegungen inne und sah Claire dann ernst an. Claire war sich nicht sicher, was das zu bedeuten hatte, wollte zu einer Erklärung ansetzen und auch ihre Dankbarkeit bekunden, doch erneut kam ihr Mia zuvor:
„Du wirst uns retten, Claire. Ich weiß es. Wir alle haben es gesehen."
Claire sah sie irritiert an und erwiderte:
„Ich verstehe nicht."
„Musst du auch nicht. Aber du sollst wissen, dass der Rat der jungen Hohen hinter dir steht. Geschlossen." Sie drückte ihr das Kleid in die Hände. „Am besten du vergisst das jetzt

schnell wieder, arbeitest fleißig weiter und berichtest der Welt, ja? Bis später." Damit wandte sie sich ab, hopste über die Stufen und lief den Strand entlang davon.

„Danke!", rief Claire ihr hinterher. Mia war beinahe schon außer Hörweite, winkte aber noch über die Schulter zurück.

Claire stand in der Tür, sah auf das Wasser und dachte über Mias Worte nach, deren Sinn sich ihr nicht erschloss. Es bestand doch von nirgendwoher Gefahr? Und vom Aussterben bedroht schien ihr die Kolonie auch nicht. Und warum sollte ausgerechnet sie zu ihrer Rettung beitragen können? Was hatte das zu bedeuten? Oder besser: Worauf bezog es sich?

Sie tastete dem weichen Seidenstoff in ihren Händen nach und ein zarter Duft von Hyazinthen und Jasmin stieg ihr in die Nase, der jedoch diesmal nicht von den Blumen ringsum, sondern von dem Kleid auszugehen schien. Sie hielt es an ihr Gesicht und freute sich darüber, wie gut es Mia mit ihr meinte. Sie würde sich gewiss bald dafür revanchieren können.

Der Abend nahte und das Kleid stand ihr wirklich gut. Sie drehte sich vor dem schmalen Spiegel am Schrank und begutachtete es von allen Seiten. Die bunten Seidenstreifen waren so raffiniert in schrägen, teils parallelen, dann wieder gegenläufigen Bahnen vernäht, dass es zugleich über Claires Körper floss, ihre makellose Figur betonte und doch Lebendigkeit ausstrahlte und schlicht wirkte. Mia hatte Stil und genau das Richtige für sie ausgewählt. Claire lächelte, doch dieses Lächeln erstarb sofort wieder beim Gedanken daran, für welchen Anlass sie das Kleid angezogen hatte.

Während ihrer Kopfarbeit der letzten Stunden, in denen sie erstmals den Versuch unternommen hatte, einen Bericht über *Share* zu verfassen, daran schlicht und einfach gescheitert war und sich darum immer weiter von jeglicher Anbindung entfernt hatte, waren auch die alten Gefühlsmuster wieder wach geworden.
Ein Mensch war gestorben.
Ein Mensch war gestorben!
Am liebsten hätte sie das Kleid ganz schnell wieder ausgezogen. Und eh sie sich versah, stieg Trauer in ihr auf. Und eine scharfe Erinnerung an das Begräbnis ihrer Mutter schnitt ihr durchs Herz. Plötzlich tat es so weh, dass ihr Körper sich krümmte und Tränen aus den Augen presste. Das leichte Make-up, das sie zuvor, noch unbeschwert, wie gedankenlos aufgetragen hatte, verrann augenblicklich und als sie sich, nach einigen stoßweisen Atemzügen, wieder aufrichten konnte, war das eben noch strahlende Spiegelbild zu einem traurigen Elend verkommen.
„Claire! Bist du da?" Ajan rief nach ihr. Sie hatte das Klopfen überhört. So konnte sie ihm auf keinen Fall unter die Augen treten. Sie sah sich nach einem Kleenex um, hastete durchs Zimmer Richtung Bett, durchsuchte die kleine Kommode, versuchte sich zu erinnern, wann sie zuletzt eines benutzt hatte, wollte weiter zu ihrem Rucksack, der am Boden des Schrankes liegen musste, doch dazu kam sie nicht mehr. Ajan stand mitten im Zimmer. Ruckartig wandte sie sich ab und wischte sich übers Gesicht.
„Tut mir leid. Du hast nicht geantwortet und ich habe Schmerz

wahrgenommen. Und wie es aussieht, bin ich wohl richtig gelegen." Er kam auf sie zu, umarmte sie vorsichtig und *seelte* reflexartig ins Feld. Claire beruhigte sich augenblicklich, als der zarte, warme Strom *Aeternas* in sie einfloss.

„Es nennt sich okkulter Rückschlag", sprach er sanft weiter und steuerte ihre Gedanken in eine andere Richtung. „Auf eine große Flut neuer seelischer Impulse folgt oft eine Phase von Verzweiflung oder Leere. Gehirn und Gefühlskörper wehren sich gegen das Fremde, müssen es noch integrieren, zu den erstmals erwachten Neuronenfeldern Synapsen anlegen und auch die Hormondrüsen neu ansteuern. Darum ist nach der ersten Seelenreise eher Ruhe als Arbeit angesagt und deshalb habe ich auch darauf bestanden, dass du diesen Abend an meiner Seite verbringst. Was du durchmachst, ist ganz normal. Alles ist gut." Während dieser Worte hatte er behutsam die Dichte seines Feldflusses gesteigert. Claire war nun wieder ganz ruhig. Ajan löste die Umarmung etwas, griff in seiner Hosentasche nach einem der Taschentücher, die er in Voraussicht auf den Abend eingesteckt hatte, und wischte behutsam über ihre Wangen.

„So", sagte er grinsend, „sieht immer noch elend aus, aber wir können dich herzeigen." Claire musste lachen.

„Du schaffst es jedes Mal. Innerhalb von Sekunden drehst du meine Welt um."

„Wenn nicht ich, wer dann?"

„Eingebildet bist du wohl gar nicht."

„Bin ich das?" Er fragte so ehrlich und offen, dass Claire augenblicklich ihre Worte bereute.

„Tut mir leid.“
„Muss es nicht, nie. Ich kann dich doch lesen. Wie du mich.“
Einmal mehr versank Claire in seinem Blick. Sie standen lächelnd voreinander. Himmel zu Hölle zu Himmel.
„Und jetzt“, unterbrach er nach wenigen Momenten, „sollten wir uns auf den Weg machen, sonst verpassen wir das Beste.“
„Es ist eine Verabschiedung! Was kann daran so toll sein?“
„Du wirst dich wundern.“

Als Claire mit ihm aus dem Haus trat, hatte die Nacht bereits ihre schwarzen Flügel ausgebreitet. Der Himmel war klar, die Sterne funkelten zwischen ihrem Gefieder und am Rand der Schwingen neigte der Mond seine scharfe Sichel über den Lorbeerwald.
Claire blieb kurz auf der Veranda stehen und blickte über den Kratersee.
Rund um das Ufer reihten sich Menschen aneinander, andere kamen noch hinzu, sahen sich, auf der Suche nach einem freien Platz, andächtig um. Ihre bunten Kleider schimmerten im dämmrigen Licht in allen Schattierungen.
Die *Sharer* versammelten sich zu Romanas Verabschiedung – Frauen und Männer, Junge und Alte, Väter, die Kinder auf den Schultern trugen, und Mütter mit Säuglingen in den Armen.
Und jeder trug ein Licht bei sich, eine Kerze in einem Glas, einen Wachsstab mit hoher Flamme oder große, mit Petrol getränkte Fackeln auf langen Stäben, deren Träger sich, in gleichmäßigen Abständen, ganz vorn am Ufer aneinanderreihten.

Der Widerschein der Flammen warf orangerote Streifen über das Wasser. Ihre Bahnen wiesen bis zur Mitte, wo ein Floß verankert war. Der weiß gekleidete Körper Romanas lag dort, obenauf, über Reisig und Holz gebettet.
Ajan nahm im Vorbeigehen eine der großen, noch stillen Fackeln vom Boden hoch, die er dort zuvor abgelegt hatte. Er reichte sie an Claire weiter, nahm diese an der Hand und führte sie zur anderen Seite des Sees.
Im östlichen Bereich, bei der Schule der Seele, trafen sie auf Étienne und Lucia. Gemeinsam schritten sie nach vorn, blieben jedoch am hinteren Rand der Menge stehen, vor einer Schneise, die für sie freigehalten worden war; denn die Gründer betraten stets als letztes Paar den Kreis des Abschieds.
Claire sah, zwischen den Menschen an ihrer Seite hindurch, über den See, traf, wohin ihr Blick fiel, auf gelöste, lächelnde Gesichter, die unter der Hitze und im gelben Schein der kleinen und großen Feuer glänzten. Es erstaunte sie, angesichts einer Verabschiedung, nirgendwo Trauer zu sehen.
Die Träger der Stabfackeln hoben nun die langen Schäfte, über die Köpfe hinweg, in den Himmel.
Ajan bekam eine brennende Kerze von Lucia gereicht, neigte den petrolgetränkten Leinenballen von Claires Fackel zu sich und entzündete ihn damit. Claire erschrak, als das Feuer, wie eine kleine Explosion, um den faustgroßen Kopf des Stabes aufloderte. Etwas Öl tropfte noch zu Boden, bevor einzelne Flammenzungen sich zu einer gesammelt hatten, die nun still, doch lebendig, kraftvoll strahlte, während sie Leinen und Destillat verzehrte, aus denen sie gemacht war.

„Geh nach vorn in die erste Reihe am Ufer. Schließ dich den anderen Fackelträgern an und halte deine Flamme hoch."
„Stehst du hinter mir?"
„Immer." Er lächelte. „Geh."
Claire nahm den Stab, prüfte, ob das überflüssige Öl schon abgetropft war, hob ihn vorsichtig über den Kopf und schritt durch das Spalier einiger älterer *Sharer* nach vorn. Ajan ging wenige Schritte hinter ihr und zuletzt trat das Gründerpaar Hand in Hand ans Ufer.
Die Nebenstehenden folgten nun ihrem Beispiel, nahmen einander an den Händen und die Welle setzte sich fort, bis der Kreis um den See geschlossen war. Ein Lichtermeer aus Menschen, das an die stille Insel der toten Frau brandete.
Wie auf ein geheimes Zeichen hin veränderte sich nun die Stimmung. Die eben noch lächelnden Gesichter wurden immer ernster, die Köpfe neigten sich, da und dort war plötzlich ein Schluchzen zu hören und Claire sah sich mit einem Mal von trauernden, weinenden Menschen umgeben.
Ajan neigte sich zu ihr und flüsterte:
„Wir *drüsen* Trauer."
Claire sah ihn verwundert an und antwortete ebenso leise:
„*Drüsen*? Romana hatte doch sicher viele Freunde und Verwandte in der Kolonie? Warum trauert da niemand von selbst?"
„Ist man sein Leben lang an das Feld gebunden", Ajan war noch näher gekommen, „lebt man in *Aeterna.* Man ist vom Feld der All-Einen-Liebe genährt, trauert nicht, zürnt nicht, fürchtet nicht, begehrt nicht. Außer, man will es und entschließt sich dazu. Stirbt einer der Unseren, erweisen wir dem

menschlichen Schicksal die Ehre, indem wir zuerst trauern, die Trauer danach wieder entlassen, uns dann ans Feld binden und schließlich, sobald Romanas Köper dem Feuer übergeben wird, uns in *Aeterna* mit ihrer Seele vereinigen."

Während er gesprochen hatte, konnte Claire seinen Atem an ihrem Hals spüren und streifte jetzt, als sie ihm ihr Gesicht zuwandte, mit den Lippen über seine Wange. Seine Haut war weich und rau zugleich. Er roch männlich, herb. Eine Sekunde lang verharrten die beiden so. Ajan flüsterte zärtlich:

„Trauer. *Drüsen*. Jetzt."

„Du kannst einem alles verderben", hauchte Claire.

„Dies ist eine Verabschiedung. Zur Vereinigung kommt es erst ganz am Schluss."

„Wie schade."

„Reine Vorsichtsmaßnahme. Los jetzt."

„Schon gut."

Das machte es Claire nicht gerade leichter, sich auf die Trauer zu konzentrieren. Auch wenn sie kaum eine Stunde zuvor so tief davon ergriffen war. Bei der Erinnerung daran erwachte der Schmerz jedoch unversehens wieder. Der Abschied von ihrer Mutter stand ihr erneut vor Augen.

Sie blickte um sich, in all die traurigen Gesichter, hörte Klagelaute und weinende Stimmen, sah zu Romanas aufgebahrten Leib in der Mitte des Sees und Tränen begannen über ihre Wangen zu laufen.

Ein Mensch war gestorben.

Unter ihren Augen.

Und der Schmerz nahm seinen Lauf.

Nun war auch dieser Kreis geschlossen. Die Trauer reichte sich durch die Hände weiter, übertrug sich von Träne zu Träne, von Wehklage zu Wehklage, wurde lauter und lauter, steigerte sich zu einer Kaskade aus Gram, Leid, Jammern und Flehen.
Die *Sharer* gaben sich ganz ihren Erinnerungen an Romana hin. Es wurden keine Reden gehalten, keine Abschieds- oder Dankesworte geäußert, keine Musik aus Lautsprechern zugespielt. Nur die gemeinsamen Erinnerungen, die sich ebenso weiterreichten, sich tauschten und teilten unter ihnen.
Der Wind sang sein Lied dazu, streifte über die Fackeln, ließ sie schlagen und fauchen und ihre Funken werfen und der Wald hinter den Häusern steuerte einen Basston bei, eine dunkle, flächige, andächtige Stille.
Langsam verklangen die Wehlaute wieder.
Das Weinen versiegte.
Der Wind stahl die Tränen von den Gesichtern.
Die Trauer wurde entlassen, veratmete sich, zog sich, gewürdigt und dankbar, in das Gemach des Herzens zurück.
Dem irdischen Dasein war Genüge getan.
Und in die Stille hinein durften sich jetzt die Seelen erheben.
Und mit ihnen erhob Lucia, wie nur zu seltenen Anlässen, ihre glasklare Stimme und begann zu singen. Ließ den ersten Ton in einem langen Atem über das Wasser schweben, bis jeder ringsum Stehende ihn greifen und darin einstimmen konnte. Die Gesichter lösten sich, Freude zog nun wieder über sie und bald begann der Klang sich zu wandeln, nahm eine langsame, getragene Melodie an, die aus den offenen Mündern der *Sharer* strömte.

Und Claire war ein Teil von ihnen.
Es bedurfte keiner Bemühung, sich ihnen anzuschließen, die Prozesse in ihrem Inneren einzuleiten, die Torquellen zu öffnen, die Anbindung an das Feld herzustellen, in es zu *seelen* und sich auszudehnen in seine Weiten.
Ein Atem pflanzte sich jetzt mit dem Gesang fort, fasste sie alle zusammen – diese seltsamen Menschen, in ihren bunten Gewändern, die da wie Engel um den See herumstanden und mit einer Stimme zum Himmel sprachen, als geeintes Volk, als Hoffnung auf Erlösung für das geschundene Antlitz der Erde.
Claire zog mit ihnen. Die Melodie floss ihr zu, führte sie weiter, sang aus ihr heraus und nebenher staunte sie über ihre Stimme, die sie nie zuvor so klar, so offen vernommen hatte.
Das Lied schraubte sich weiter in Wellen hoch und mit ihm *seelte* Claire tiefer ins Feld, hinein in die Schwärme und Nebel und Ballen aus Energie und Licht.
Und plötzlich erreichte sie eine Weisung von dort, als Ahnung erst, dann immer klarer, wie ein Ruf, eine Anleitung:
Sie spürte den Stab der Fackel in ihrer Hand, neigte ihn nach vorn, stellte sich seitlich zu ihm, öffnete die Finger, wechselte den Griff, packte ihn fest, hob den Arm immer weiter, holte kraftvoll aus – im Augenwinkel sah sie, dass alle Fackelträger es einander gleichtaten, alle von derselben Weisung geführt waren – und schleuderte die Fackel, einem Speer gleich, in weitem, hohem Bogen der Mitte des Sees, dem Floß entgegen.
Und sie trafen es. Alle.
Die Flugbahnen der Fackeln hinterließen helle Lichtstreifen unter den Flügeln der Nacht, betrogen für ein paar Augenbli-

cke die Netzhaut und schufen so einen Kuppelring, mit Streben aus Feuer, der nun in seiner Mitte die Erfüllung fand, als sich, rund um Romana, in Windeseile eine Feuersäule erhob, die den toten Körper erst nur umschloss, doch sofort mit sich nahm, auf ihrem senkrechten Lichtstrahl in den Himmel.
Zugleich vollzog sich auch im Feld eine Wandlung: Romanas Seelengestalt war hoch oben in den Weiten über dem Lichtdom erschienen und alle *Sharer* trafen noch einmal auf sie, standen ihr ein letztes Mal zur Seite.
Das Feuer loderte hellauf, flackerte über die Gesichter der Menschen, die immer noch sangen und einander an den Händen hielten.
Und so verweilten sie, ans Feld gebunden, ihre Körper an den Händen vereint, auf ihrem Land und Boden, irgendwo zwischen Himmel und Erde, und *Aeterna* strömte durch sie und verflocht abermals ihre Seelenstränge zu einem festen Band aus umfassender Liebe.

Viel später erst verglomm das Feuer, fand das Lied seinen letzten Ton, lösten sich die Noch-Irdischen vom Schon-Überirdischen und Romanas Seele, einst von Haut und Körper umfasst, von Blut und Hormonen durchflutet, dehnte sich endgültig in die unendlichen Weiten des Feldes.

Ein Mensch war gestorben,
eine Seele wiedergeboren –
zurückgekehrt in ihre Heimat,
eine Weile lang.

# III

# Im Namen des Vaters

# 22

Claire tippte auf die Entertaste und die E-Mail, eben noch Bild und Wort auf ihrem Neopad, löste sich in Milliarden elektromagnetischer Impulse auf und trat, unsichtbar, ihre Reise zur Sendestation an, weiter durch den Himmel ins All, bis zum nächsten Satelliten, der sie ins weltumspannende Netz einspeiste und mit genau jenem Empfängerimpuls in Resonanz brachte, der sie zu Jeromes Laptop in die Chefredaktion von Le Monde nach Paris führte, wo sie in Bild und Wort wieder auferstand.

Claire hatte es geschafft. Nach mehreren Anläufen war ihr eine starke, berührende Story gelungen, die von *Share* und seinen Menschen erzählte, ihren Übungen des Glücks, den Festen des Lebens, ihren Schulen, ihrer Ethik, dieser utopischen Gesellschaft des Teilens, Tauschens und des angemessenen Lebenswandels. Sie hatte auch die höheren Fähigkeiten der *Sharer* einflechten können, ohne dass es nach Science-Fiction oder Fantasy klang; hatte deren Historie, die detailliert in den Unterlagen der Bibliothek zu finden gewesen war, von der Hippiezeit bis heute, von den Kanarischen Inseln bis zur Kolonie, untergebracht; hatte einen hoffnungsvollen Ton gefunden, der jedoch nicht die Kriterien des objektiven Journalismus sprengte, und dennoch kein einziges Wort darüber verloren, wo die Insel sich befinden mochte, welche Familien mit welcher Abstammung sie bewohnten, oder sonst ein in irgendwelcher Form die Gemeinschaft gefährdendes Faktum.

In der begleitenden Mail hatte sie, wie ihr schien, ausreichend und plausibel erklären können, warum sie Jerome, aufgrund ihrer Zweifel, bislang im Glauben gelassen hatte, nach wie vor in Rom zu sein; hatte in kurzen, unverfänglichen Worten von ihrer Begegnung mit Ajan erzählt und die vergangenen Tage auf dem Eiland geschildert.

Sie war zufrieden, mehr noch, euphorisch darüber, wie gut ihr alles geglückt war, wie die Worte letztlich ihren Platz gefunden hatten.

Ihre Leser würden die Story lieben, Jerome würde gewiss hinter ihr stehen und die Kosten der Recherchereise, dem Vorstand von Le Monde gegenüber, als gerechtfertigt belegen können. Vielleicht winkte ja sogar wieder eine Auszeichnung.

Sie aktivierte auf ihrem Pad den Signalton für eingehende Mails, streckte sich auf dem Boden im Zimmer ihres Häuschens aus – sie hatte dort im Schneidersitz hockend geschrieben –, lag eine Weile zufrieden da und träumte vor sich hin.

Alles war gut.

Natürlich hatte sie den Gründern und auch dem Rat der jungen Hohen ausführlich von ihrem Artikel erzählt. Ihnen den Text zum Vorablesen zu übergeben, hatte sie zwar mit ihrem Berufsethos und unter Berufung auf die Pressefreiheit nicht vereinbaren können, doch hatten die *Sharer* mittlerweile genug Vertrauen in sie gefasst, um ihr Glauben zu schenken.

Die Beratungen, von denen Claire dann ausgeschlossen worden war, hatten sich zwar einige Stunden hingezogen, doch die jungen Hohen hatten, nachdem sie aus ihren Versammlungsräumen

herausgekommen und wieder mit dem Gründerpaar zusammengetroffen waren, ihre Entscheidung schnell gefällt.
Claire hatte grünes Licht bekommen, war von Étienne und Lucia noch einmal darauf aufmerksam gemacht worden, kein Wort zu viel zu verraten und nach Möglichkeit sogar vor allem von der geografischen Lage der Insel abzulenken. Sie hatte erwidert, dass ihr diese ohnehin nicht bekannt wäre, und sie außer Vornamen und Jahreszahlen der Geschichte von *Share* keine weiteren Fakten würde nennen wollen.
Dem hatten dann alle zustimmen können und waren erst einmal beruhigt gewesen.
Jerome würde mit seiner Antwort nun wohl nicht lange auf sich warten lassen.
Was Claire dann jedoch, und daran hatte sie die letzten Tage tunlichst vermieden zu denken, vor ein neues Problem stellen würde: Bald schon musste sie die Entscheidung treffen, wie ihr weiteres Leben verlaufen sollte.
Doch damit wollte sie sich auch jetzt nicht beschäftigen. Sie hatte den ganzen Vormittag über dem Pad verbracht, ihr Rücken schmerzte und sie beschloss, sich jetzt einen frischen Kaffee zuzubereiten, dann eine Weile auf ihrer kleinen Veranda zu verbringen und den Blick auf den See und die Sonne zu genießen. Alles Weitere würde sich schon finden. Das Feld würde ihr gewiss zum richtigen Zeitpunkt eine Weisung zukommen lassen, die ihre künftigen Wege beleuchten würde.
Unbeschwert, abgesehen von den lästigen Verspannungen im Rücken, stand sie auf, nahm die Espressomaschine zur Hand und setzte sich wenig später mit einem heißen Café au Lait an

das Tischchen vor dem Haus. Es war ein strahlender Tag und sie konnte, mit ihren dreißig Jahren, stolz sein auf all das in Frankreich Studierte und bei Le Monde Erreichte, das in der Kolonie neu Erlernte und den, schlussendlich, so gelungenen Bericht.
Vielleicht würde sie sich hier, in dieser Oase des Lebens, ja sogar einen anderen, lange gehegten Traum erfüllen können und mit der Arbeit an einem Roman beginnen – und damit irgendwann doch in die Kreise der jungen, linken französischen Schriftstellerinnen aufsteigen, die sie insgeheim schon so lange bewunderte. Stoff dafür hatte sie genug und wo, wenn nicht hier, würde sie jene Muße finden können, die es dazu brauchte.
*Wer weiß, was das Feld in Zukunft für mich bereithält. Handle angemessen, achtsam, verbunden.*
Sie dachte an Lucia und Étienne, an den Rat der jungen Hohen, an Romanas Abschiedsfeier, die vor wenigen Tagen noch bis tief in die Nacht gedauert hatte, an die Lehren von *Share*, ihre neuen Fähigkeiten und natürlich an Ajan.
Ob er sie würde hierbehalten wollen? An seiner Seite? Als seine ...? Ja, als was? Was wollte sie selbst eigentlich von ihm? Liebte sie ihn tatsächlich mehr als jeden anderen Menschen, dem sie zuvor begegnet war? War *dieses* Gefühl denn real? Oder hielt *Aeterna* auch noch eine ganz andere Form der irdischen Liebe bereit, die sich in Wellen bewegte, zu einem Gefühl werden durfte, zu Leidenschaft und Hingabe, aber es eben nicht zwangsläufig musste und die ebenso gut auch andere Menschen mit einschloss, als mögliche, zukünftige Lebenspartner? Musste sie Jerome denn verlassen? Oder konnte sie sogar ein Leben in zwei Welten wählen? Würde sie das jetzt noch wollen?

Diese Gedanken waren ihr neu. Bis dahin war sie bislang noch nicht vorgestoßen.

Sie sah in den Himmel. Wolkenfedern schwebten da, ganz weiß im Sonnenlicht vor hellem Blau. Noch höher oben, etwas nördlich, zog der lange Kondensatstreifen hinter einer Überseemaschine her. Wurde er gezogen, schob er sie an oder entsprang er ihr? Aus der Betrachtung allein ließe sich das nicht ableiten. Erst besseres Wissen erschloss einem schließlich die Natur der Dinge, der Menschen, der Seele oder der Liebe.

Aus dem Haus ertönte das Signal einer eingehenden Mail.

Claires Puls erhöhte sich sprungartig. Vielleicht schon eine Antwort von Jerome. So schnell hatte sie nicht damit gerechnet. Sie erhob sich ruckartig, stieß an das Tischchen, verschüttete beinahe ihren ganzen Kaffee, ließ die Lache aber stehen, das konnte warten, und eilte ins Haus, um die Mail zu öffnen.

*Bonjour Claire!*

*Nach drei Wochen: Das?!*

*Ein schwammiger Bericht über eine ominöse Aussteigerinsel irgendwo im Atlantik?!*

*Was hast du dort verloren?!*

*Bist du völlig von Sinnen?!*

*Du schreibst für Le Monde! Eine Zeitung von Weltformat und kein esoterisches, provinzielles Frauenmagazin!*

*Dein Recherchekonto ist jedenfalls ab heute gesperrt!*

*Komm zurück oder bleib, wo du bist.*

*Mir ist es egal.*

*Jerome*

Es traf sie wie ein Schock.
Sie stand im Zimmer und das Pad glitt ihr beinah aus der Hand.
Sie fühlte sich augenblicklich leer und im Stich gelassen.
Erst nach einer Weile, in der Enttäuschung, Wut und Ohnmacht sich ausgebreitet hatten, ließ sie sich aufs Bett fallen.
Alles hatte sie erwartet, nur das nicht.
Wie war das möglich?
War sie jeglicher Realität so fremd geworden, dass sie alle Objektivität eingebüßt hatte?
Oder resultierte Jeromes Antwort vor allem aus gekränktem Stolz?
Waren die privaten Worte in der Begleitmail an ihn zu unpersönlich ausgefallen? Oder hatte sie in den Zeilen über Ajan zu viel von ihren Gefühlen verraten?
Hatte er darüber jede Objektivität verloren?
War das die Weisung des Feldes?!
Sie seufzte tief, setzte sich auf und beschloss, sogleich Ajan aufzusuchen, um mit ihm zu reden.

Sie traf ihn im Haus der Heiler. Tief versunken in seine Arbeit saß er am Bett eines Jungen und hielt die Hände über dessen gebrochenes Bein. Eine Schiene war bereits angelegt und nun half Ajan, den Heilungsprozess zu beschleunigen. In wenigen Tagen sollte der Junge wieder laufen können.
Claire blieb in der Tür zum Behandlungszimmer stehen, lehnte den Kopf an den Rahmen und beobachtete ihn. Seine Hingabe, Wärme und ruhige Ausstrahlung beeindruckten sie einmal

mehr. Ihre aufgewühlten Gedanken beruhigten sich schnell und je länger sie dastand, desto mehr übernahm das Feld die Führung ihrer Innenwelt.
Wenig später empfand sie ihre Reaktion auf Jeromes Mail als kleinlich, eitel und überzogen.
Wozu überhaupt diesen Artikel veröffentlichen? Wenn es denn nicht sein sollte? Und Lucias Bedenken ohnehin vielleicht begründet waren?
Claire konnte sich ebenso gut von ihrem früheren Leben verabschieden, sich weiter in die Gemeinschaft der Kolonie einfügen, ein sorgenfreies Leben führen und: selbst zu einer Insel werden – auf dieser Insel der Seligen.
Doch etwas in ihr erhob sich bei dem Gedanken sofort zum Widerstand. Das entsprach nicht ihrem Wesen, ihrem Glauben. Wie Ajan hatte auch sie eine Aufgabe. Ihre Werkzeuge waren nicht die Hände, sondern die Worte, war ihr kritischer, alles hinterfragender Geist, der sie nicht ruhen ließ, solange die Welt weiter in Trümmer fiel. Sollte sie also nach Paris reisen und versuchen, Jerome zu überzeugen?
Ajan vernahm am Rande seiner Tätigkeit etwas von Claires Gedanken. Er hielt den heilenden Strom seiner Hände aufrecht, blieb mit seinem Feld dem Jungen zugewandt und sah fragend zu ihr.
„Hättest du später vielleicht etwas Zeit für mich?“, fragte sie leise, um ihn nicht weiter zu stören.
„Fühlt sich nach etwas Wichtigem an.“
„Nicht so wichtig wie das“, sie wies in Richtung des Jungen.
„In einer Stunde mache ich Pause. Wir treffen uns vorne am

Wasser, in Ordnung?“

„Gern.“ Sie wandte sich ab. Da streifte sie unerwartet ein Gefühl, das ihr, Männern gegenüber, stets schwergefallen war, zu empfinden: Fürsorge. Sie drehte sich wieder zu ihm und fragte vorsichtig:

„Wirst du Hunger haben?“

Ajan blickte hoch, neigte seinen Kopf etwas zur Seite und sah sie dankbar an.

„Ein wenig, vielleicht.“

Sie nickte still, ein Lächeln huschte über ihr Gesicht und dann ging sie in Richtung des Gemeinschaftshauses, um etwas zurechtzumachen.

Die beiden saßen nebeneinander auf dem Boden. Claire hatte wieder ihre Zehen in den weichen, dunklen Sand vergraben und Ajan kaute vergnügt an einem der belegten Brote, die sie für ihn zubereitet hatte. Dazu hatte sie eine kleine Flasche Bier mitgebracht, die Ajan jedoch dankend abgelehnt hatte, da der Alkohol seine Energie jetzt auf die falsche Art beeinträchtigen würde und er noch einige Stunden Arbeit vor sich wusste. Über das Obst, einen Apfel und eine Banane, hatte er sich umso mehr gefreut. Claire verspürte selbst keinen Hunger – zu sehr beschäftigte sie die Frage, wie sie auf Jeromes Absage reagieren sollte –, fühlte sich aber erstaunlich zufrieden damit, wie gut es ihrem Mann schmeckte und wie dankbar er dafür war.

*Ihrem Mann?!* Woher kam das denn auf einmal? Davon war ja erstmal gar keine Rede, wenn überhaupt jemals. Sie schüttelte

sich und schob den Gedanken schnell beiseite.
„Was hast du auf dem Herzen?“, fragte Ajan etwas zu unbekümmert.
Hatte er wieder ihre Gedanken gelesen? Sie überging es einfach und begann damit, ihm ausführlich von den Begebenheiten des Vormittags zu erzählen. Wie gut ihr der Artikel schließlich gelungen, wie hoffnungsfroh sie gewesen war und wie sehr die Reaktion von Jerome sie dann getroffen hatte. Auch den Wortlaut seiner Mail gab sie wieder.
Ajan, dem sie schon an einem der ersten Abende ihre Beziehung zu Jerome angedeutet hatte, schwieg eine Weile, während er weiter an seinen Bissen kaute.
„Es liegt ganz bei dir“, sagte er schließlich.
„Aber kannst du mir nicht helfen?“
„Wobei?“
„Mich zu entscheiden.“
„Du hast dich längst entschieden. Was du von mir willst, ist nur meine Zustimmung.“
Ajan war ihr stets einen Schritt voraus, konnte ihre inneren Bewegungen fühlen, bevor diese ihr selbst bewusst wurden. Solange ein solches Ungleichgewicht bestand, durfte sie ihm keinesfalls auch nur einen weiteren Schritt näherkommen.
Erst jetzt wurde ihr klar, wie sehr die Reaktion auf Jeromes Absage und auch die Frage an Ajan ihren alten Mustern entsprach. Noch immer gaben Männer den Ton in ihrem Leben an. Das konnte und wollte sie nicht länger zulassen.
„Meinen Segen hast du jedenfalls“, sagte Ajan liebevoll, „auf all deinen Wegen und wozu auch immer du dich entschließt.“

Zum Glück war der Ton dieses Mannes mit keinem eines anderen zuvor vergleichbar.
„Du hast recht", sagte Claire, „ich weiß es längst. Ich werde nach Paris reisen und dafür kämpfen. Und wenn Jerome meinen Bericht auch dann nicht annimmt, kann ich immer noch zu einer anderen Zeitung gehen oder einem Magazin." Sie drehte sich zu ihm. „Danke. Danke für alles. Und besonders", sie sah ihm liebevoll in die Augen, „für das, was du bist."
Ajan hob seine Hand, legte sie zärtlich an ihre Wange und erwiderte:
„Und was deine Liebe betrifft, braucht es keine Entscheidung. Wer einmal an *Aeterna* gebunden ist, den führt sie ein Leben lang. Und sie schließt nichts und niemanden von ihrer Liebe aus. Sie ist Liebe. Das Feld ist Liebe. Und darum ist der Raum dafür ebenso unendlich. Wir können niemals zu viele Wesen oder Dinge lieben, nur unsere Körper ziehen diese Grenzen. Doch auch das verliert sich mit der Zeit. Bald schon wirst du selbst erleben, wie dein ganzer Körper zur Seele wird, die jederzeit und überall auch in andere Körper übergehen und sich mit ihnen vereinigen kann." Für einen Moment wurde es wieder ganz still zwischen ihnen. „Morgen früh brechen wir mit einem der Schnellboote zum Festland auf. Buche einen Flug für übermorgen Abend von Lissabon nach Paris. Alles andere wird sich weisen."

# 23

Claire stieg die Gangway des Airbus A318 nach Paris hoch, fand ihren reservierten Platz am Fenster über einer der Tragflächen des Air-France-Kurzstreckenfliegers und ließ sich erschöpft in den Sitz fallen.
Die Schiffsreise mit dem Schnellboot übers offene Meer hatte beinahe zwei volle Tage in Anspruch genommen und sie, Welle auf Welle, durchgerüttelt. Sie fühlte sich ausgelaugt und leer. Da sie nicht vorhatte, mehr als zwei weitere Tage in Paris zu verbringen, hatte Ajan sich entschlossen, während der Zeit in Lissabon zu bleiben und auf ihre Rückkehr zu warten.
Gleich nach dem Start der Maschine in den schwarzen Nachthimmel öffnete Claire, sobald das Lichtzeichen der Sicherheitsgurte erloschen war, ihr Pad und loggte sich ins Netz ein. Aus der Dauer der Bootsfahrt, den vielen Stunden Fahrt in Richtung des Sonnenaufgangs konnte sie jetzt die ungefähre Lage von *Share* im Atlantik ermitteln. Unter den möglichen Inseln kam schließlich nur eine in Frage, die alle jene bezaubernden, topografischen Eigenheiten aufwies. Nun hatte sie das Rätsel gelöst, überlegte kurz, beschloss aber gleich, es schnell wieder zu vergessen. Was machte es schon für einen Unterschied zu wissen, wo *Share* sich befand, würde sie es doch niemals der Öffentlichkeit preisgeben.
Sie surfte weiter durchs Netz, informierte sich über das aktuelle Weltgeschehen, stieß dabei jedoch, außer auf die täglichen Berichte über Konflikte und Krisen, auf keine weiteren Neuigkeiten. Auf der Seite von Le Monde gab sie ihr Passwort ein,

um den internen Bereich zu betreten und die alten und neuen Memos des Redaktionslebens zu studieren.
Scheinbar war Jeromes Gunst beim Vorstand noch weiter gestiegen, denn es gab Gerüchte, wonach er dorthin einberufen werden sollte. Er hatte also noch mehr Macht erlangt.
Über ihren Vater, den sie schon am selben Abend der Flugbuchung mit einer kurzen Mail über ihre Rückkehr informiert hatte, fand sich nichts Neues. Außer, dass vor einigen Tagen eine weitere Operation im Kampf gegen den Terrorismus und unter seinem Kommando an der Straße von Gibraltar angelaufen war. Claire erinnerte sich an die Projektion auf der Rückwand seines Arbeitszimmers bei ihrem letzten, so schmerzlichen Besuch. Sie hatte sich vorgenommen, ihn so bald wie möglich nach ihrer Ankunft zu kontaktieren, um ein Treffen zu vereinbaren. Vielleicht würde sich ja ein Weg zu einer Aussöhnung finden lassen.
Nach zweieinhalb Stunden Flugzeit – sie hatte versucht, ein wenig zu schlafen, war aber nicht zur Ruhe gekommen – setzte die Maschine, mit dem üblichen Holpern und Rucken, ihre Reifen auf die Landebahn. Kaum hatte sie entschleunigt, schwoll heftiges Regentrommeln auf dem Dach der Kabine an. Beim Eintauchen in die Wolkendecke hatte sich der Regen, mit Schlieren an den Fenstern, zwar bereits angekündigt, doch Claire hatte die Hoffnung nicht aufgegeben, in einem trockenen Paris zu landen. Das Gegenteil war der Fall: Je langsamer die Maschine wurde, desto heftiger prasselten die Tropfen auf das Dach. Beim Durchschreiten der Gateway sorgte die schwankende Bewegung des Verbindungsschachts zusätzlich

für ein flaues Gefühl in Claires Magen. Vor dem Flughafengebäude stand sie dann erst wieder in Wind und Regen der europäischen Metropole, die so lange ihre Heimat gewesen war. Sie fühlte sich fremd und unwillkommen. Der Wind war so stark, dass er den Regen beinah horizontal vor sich hertrieb, und nach wenigen Minuten, in denen Claire vergeblich versuchte, ein Taxi zu sich zu winken, war sie, in ihrer leichten Sommerjacke, bis auf die Haut durchnässt.

*Am besten gleich umdrehen und den nächsten Flieger zurück nehmen.*

Wie gut sie daran getan hätte, wurde ihr allerdings erst viele Stunden später bewusst.

Die Nacht in ihrer Wohnung war kalt und einsam. Vor dem Einschlafen hatte sie nach besten Kräften versucht, ihre beklemmenden Gefühle zu *drüsen*, um wenigstens einen Funken Geborgenheit aus dem Feld zu ziehen, doch es war ihr nicht mal ansatzweise gelungen. Als wäre sie hier – in der Stadt des frühen Verlustes ihrer Mutter, der Stadt ihres Vaters und Jeromes, des Mannes, zu dem sie immer weniger Liebe empfand, einer Metropole der erstickten, vertriebenen Natur, der Unruhen, des Terrors, der kapitalistischen Großbauten und westlichen Machtgefüge – von allem abgeschnitten, was sie, nur wenige Tage zuvor, noch so sehr beflügelt und inspiriert hatte.

Das bisschen Staub, das sich in den drei Wochen auf Boden und Möbeln angesammelt hatte, schien ihr nun ebenso schwer in den Räumen der einst so vertrauten Wohnung zu lasten, wie sie es so viele Jahre im Haus ihres Vaters empfunden hatte.

Hierher wollte sie nicht zurückkehren, hierher war sie nicht zurückgekehrt. Jeden Gedanken, jedes noch so kleine Gefühl, das sie mit *Share* und Ajan verband, hielt sie fest, bemühte sich, es zu vergrößern, ihm Raum in ihrem Inneren zu verschaffen.

Doch es waren nicht nur die verregnete Stadt, die verstaubte Wohnung, die ihre Beklemmung hervorriefen, sondern auch der Ausblick auf die bevorstehenden Zusammentreffen mit den beiden Männern und die Angst davor, die sie unerwartet stark eingeholt hatte.

Müde und schwer stieg sie aus dem Bett, verzichtete auf den morgendlichen Blick Richtung Seine, würdigte auch ihre High-Tech-Espressomaschine keines Blickes, stieg in zerknitterte Hosen, die sie im Schrank gefunden hatte, streifte einen alten Pullover über, schnappte sich ihr Neopad und machte sich auf den Weg in die Redaktion.

Schon von Weitem, auf halbem Weg durch das hallenartige Großraumbüro, erkannte sie Jerome hinter den Glasscheiben seines Chefbüros. Wie ein schwerfälliges Reptil saß er in einem glänzenden, silbergrauen Anzug über seinen Glastisch gebeugt und schien in irgendeine Enge seiner Welt aus Fakten, Niedergang und Endzeit getrieben.

Claire klopfte verhalten an die Glastür. Erst beim zweiten Versuch hob das Reptil träge seinen Kopf und blickte sie an. Es brauchte ein paar Sekunden, bis Jerome sich bewusst wurde, wer vor seiner Tür stand. Claire sah den Moment, in dem er es realisierte, doch das mechanische Lächeln, das über sein

Gesicht huschte, verriet ihr deutlich, wie sehr ihn ihr Erscheinen irritierte.
Er stand auf, nun wieder mit altbekanntem Elan, kam zur Tür und öffnete sie.
„Claire."
„Jerome."
„Ich habe dich nicht ..."
„... erwartet. Ich weiß. Aber ich bin hier. Und wir müssen reden. Jetzt." Claire wunderte sich, wie klar ihr Ton war und wie bestimmt sie ihm schon mit den ersten Worten begegnen konnte. Klopfte das Feld bei ihr an? War sie nicht mehr allein dieser fremden Welt ausgesetzt?
„Es ist zwar gerade ungünstig, aber ein paar Minuten habe ich. Komm rein. Setz dich."
„Ich stehe lieber, wenn du erlaubst."
Jerome sah sie erstaunt an. Diese Frau in ihrem alternativen, geradezu verwahrlosten, Look, mit den kurz angebundenen Sätzen war nicht die Claire, die er kannte.
„Darf ich dir ..."
„... etwas anbieten? Nein, danke. Wir haben wenig Zeit, nicht wahr?"
Sie wurde ihm unheimlich.
„Also", bemühte er sich um Professionalität, „wie geht's dir? Du siehst, nun ja, ungewohnt aus."
„Wir müssen über meinen Artikel reden."
„Nichts sonst? Keine Auskunft, keine Fragen? Kein: Ich hab dich vermisst, oder: Hallo, mein Liebster?! Sag mal, was ist eigentlich los mit dir?"

„Dasselbe könnte ich dich fragen."
„Ist das so?!"
Sie war zu weit gegangen. Jerome versteifte sich zusehends. So würde sie keines ihrer Ziele erreichen. Weder die Veröffentlichung ihres Artikels, noch eine freundschaftliche, einvernehmliche Lösung ihrer Beziehung. Doch wollte sie das überhaupt? War sie bereits so weit, sich tatsächlich von ihm zu trennen? Bewusst hatte sie das zuvor noch gar nicht überlegt, doch jetzt, da sie ihm wieder gegenüberstand, schien es mit einem Mal ganz klar. Trotzdem musste sie ihre Vorgehensweise ändern, musste noch einmal zu jener alten Claire werden, die Jerome vertraut war, die ihn um den Finger wickeln konnte. Es ging schließlich um etwas. Nie zuvor war sie so sehr von einer Story, so leidenschaftlich und beseelt von deren Bedeutung, überzeugt gewesen.
*Kehrtwendung also: anderen Ton wählen, Kopf zur Seite neigen, lächeln, in das Männerhirn eindringen, ihn für mich gewinnen und schließlich den Artikel unterbringen.*
„Tut mir leid", erwiderte sie mit veränderter Stimme, „du hast ja recht. Es ist nur, ich habe so viel erlebt, so viel Beeindruckendes, Verstörendes und, ja, deine Absage hat mich dann sehr verunsichert und", sie legte eine kurze Pause ein und fügte leise hinzu, „verletzt." *War das zu durchsichtig?*
Jerome sah sie weiterhin unverwandt an, doch dann lichteten sich seine Züge.
„Gut, ja, das war, nun ja, vielleicht etwas zu hart formuliert. Aber", so schnell konnte er nicht nachgeben, „auch die paar Zeilen in deiner Mail waren alles andere, als", er suchte nun

seinerseits nach Worten, „liebevoll. Das hat auch mich verletzt.“
Die Tür war offen. Nun musste sie ihre weiteren Worte genau abwägen und Schritt für Schritt vorankommen.
„Das war dumm von mir. Ich war nur so begeistert, verstehst du? Diese Insel, diese Menschen. So viel Hoffnung und Lebensfreude. Kannst du mir verzeihen?“ Sie kam etwas näher und bot ihm mit einem Blick an, sie zu umarmen.
Jerome reagierte prompt und drückte sie an sich.
„Mein verträumtes Mädchen, mein täglicher Lichtblick. Das habe ich am meisten vermisst: deine Gutgläubigkeit und Naivität.“
So liebevoll und ehrlich jedes seiner Worte gemeint war, so sehr stachen sie Claire, eins ums andere, ins Herz. Diese Frau war sie nicht mehr, dieser Mann nicht mehr ihr Mann. Jetzt musste sie noch umsichtiger vorgehen. Sie hatte ihn zwar wieder für sich gewonnen, doch mit einem Teil ihres Wesens, der ihr ebenso fremd geworden war wie Jerome. Dieser Teil würde sie schlecht beraten. Und sie musste auf jeden Fall vermeiden, dass Jerome sich weiterhin oder erneut zu vielen Hoffnungen hingab.
„Was hältst du davon, wenn wir unser Gespräch auf den Abend verlegen? Ich reservier uns einen Platz im *L'Entrée*. Hat den Besitzer gewechselt, gerade sehr angesagt, schwer, einen Tisch zu bekommen, aber ich lasse meine Beziehungen spielen. Und danach machen wir es uns bei mir gemütlich und reden in aller Ruhe.“
Das war nun ganz und gar nicht, worauf sie hinauswollte. Doch was blieb ihr anderes übrig? Die Zeit, um ausreichende Argumente zu finden, wäre jetzt ohnehin zu knapp und wenn

es denn sein sollte, war es auch um vieles besser, das Thema ihrer Beziehung außerhalb des Büros anzusprechen.

„Das ist eine großartige Idee. Holst du mich ab? Vor meiner Wohnung, um sieben?"

„Ich *lasse* dich abholen. Der Vorstand hat mir einen Chauffeur bewilligt. Das macht vieles leichter und den Luxus hat man sich schon mal verdient."

Claire sah ihn an, bemühte sich darum, ihrem Lächeln auch noch etwas von Bewunderung beizumischen, und kämpfte innerlich gegen die wachsende Abneigung an. In welcher Welt lebte dieser Mann? In welcher Welt hatte sie selbst so lange gelebt?

„Bis dann, also", sie war schon auf dem Weg zur Tür.

„Kein Abschiedskuss?"

*Natürlich, was sonst.* Sie ging die paar Schritte zurück und drückte ihm einen Kuss auf die Lippen, nicht zu kurz, doch auch nicht den Bruchteil einer Sekunde zu lang, um nicht noch mehr von ihm abzubekommen. Dann wandte sie sich wieder der Tür zu.

„Und vergiss nicht, was Passendes anzuziehen. Der Laden ist wirklich todschick", er grinste selbstgefällig. „Ich will meine alte Claire zurück."

„Werde mein Bestes geben. Salut." Das war ausnahmsweise mal nicht gelogen.

„Salut, mon chérie." Jerome schien zufrieden.

Claire beeilte sich, schnell aus den Redaktionsräumen auf die Straße zu kommen. Wenigstens hatte der Regen über Nacht aufgehört.

Als sie wenig später in der Metro auf dem Weg in ihre Wohnung saß, ging ihr so vieles gleichzeitig durch den Kopf, dass sie gar nicht wusste, wo ansetzen, um wieder einen klaren Gedanken zu fassen.
Jetzt musste sie sich erst einmal ausruhen. Nach der strapaziösen Reise steckte ihr die Müdigkeit noch tief in den Gliedern. Und später am Nachmittag würde ihr gewiss eine Strategie einfallen, mit der sich Jerome überzeugen ließe.
Wie sie jedoch das eine, die Veröffentlichung ihres Artikels, erreichen und zugleich das andere, nämlich die Lösung ihrer Beziehung, vielleicht sogar Trennung von ihm, in die Wege leiten sollte, konnte sie sich beim besten Willen nicht vorstellen.
In ihrer Wohnung angekommen, ließ sie alles liegen und stehen, verschob auch den Anruf bei ihrem Vater auf später und fiel erschöpft ins Bett. Ihre Straßenbekleidung behielt sie an.

Erst eine halbe Stunde, bevor der Wagen mit Chauffeur vor ihrer Tür Halt machen sollte, erwachte sie wieder. Völlig verstört und desorientiert sah sie sich um, erkannte ihre Wohnung und sich darin wieder, sah auf ihrem Pad nach der Zeit und war mit einem Schlag hellwach.
Wie sollte das denn zu schaffen sein?! Sie hatte nichts anzuziehen, ihre Haare standen zu Berge, sie war ungeschminkt und hatte nicht einen vernünftigen Gedanken fassen können, wie sie es mit Jerome angehen könnte.
Sie setzte sich auf und überlegte hektisch. Eine Absage kam nicht in Frage. *Also: improvisieren.* Ihr Blick fiel auf den offenen Koffer am Boden. Unter einer der Blusen, die dringend

in die Waschmaschine mussten, lugte ein Zipfel Grün hervor. Es war Mias Kleid mit den bunten Streifen. Sie hatte es zur Erinnerung an den Abend der Abschiedsfreier eingepackt, aber auch, um ein Stück *Share* bei sich zu haben. Das könnte gehen. Sie stand auf, zog sich aus, streifte das Kleid über – die Knautschfalten ergänzten, auf eine schräge, aber stylische Art, den Streifenlook –, kramte in den Laden der Kommode nach einer passenden Strumpfhose und beförderte eine mattgrüne ans Abendlicht. Dazu sollten auch ihre roten Pumps von Prada passen, ein Geschenk von Jerome, die sie gerade ein Mal getragen hatte, weil sie ihr zu aufdringlich erschienen waren. *Genau das Richtige für den heutigen Abend.*
Vor dem Badezimmerspiegel war sie kurz davor zu resignieren. Die Müdigkeit, die ihr grau entgegenblickte, würde sich schwer kaschieren lassen. Wie üblich vor dem Schminken, zog sie ihr hellgrünes Seidenband über die Stirn, trug ein wenig Make-up auf, dezent, doch genug, um die Ringe unter den Augen zu überdecken, und griff dann entschlossen nach einem Kajal. Ein paar festere Striche, etwas über die Augenwinkel gezogen, die Lippen umrahmt – und wie von Zauberhand passte das plötzlich auch zu dem Stirnband: ein wenig verrucht, doch lebensfroh und sexy. Noch etwas Gel in die kurzen struppigen Haare platziert, ein paar Spitzen aufgestellt – perfekt für ihr Vorhaben –, das Necessaire und ihr Neopad in die rote Handtasche gestopft – ebenso ein Geschenk von Jerome –, in die Pumps geschlüpft, über die Treppen nach unten gehuscht und in dem Moment vor der Haustür elegant Position bezogen, als die schwarze Audi-Limousine in ihre Gasse einbog. *Geschafft.*

Die Fahrt durch den Pariser Abendverkehr zog sich glücklicherweise in die Länge. Das *L'Entrée* lag zwar, ebenso wie Claires Wohnung, in der Innenstadt, jedoch am anderen Ufer der Seine und so brauchte der Chauffeur für die Strecke vom fünften ins achte Arrondissement noch einmal eine gute halbe Stunde. Genug Zeit für Claire, um ein paar klare Gedanken zu fassen und sich ihren Plan für Jerome zurechtzulegen.
Vor dem Lokal öffnete ihr der Chauffeur die Wagentür. Claire stieg aus dem Auto und richtete sich, über ihren hochhackigen Pumps, zu ganzer Größe auf. Sie fühlte sich selbstsicher und besser als je zuvor in solchen Situationen. Mias Kleid und die beseelten Erinnerungen, die daran geknüpft waren, gaben ihr Kraft und der neue, freche Look passte hervorragend zur kämpferischen Stimmung, die sie, nicht ohne Stolz, während der Fahrt *gedrüst* hatte.
Jerome, der vor dem Eingang auf sie gewartet hatte, kam auf sie zu und musterte sie von oben bis unten. Seinem Blick war nicht zu entnehmen, was er von ihrem ungewohnten Styling hielt, doch schien er zumindest einigermaßen beeindruckt zu sein.
Claire hakte sich ein und betrat an seiner Seite das in schwarz und weiß gehaltene Restaurant. In dem kühlen Ambiente, dem die anderen Gäste auch ihre Kleidung angepasst hatten, stach sie heraus wie der sprichwörtliche bunte Vogel. Von einem Kellner in einer silbergrauen Designerlivree wurden sie zu ihrem Tisch neben hohen Bogenfenstern des oberen Stockwerks begleitet. Darunter breiteten sich die Straßen des abendlichen Paris aus – und auch wenn die Situation für Claire so viel an

Konfliktpotenzial bereithielt, sah sie den folgenden Stunden durchaus gewappnet und amüsiert entgegen.
Jerome wählte eine Flasche sündteuren Weines aus und stellte, wie üblich, auch das Menü zusammen. Claire ließ es über sich ergehen, sollte er seinen Willen haben, sie würde ihm noch früh genug widersprechen müssen.
Das Essen, feinste Haute Cuisine, wurde serviert und langsam kam ihr Gespräch in Gang. Über die zwei Vorspeisen und das Hauptgericht näherten sich die beiden der alten Vertrautheit, die sie über zwei Jahre hinweg verbunden hatte.
Claire hielt sich an ihren Plan: Erst wenn Jerome sich ihrer wieder sicher fühlen würde, wollte sie auf den Artikel und *Share* zu sprechen kommen.
So erzählte sie zunächst von Rom, hielt sich lange bei Jana und Amid auf und ließ Jerome ausgiebig Zeit, um von den letzten Wochen zu berichten, den Problemen der Redaktion, seinen Gesprächen mit den Vorständen und wie gut es für seine Zukunft aussah. Auch von seiner Mutter ließ sie ihn erzählen, die ein paar Tage, eines harmlosen Eingriffs wegen, im Krankenhaus hatte verbringen müssen. Bei jedem neuen Thema fragte Claire interessiert und ausgiebig nach, um ihn schließlich, kurz vor dem Dessert, in jener Verfassung zu wissen, in der er zugänglich und bereit genug wäre, um auf ihr Anliegen einzugehen.
Jerome gab dazu von seiner Seite das Startzeichen.
„Nun erzähl doch mal von dieser Insel. Ich konnte ja gar nicht glauben, was du da an links-romantischer Verklärung alles in deinem Artikel untergebracht hast.“

*Links-romantische Verklärung*. Welche Fehleinschätzung! Wie sehr er doch verkannte, worum und um wie viel es ihr bei *Share* tatsächlich ging. Sie fühlte sich augenblicklich von ihm angegriffen, bemühte sich aber weiterhin um sein Wohlwollen.

„Darum willst du ihn also nicht veröffentlichen?"

„Nicht nur, aber auch. Es fehlt einfach zu viel: Zahlen, Daten, Fakten. Viel zu nebulös und unsachlich."

„Findest *du*." Ihr Zorn blinkte durch.

„Finde ich, ja."

„Ich kann ihn nicht anders schreiben. Und mehr verraten darf ich nicht. Ich habe versprochen, die Kolonie zu schützen." Sie ging aufs Ganze: „Jerome, ich will, dass du ihn so veröffentlichst, wie er ist."

„Das ist der einzige Grund, warum wir hier sitzen, nicht wahr?" Er wurde plötzlich ungehalten. „Nur darum benimmst du dich schon den ganzen Abend so zuckersüß. Gibst dich interessiert, schmierst mir Honig ums Maul, wiegst mich in Sicherheit. Glaubst du wirklich, ich sehe nicht, was los ist?"

Claire war wie vor den Kopf gestoßen. Der rasche Umschwung irritierte sie.

„Kann sein", fuhr er, nun wieder einlenkend, fort, „dass du das die letzten zwei Jahre über verkannt hast, Claire, aber", er sah sie beinahe traurig an, „ich habe dich geliebt. Und tu es noch. Du bist bildschön, klug, eloquent, feinfühlig und eine begabte Journalistin obendrein. Ich wollte nur nichts überstürzen. Musste vor allem sichergehen, dass dein Vater sich nicht in unsere Beziehung einmischt oder beginnt, mich für seine

Zwecke zu vereinnahmen. Das wäre mit meiner Funktion unvereinbar gewesen. Weißt du", er beugte sich etwas vor und sagte leise, „ich wollte auf der Charity-Gala für die Libyer nicht bloß unsere Beziehung öffentlich machen, sondern um deine Hand anhalten."
Claire starrte ihn an und wusste nicht, was sie antworten sollte.
„Und darum spüre ich natürlich, dass sich etwas mehr verändert hat als nur dein Äußeres. Du hast diese Schuhe nie getragen. Wie auch? Das bist du nicht. Es war ein Fehler von mir, sie dir zu schenken. Das habe ich erkannt und wie du weißt, ähnliche Fehler nicht wiederholt oder dich je gedrängt, diese Pumps anzuziehen." Er sah aus dem Fenster. Seine Augen wirkten traurig, als er nun über die wolkenverhangene Stadt blickte. „Also", wandte er sich ihr wieder zu, „erzähl mir die Wahrheit. Erzähl mir von ihm. Von dem Mann."
Claire musste erst verdauen, was sie zu hören bekam und welcher Mensch sich ihr da zeigte.
„Du hast", fand sie langsam wieder zu Worten, „unsere Beziehung meines Vaters wegen geheim gehalten?"
„Natürlich, was sonst? Welcher Mann wäre nicht stolz, dich als seine Geliebte, seine Frau der Welt vorführen zu dürfen?"
„Warum hast du es nie ...?"
„... erklärt? Das fragst du nicht wirklich, oder?"
„Doch."
„Weil du es immer schon gewusst hast. Du warst nur so versessen darauf, deinen Weg als Journalistin zu machen, dass du es nie sehen wolltest. Sondern nur meine Oberfläche, meinen Nutzen für dich. Ich hingegen wollte, dass du es selbst zu

verstehen beginnst und mich im Lauf der Zeit kennenlernst. Und schließlich, irgendwann, um meinetwillen lieben kannst. Aber das scheint mir nicht gelungen zu sein, nicht wahr?"

„Doch."

„Hm?"

„Ich habe dich geliebt und", fügte sie etwas leiser und sich ganz und gar unsicher über ihre Gefühle hinzu, „ich liebe dich noch."

Eine Pause entstand, in der sich die beiden einander, seit Langem wieder, in die Augen sahen.

„Was hat es dann mit diesem anderen Mann auf sich?"

„Er ist, nun ja, anders."

„Und ihn liebst du auch?"

Was sollte sie ihm nun antworten? Wie hätte sie ihm an diesem Tisch, in diesem Glamourlokal mitten in Paris erklären können, *welche* Liebe sie kennengelernt hatte? Oder wie richtig er mit allem lag, was er über sie und ihr Wesen aus der Zeit vor *Share* dachte? Und wie tief greifend sie sich mittlerweile tatsächlich verändert hatte? Und dass sie nun, in diesem Augenblick und nach seiner Liebeserklärung, wie es schien, zwei Männer liebte? Wie sollte er das verstehen oder nachvollziehen können? Sie verstand es ja selbst nicht.

Es schien ihr, als wäre Jerome, wie er sich ihr jetzt zeigte, ein ganz anderer Mensch. Ein Mann, bei dem es sich gelohnt hätte, ihm näherzukommen, ihn tatsächlich kennenzulernen.

„Es ist nicht, wie du denkst", sagte Claire schließlich.

„Ist das nicht der Satz, der in solchen Situationen immer fällt?"

Sie musste lächeln.
„Aber diesmal entspricht er der Wahrheit.“
„Also, hat es noch nichts *gegeben*, zwischen euch?“
„So ist es.“
„Und du willst nicht zurück zu ihm? Zurück auf deine Trauminsel? In diese Welt, die so sehr deinen Idealen entspricht? Sei ehrlich.“
Claire versuchte, sich zu entspannen. Atmete tief durch. Dachte an die Kolonie und die Menschen, die sie so lieb gewonnnen hatte, sah sich einen Moment lang mit Ajan am Ufer des Kratersees sitzen und unternahm einen zaghaften Versuch, ins Feld zu *seelen*. Doch es gelang ihr nicht. Nicht in dieser Welt, auf dieser Seite der Realität.
„Ich habe mich noch nicht entschieden.“ Und das war die Wahrheit. Denn Jerome hatte mit seinen Worten etwas bewirkt. Ein anderes Licht auf diese, seine Seite geworfen. Und wie der Streifen Abendrot, der sich gerade am Horizont zeigte und Claires Blick anzog, fiel das Licht seiner Worte dadurch auch über die Stadt – ihre Stadt, ihre Heimat.
„Lass uns von hier verschwinden“, sagte er sanft, „wir fahren zu mir und reden in Ruhe über alles. Einverstanden?“
Claire nickte und löste ihren Blick vom Horizont. Dort würde sie die Antwort auch nicht finden, sondern nur in Jeromes Nähe, in seinen Armen, nahe seiner Seele.

Als sie das Penthouse betraten, warf die Nacht schon ihr Licht durch die Glasfront und tauchte den loftartigen Wohnraum mit seinen Designermöbeln in mattes, dunkles Blau.

Jerome schloss die Tür hinter sich, ließ den Schlüssel innen stecken, nahm Claire die Handtasche ab, legte diese auf eine Kommode, kniete sich vor sie hin und streifte ihr langsam die Pumps von den Füßen. Danach sah er sie von unten an, schlang seine Arme um ihre Hüften und legte seinen Kopf an ihren Bauch.
Claire hielt still und spürte ihren Reaktionen nach. Nichts regte sich. Kein Zutrauen, kein Verlangen, auch keine Abwehr. Sie strich ihm teilnahmslos durchs Haar und fühlte plötzlich Ajans Haare durch ihre Finger gleiten. Sie seufzte.
Jerome verstand es als Reaktion auf seine, wie ihm schien, geglückte Annäherung, stand auf und nahm ihren Kopf zwischen seine Hände, um sie zu küssen.
Claire wich zurück:
„Bitte, lass uns erst reden. *Dafür* haben wir noch die ganze Nacht." Sie wollte nicht zu abweisend erscheinen, war sich jetzt jedoch nicht mehr sicher, ob es eine gute Idee gewesen war, den neutralen Boden des Lokals zu verlassen. Sie nahm ihn an der Hand und zog ihn in Richtung des neuen futuristischen Sofas, das er erst kürzlich erworben haben musste. Von dort aus konnte man über die nächtliche Stadt und in die Ferne blicken.
„Machst du uns einen Wein auf?" Sie versuchte, Zeit zu gewinnen und ihn etwas von sich abzubringen.
„Gern. Rot?"
Sie nickte.
Jerome verschwand in einer Kammer hinter dem offenen Küchenblock, in dem er einen Klimaschrank eingerichtet hatte,

um seine kleine, doch ansehnliche Weinsammlung zu lagern. Claire nahm in einer der verschlungenen Schalen des mehrteiligen Sofas Platz. Ein Zeichen an Jerome, sich später etwas weiter weg oder ihr gegenüber hinzusetzen.

Sie sah über die Stadt. Ihre Füße schmerzten. Wenigstens war sie die engen, hochhackigen Schuhe los. Sie zog ihre Füße aufs Sofa und begann sie zu massieren.

Sie wusste nicht recht, wie sie weiter vorgehen sollte. Doch mehr als alles andere wollte sie Jerome nach wie vor umstimmen und zu einer Veröffentlichung ihres Artikels bewegen. Das musste sie zuallererst klären.

„Wärst du so lieb und würdest die Füße vom Sofa nehmen", ertönte Jeromes Stimme hinter ihr. „Es ist neu, wie du siehst. Ein seltenes Stück von Zaha Hadid."

„Sollte mir das etwas sagen?" Claire befolgte, sichtlich irritiert, seine Anweisung.

„Sie war eine der renommiertesten Architektinnen und Designerinnen der Moderne"

„So."

Jerome stand mit zwei Gläsern und der Flasche Wein etwas hilflos vor ihr und überlegte kurz, wohin er was platzieren und sich setzen sollte.

„Aber nicht sehr praktisch, oder?" Claire konnte sich die Spitze nicht verkneifen. „Gib her, ich nehm' dir was ab."

„Wenn du erlaubst, öffne ich die Flasche lieber selbst. Der Wein, das Alter, der Korken, du verstehst?"

War das schon immer so gewesen? Dass er sie wie ein Schulkind behandelte? Oder war es ihr nur nie aufgefallen? Oder

richtiger: ihr gleichgültig gewesen, da es ihr in Wahrheit nie um ihn, sondern doch vor allem um ihr Fortkommen gegangen war?
Wie sehr hatten sie die Wochen auf *Share* verändert. Wie anders empfand sie sich nun selbst, ihre Arbeit, ihre Ziele.
Und jetzt, in dieser Wohnung, die ihr so fremd erschien wie nie, und mit Jeromes sprunghaftem Verhalten, seinen Regeln und Statussymbolen fragte sie sich, was es tatsächlich war, das sie an ihm noch liebte. Oder ob sie es in Wahrheit überhaupt noch so nennen konnte. *Gefühle.*
Sie sah ihn an, sah über ihn und dann über Paris hinaus und so gern hätte sie den Blick noch weiter gestreckt, bis ans andere Ufer ihrer Welt.
„*Share* ist so ganz anders", begann sie zu erzählen und hoffte darauf, diesen Mann, wenn sie ihn schon nicht mehr für sich gewinnen wollte, so doch wenigstens von ihrem Anliegen überzeugen zu können. „Nicht nur die Insel, verstehst du, sondern vor allem die Menschen, das Miteinander, die Art, wie sie leben."
„Claire, das weiß ich alles bereits", unterbrach er sie, „das hast du ausführlich in deinem Artikel beschrieben. Doch was ich nicht weiß, und jeder Leser würde sich das genauso fragen: Wo genau liegt diese sagenhafte Insel? Wie gelangt man dorthin? Wer sind diese Menschen, von denen du behauptest, sie stammen aus der ganzen Welt? Sind da vielleicht auch lange verschollen geglaubte Verwandte von Pariser Familien darunter? Oder, und da geht es um deinen kritischen Widerspruchsgeist: Was steckt hinter all den basiskommunistischen

Verhaltensweisen, der Teilung der Güter, der währungs-, und einkommenslosen Gesellschaft? Was für ein anarchistisches System nimmt denn da Gestalt an? Was soll, kann, muss daraus in letzter Konsequenz werden? Eine neue Welle des Linksradikalismus? Die reine Anarchie? Droht uns jetzt auch noch aus dieser Ecke Gefahr?"

„Zum einen *behaupte* ich nichts und zum anderen ist das alles blanker Unsinn!"

„Nein, Claire, das ist es nur aus deiner verklärten, romantischen Sicht der Dinge! Und weil du dir diese Träumereien immer leisten konntest, von frühester Kindheit an."

Damit spielte er auf das überschaubare, doch bis heute ausreichende Erbe an, das ihre Mutter ihr hinterlassen hatte. „Das Leben der Normalsterblichen, draußen auf den Straßen, ist mehr denn je von Ängsten dominiert. Bleiben unsere Arbeitsplätze und damit das Einkommen erhalten? Sind die Straßen sicher? Können wir unsere Kinder schützen? Wann erfolgt der nächste Anschlag? Trägt die Terrorbekämpfung Früchte? Wer ist der Feind? Und sie haben sich daran gewöhnt, so sehr, dass ein Feindbild das nächste ablöst. Und darum verlangen sie Antworten von uns sowie unbedingte Objektivität und eine Voreinschätzung des Gefahrenpotenzials, die wir für sie vorzunehmen haben."

Claire folgte seinen Ausführungen, ohne ihn zu unterbrechen. Natürlich hatte er recht; dessen war sie sich vollauf bewusst. Doch das änderte nichts daran, dass sie den *Sharern* ihr unumstößliches Versprechen gegeben hatte. Und schließlich gab es die anderen, zwar idealistischen, aber umso wesentlicheren Argumente:

„Genau darum geht es doch! Diese Gemeinschaft kann das Vorbild sein. Das ist keine Utopie. Die *Sharer* leben es, tagtäglich: ein Leben ohne Gewalt, der Gerechtigkeit und des sozialen Ausgleichs. Und sie haben Formen der persönlichen Entwicklung entdeckt, die alle Menschen von ihren Ängsten befreien können, sie in eine andere Wirklichkeit blicken lassen." Sie vermied es, ihm jetzt noch mehr von den außerordentlichen Fähigkeiten vorzuschwärmen, um nicht zu riskieren, vollends ihre Glaubwürdigkeit einzubüßen. „Ich habe es gesehen, mit eigenen Augen. Du musst mir einfach glauben."

„Das will ich auch gern, Claire, doch bin ich, noch dazu als dein zukünftiger Ehemann, ohne Fakten ganz einfach machtlos. Solange wir es nicht beweisen können, solange Sozialforscher, Psychologen, Politwissenschafter, und was weiß ich, wer noch, keine Untersuchungen vor Ort anstellen können, bleiben all deine Worte genau das: eine Utopie. Die Öffentlichkeit würde uns in der Luft zerreißen, ich wäre meinen Job los und du wärst diskreditiert auf alle Zeit."

Bei der Vorstellung, dass eine Horde von Verhaltensforschern über *Share* herfallen würde, lief es ihr kalt über den Rücken. Und die abermalige Anspielung auf seinen ausstehenden Heiratsantrag verstärkte den Schrecken noch.

„Damit könnte ich schon leben", entgegnete sie.

„Mit deiner Diskreditierung oder mit mir?" Er lächelte zweideutig.

*Als würde das eine vom anderen abhängen.*

Oder tat es das in Wahrheit?

Schimmerte zwischen seinen, scheinbar ausschließlich auf

Vernunft basierenden, Argumenten doch eine Art Erpressung durch?
Seine nächste Aussage ließ daran keinen Zweifel mehr:
„Haben wir uns jetzt nicht schon lange genug im Kreis gedreht? Darf ich dich von mir vielleicht im Schlafzimmer überzeugen? Und möglicherweise überzeugt mich das dann ja, morgen doch einen Weg für deinen Artikel zu finden."
*Ich glaub es nicht. Was für ein Fiesling. Und dann erlaubt er sich auch noch, von Liebe zu reden.*
Claire sah jede Hoffnung schwinden.
Andererseits: Warum ihn nicht mit seinen eigenen Waffen schlagen? Wenn es ihm schließlich doch nur darum ging? Sollte er Claire doch noch ein letztes Mal haben, dann ihren Artikel veröffentlichen und danach würde sie sich von ihm trennen und auf Nimmerwiedersehen verschwinden.
*Habe ich das jetzt tatsächlich gedacht? Kommt das aus irgendeiner anderen, schrägen Art von Anbindung?* So musste es sein. Sobald man sich auf einen Menschen eingestellt hatte, musste zwischen den personalen Feldern ein Austausch beginnen. *Ich habe ihm, wie so oft zuvor, die Führung des Gespräches und der Situation überlassen, mich auf ihn eingestellt und nun beginne ich bereits, wie er zu denken.* Es reichte. Außerdem musste sie etwas erwidern. Jerome war die Ungeduld förmlich anzusehen. Trotzdem brauchte sie Zeit, um zu einer Entscheidung zu gelangen.
„Das klingt", sie brachte es kaum über die Lippen, „verlockend, ja." Sie rang sich ein verführerisches Lächeln ab. „Ich müsste davor allerdings noch schnell in die Dusche springen."

Und das entsprach, wie ihr jetzt erst mit Schrecken bewusst wurde, sogar der Wahrheit. Sie hatte tatsächlich, seit dem Verlassen von Ajans Schnellboot, nicht mehr geduscht. Entweder war es zu knapp oder sie war zu müde gewesen. „Ich habe es heute den ganzen Tag nicht geschafft, entschuldige, bitte. Aber wenn du es so lange noch aushalten kannst?“ Eine Dusche, ja, das war definitiv eine gute Idee. Am besten mit eiskaltem Wasser, um zu Verstand zu kommen.
„Tu dir keinen Zwang an. Du kennst ja den Weg.“ Jerome wies Richtung Schlafzimmer, hinter dem sich das Luxusbad samt Whirlpool befand.
Er vermied es, ihr anzubieten, sie dorthin zu begleiten, da ihm eine Idee gekommen war. Und sollte sie jetzt tatsächlich, nur eines Artikels wegen, mit ihm ins Bett gehen, hätte sie es ohnehin nicht anders verdient. Ihre Liebe zu ihm kaufte er ihr einfach nicht mehr ab.
Claire beeilte sich, im Flur neben der Küche, Richtung Bad, zu verschwinden. Sie versperrte die Tür hinter sich, froh darüber, dass er ihr nicht gefolgt war, drehte das Wasser der Dusche auf und setzte sich verzweifelt, mit dem Kopf vornübergebeugt in ihre Hände vergraben auf den Rand des Whirlpools. Sie hatte keine Ahnung, welcher Weg ihr jetzt noch offenstand. Eines jedoch war ihr bis hierher völlig klar geworden: Ins Bett konnte sie mit Jerome keinesfalls mehr gehen. Auf dieses Niveau wollte sie nicht zurück und außerdem: Wie hätte sie das Ajan erklären sollen, der doch vielleicht sogar ihre inneren Schritte im Feld mitfühlte. Ajan. Er würde eine Antwort wissen. *Vielleicht gelingt es mir ja, mich an ihn zu binden und so einen*

*Zugang zum Feld zu finden.* Sie legte sich auf den beheizten Boden des Badezimmers, entspannte sich und steuerte ihre Gedanken zu Ajan.

Jerome beeilte sich indes, Claires Neopad aus ihrer Tasche zu holen, die noch auf der Kommode im Vorzimmerbereich lag, das Pad hochzufahren – er kannte Claires Passwort – und darin nach ihren Notizen und Recherchen über *Share* zu suchen.
Er fand nicht nur alle geologischen, topografischen und historischen Fakten, sondern auch noch die Namen sämtlicher Gründerfamilien. Zudem stieß er auf allerlei obskure Begriffe und, soweit er in der Eile erkennen konnte, äußerst befremdliche Lehren. Zuletzt loggte er das Pad ins Netz ein und konnte über den Browserverlauf sogar die exakte geografische Lage der Insel nachvollziehen. Er kopierte alles in eine Mail und sandte sie an seine Adresse. Danach löschte er die Mail aus den Ordnern und machte sich auf den Weg ins Schlafzimmer.
Er zog sich aus, griff in eine Lade des Nachtkästchens und warf eine Pille ein. Claire sollte ihn, sobald sie aus dem Bad kommen würde, nicht unvorbereitet antreffen.

Es war ihr gelungen. Durch die Anbindung an Ajan hatten sich ihre widerstrebenden Gefühle und Zweifel beruhigt. Sie wähnte sich ihm jetzt tatsächlich wieder nah und konnte, als hätte er sie über Hunderte Kilometer hinweg angewiesen, auch ihre Torquellen zumindest im Ansatz öffnen. Doch je näher sie dem Bewusstsein des Feldes kam, desto mehr überraschten sie die Botschaften, die sie von dort erreichten. Es fühlte

sich an, als wäre es dem Feld und irgendwie auch Ajan völlig gleichgültig, wie sie weiter vorging. Ja, selbst mit Jerome zu schlafen, würde keine Bedeutung haben. Durch die oftmalige Vereinigung mit ihm in den letzten Jahren bestand ohnehin bereits eine intakte Verbindung. Ob sie diese nun früher oder später oder überhaupt kappen sollte, blieb ihren irdischen Bedürfnissen vorbehalten, also ihren Gefühlen, ihrem Körper, ihrer Lust.
Halb angebunden, doch auch zurückgekehrt in die Realität des Badezimmers, in dem immer noch das Wasser in der Dusche lief, öffnete sie die Augen und hatte dennoch zu einer Entscheidung gefunden: Sie würde aus dem Bad treten und dann die Wohnung verlassen. Sie würde Jerome zuvor noch um Verständnis sowie noch einmal um Veröffentlichung des Artikels bitten und einfach gehen. Alles Weitere lag dann nicht mehr in ihrer Hand. Sollte Jerome, oder das Feld oder wer auch immer, entscheiden. Sie hatte alles versucht, weiter wollte und konnte sie nicht.

Als sie aus dem Badezimmer trat, holte sie die Realität schließlich ganz ein: Jerome lag völlig nackt, mit erigiertem Glied, auf dem Bett und grinste sie selbstgefällig an.
Plötzlich reagierten ihr Körper und ihre Gefühle wie von selbst.
Sie sah ihn an, ging langsam auf ihn zu und je näher sie ihm kam, desto heftiger regte sich blanker Zorn in ihr. Am liebsten hätte sie auf ihn eingeschlagen, so erniedrigend empfand sie die Szenerie.

„Was bist du doch für eine jämmerliches eingebildetes Arschloch!“, entfuhr es ihr. „Sex, Macht, Geld, Zahlen, Daten, Fakten – das ist deine Welt! Aber es ist nicht meine Welt. Ist es nie gewesen. Ich habe immer an etwas geglaubt, das über all das hinausging: an eine Zukunft, an Ethik, an menschlichen, seelischen Fortschritt. Dem habe ich meinen Ehrgeiz untergeordnet. Darum überhaupt war ich erst ehrgeizig geworden. Und, ja, du hast recht: Du bist immer nur ein Mittel zum Zweck gewesen, nicht mehr, nicht weniger. Das erkenne ich jetzt. Und das ist schlimm genug. Doch mit all dem hat es sich. Ich verlasse dich. Leb wohl!“

Sie machte sich rasch zur Tür auf, um die absurde Situation wie auch Jerome so schnell wie möglich hinter sich zu lassen, und war schon auf dem Weg Richtung Vorzimmer, als er sie von hinten am Arm packte und herumriss. Er zog sie brutal an sich, presste seinen Mund auf ihren – sein hartes Glied drückte heftig gegen ihren Bauch –, und steckte ihr seine Zunge in den Mund. Reflexartig biss Claire zu. Jerome schrie auf, wich zurück, holte aus und schlug ihr ins Gesicht.

„Du miese, kleine Schlampe!“, schrie er, Blut spuckend, während er zum nächsten Schlag ansetzte. Claire hatte sich gerade noch auf den Beinen halten können, wich dem zweiten Schlag aus und trat ihm, mit aller Kraft, die ihr zur Verfügung stand, zwischen die Beine. Sie traf seine nackten Hoden mit solcher Wucht, dass sie an ihrem Rist das Gefühl hatte, sie würde mindestens einen davon zerquetschen. Jerome sank, sich vor Schmerz krümmend, mit den Händen an seinen Genitalien, auf die Knie.

Claire reagierte instinktiv, griff nach ihrer Tasche auf der Kommode, wandte sich der Eingangstür zu. Zum Glück steckte der Schlüssel. Sie drehte ihn im Schloss, riss die Tür auf und lief den Flur entlang zur Nottreppe, um so schnell wie möglich Distanz zwischen sich und Jerome zu bringen.
Erst drei Stockwerke tiefer hielt sie, völlig außer Atem, an und lauschte nach oben. Nichts rührte sich. *Gott sei Dank.* Dann weiter, in den Gang hinaus, mit dem Lift ins Erdgeschoss und schnell auf die Straße.
Vor dem Haus traf sie auf Passanten. Der Regen hatte erneut eingesetzt und schnitt durch das trübe Licht der Straßenlaternen. Eine Polizeisirene ertönte ein paar Gassen entfernt. Auf der anderen Straßenseite verrichtete ein streunender Hund sein Geschäft an einem der Hydranten.
Claire atmete durch und ging, an die Häuserwände gedrückt, los. Eine Ecke weiter sollte es einen Taxistandplatz geben. So viel wusste sie noch. Sonst war es still in ihr, völlig still und leer.
Sie ließ sich zu ihrer Wohnung fahren, bat den Fahrer, auf sie zu warten, lief nach oben, stopfte eiligst ihre Bekleidung in den großen Tramperrucksack, sah sich in der Wohnung um, als wäre es das letzte Mal, schloss die Tür hinter sich, lief die Treppen wieder nach unten und gab dem Fahrer die Anweisung, sie in ein Hotel am Stadtrand zu bringen. Ihre Wohnung würde Jerome gewiss als Erstes aufsuchen, vielleicht sogar auch umliegende Hotels, um sie zu finden und sich an ihr zu rächen. Und sie wollte ihm auf keinen Fall jemals wieder begegnen.

Bis lang in die Nacht konnte sie nicht einschlafen. Immer, wenn sie gerade in die Traumwelt hinüberglitt, holten sie die letzten Augenblicke mit Jerome wieder ein und rissen sie ins Bewusstsein zurück. Der Anblick seines erigierten Gliedes, als er nackt auf dem Bett vor ihr gelegen war, während sie versucht hatte, noch halbwegs sinnvolle Sätze von sich zu geben, der Moment, als sie seine Zunge in ihrem Mund gespürt und zugebissen hatte und schließlich das Gefühl am Rist ihres Beines, als sie zugetreten hatte.
Sie bemühte sich mit aller Kraft, andere Gefühle zu *drüsen*, diese Bilder loszuwerden. Doch alles, was sie spüren konnte, waren Ekel und Scham. Sie schämte sich vor sich selbst, warf sich vor, dass sie es so weit hatte kommen lassen und, wenn auch nur um sich zu verteidigen, gewalttätig geworden war. Ein Teil ihres Bewusstseins versuchte, sie mit klarer Stimme zu verteidigen, doch ihre Gefühle leisteten heftigen Widerstand, brachten Einwände vor, erklärten Vorbehalte und beharrten auf ihrem Elend.
Erst sehr spät, draußen mochte es vielleicht schon Tag geworden sein, fiel sie schließlich gänzlich erschöpft in tiefen Schlaf.

Ihr Morgen begann nicht besser, als die Nacht geendet hatte. Selbstvorwürfe und Zweifel nagten an ihr, schon kurz nachdem sie die Augen geöffnet hatte.
Ein Blick auf ihr Pad, das immer noch online war – sie hatte erwartet, dass gehässige Nachrichten von Jerome eingehen würden –, verriet ihr, dass es bereits Mittag war. Sie musste sich

unbedingt darüber klar werden, was sie als Nächstes unternehmen sollte. Hatte sie ihn möglicherweise schwer verletzt? Lag er vielleicht sogar im Krankenhaus und hatte bleibende Schäden davongetragen? Wie konnte sie das herausfinden, ohne ihn anzurufen oder ihm zu schreiben?
Hinzu kam, dass sie, bevor sie Paris wieder und vielleicht sogar für immer verlassen würde, auch noch ihren Vater aufsuchen musste. Allein der Gedanke daran verursachte ihr Bauchschmerzen, die sich mit der bestehenden Übelkeit mischten, die seit dem Kampf mit Jerome in Wellen hochstieg. Im Gespräch mit ihm würden sich alle Gefühle des Vorabends wiederholen: Hin-und-her-gerissen-Werden zwischen Liebe, Dankbarkeit und ohnmächtigem Zorn, Vorwürfen, Unterstellungen, Erpressungsversuchen emotionaler oder sogar physischer Art. Nun gut, ihr Vater würde niemals seine Hand gegen sie erheben, aber er würde sein absehbares Lebensende in die Wagschale werfen und ihr dadurch Schmerzen bereiten, die dem nahekamen, wenn sie diese nicht sogar deutlich übertrafen.
Sollte sie sich das antun? Nein: Sie hatte es sich anzutun! Schließlich ging es um ihren Vater und was auch immer sie ihm vorzuwerfen hatte, er hatte ein Leben lang für sie gesorgt, nach dem Tod ihrer Mutter, seiner Frau, allein die schwere Last der Erziehung und der daraus resultierenden Verantwortung für sie getragen. Sie konnte gar nicht anders. Da gab es kein Entrinnen. Das war sie ihm und sich selbst schuldig.
Sie setzte sich auf die Bettkante und bestellte beim Zimmerservice Café au Lait mit frischen Croissants. Glücklicherweise servierte das Hotel Frühstück bis in den frühen Nachmittag.

Vielleicht tat es ihr ja gut, wenigstens ein paar Bissen zu essen und mit dem Geschmack, der sie seit den glücklichen Tagen ihrer Kindheit begleitete, als ihre Mutter noch gelebt hatte, auch leichtere Gefühle heraufzubeschwören.
Sie stellte sich unter die Dusche, ließ erst heißes und dann kaltes Wasser über ihren Körper laufen, um endlich ganz aufzuwachen, hätte darüber beinahe das Klopfen des Zimmerkellners überhört, nahm ihm mit tropfnassen Haaren, in ein Handtuch gewickelt, das Tablett ab, unterschrieb die Rechnung, hatte natürlich kein Trinkgeld bei der Hand, entschuldigte sich dafür, schloss die Tür, stellte das Tablett ab, zog ihre Khakihose und ein T-Shirt an, schenkte sich Kaffee ein und machte sich über die noch warmen Teigwaren her. Danach ging es ihr tatsächlich besser.
Sie redete sich erfolgreich ein, dass Jeromes Verletzungen so schlimm nicht sein konnten und beschloss, ihn seinem Schicksal zu überlassen. Spätestens in einigen Tagen, sobald sie wieder auf die Insel zurückgekehrt sein würde, sollte sie dem Netz entnehmen können, ob alles seinen geregelten Lauf genommen hatte und der Chefredakteur seiner Arbeit nachgegangen war.

Der erste Versuch, ihren Vater zu erreichen, schlug fehl. Sie bekam nur seinen Assistenten auf dem Bildschirm des Pads zu Gesicht, der ihr unterkühlt erklärte, wie eng die Termine des Staatssekretärs am heutigen Tag lägen, dass dieser aber gewiss kurz Zeit finden würde, seine Tochter zurückzurufen.
Eine Stunde später vernahm Claire die brüchige Stimme ihres

Vaters über die Lautsprecher ihres Pads.
„Bonjour, Papa."
„Ich habe gehört, du bist in Paris? Schön, dass ich das als Letzter erfahre. Jerome hat sich heute Morgen bei mit gemeldet, war fuchsteufelswild. Ich erwarte dich in drei Stunden bei mir." Danach hatte er die Verbindung unterbrochen. Claire schüttelte nur entgeistert den Kopf. *Na, das kann was werden.* Immerhin hatte sie so in Erfahrung gebracht, dass Jerome wohlauf war. Sie brauchte sich also keine weiteren oder zumindest keine allzu schweren Vorwürfe machen.
Sie legte sich angezogen aufs Bett, nahm ihr Pad zur Hand, loggte sich ein und buchte einen Flug vor Mitternacht nach Lissabon. Da ihr Vater einen vollen Terminplan hatte, würde das Gespräch mit ihm – oder sollte sie sagen: die Verabschiedung von ihm für sehr lange Zeit – gewiss nur kurz dauern.
Danach rief sie in Ajans Hotel an, dessen Nummer er ihr auf einen Zettel notiert hatte, reservierte ein Einzelzimmer für sich und hinterließ eine Nachricht für ihn. Noch heute Nacht sollte sie, wenn auch erst sehr spät, im selben Hotel einchecken und Ajan, aller Voraussicht nach, beim Frühstück am kommenden Morgen antreffen. Sollten alle Stricke reißen und sie einander verfehlen, gab es immer noch den Liegeplatz des Schnellbootes am Hafen.
Nun blieb ihr noch eine Stunde bis zum Treffen mit ihrem Vater. Das mulmige Gefühl hatte sich seit dem Telefonat noch verstärkt. Zum Glück hatte sie den Nachtflug buchen können, denn das bescherte ihr immerhin einen guten Ausblick und erlöste sie zugleich davon, noch einmal in ihre Wohnung

zurückzumüssen und dort möglicherweise auch Jerome in die Arme zu laufen.
Ihre Wohnung. Was sollte sie damit anstellen? Sie von *Share* aus verkaufen? Sie erst einmal weiterhin behalten für den Fall, dass sie sich doch noch gegen ein Leben auf der Insel entschied? Das nächtliche Erlebnis mit Jerome hatte doch alles klargemacht. Trotzdem: Besser abwarten, ein anderes Mal entscheiden. Und was sollte nun aus ihrer Karriere als Journalistin werden? So leicht gab man schließlich keinen Traum auf, den man ein gutes Jahrzehnt lang gehegt hatte. Andererseits: Schreiben konnte sie immer und von überall aus in der Welt. Und es müssten sich doch tatsächlich auch andere Zeitungen oder Magazine für ihre Story über eine so sagenhafte Insel interessieren. Selbst wenn es sich um ein esoterisches Frauenmagazin handeln sollte. Und schließlich blieb ihr immer noch die Möglichkeit, sich als Schriftstellerin zu versuchen. Dabei würde sogar ein neuer Traum den alten ablösen.
Sie sah nach der Zeit, ging ins Bad, um sich ein wenig Schminke aufzutragen – sie trat ihrem Vater nie ungeschminkt unter die Augen –, verschloss ihren Rucksack und machte sich auf den Weg.

Das Taxi hielt vor dem Eingang ihres Elternhauses.
Sie ging den üblichen Weg, an der Steinbank vorbei, zur Villa hoch, wurde von der Haushälterin eingelassen und fand ihren Vater, wie erwartet, in dessen Arbeitszimmer vor.
Tief gebeugt saß er über seinen Papieren und Monitoren am Schreibtisch. Warum sie auch sein Anblick, wie bereits Jerome

am Morgen zuvor, an ein Reptil erinnerte, konnte sie nicht sagen. Der einzige Unterschied bestand darin, dass dieses tatsächlich aus Urzeiten zu stammen schien.
Die Haut ihres Vaters war fahl, die Wangen eingefallen und als er nun träge den Kopf hob, konnte sie seine Worte kaum verstehen, so gebrochen und leise war seine Stimme.
„Hast du also endgültig den Verstand verloren." Hatte sie ihn richtig verstanden? „Und siehst aus, als wärst du aus dem Urwald zurück. Was soll denn diese Misanthropenbekleidung? Hast du unter Affen gelebt?"
„Bonjour, Papa", gab sich Claire zunächst unbeeindruckt.
„Dieser Tag ist ebenso wenig gut wie alle anderen Tage", krächzte er. „Und der einzige Lichtblick, meine Tochter, schlägt den Heiratsantrag einer der besten Partien der Stadt aus, ist verliebt in irgendeinen dahergelaufenen Inselbewohner ohne Zukunft und will auswandern. So sieht es aus, am Ende meiner Tage."
Claire war sprachlos. Die Vorwürfe prasselten auf sie ein, als würde ein aufziehender Sturm eiskalte Wassertropfen, Blätter und Unrat vor sich hertreiben. Sie blickte ihren Vater stumm an und hätte ihm gern von dem missglückten Abend mit Jerome erzählt, davon, dass von einem Heiratsantrag nicht mal die Spur vorhanden gewesen war, davon, wie widerlich sich Jerome ihr gegenüber verhalten hatte, davon, wie er handgreiflich geworden war und sie geschlagen hatte und wie sie sich verzweifelt hatte wehren müssen und nur mit knapper Not einer Vergewaltigung entgangen war. Sie hätte ihm so gern erzählen wollen von *Share* und von Ajan und seinen Augen und Händen

und von der Verabschiedung Romanas, und dem Feld, dem so mächtigen, wundervollen, allumfassenden Feld der Liebe. Sie hätte ihm, ihrem Vater, so gern erzählt, wie sie es ihrer Mutter erzählt hätte, wenn diese bei ihr geblieben wäre, sie nicht viel zu früh verlassen hätte. Hier, in den Räumen ihrer Kindheit, unter den Vorwürfen ihres Vaters, wurde alles wieder wach.
„Hast du auch noch deine Sprache verloren?"
Leise, doch entschieden, antwortete sie:
„Ich bin gekommen, um mich zu verabschieden, Vater."
Keine Antwort. Stille. Und schließlich:
„Du glaubst tatsächlich, das lasse ich zu?"
Claire hatte nichts mehr zu sagen. Sie stand vor ihrem Vater oder besser, vor dem, was von ihm übrig war, und alle Gefühle waren ihr entglitten, alle Gedanken verstummt. Sie war am Ende zweier Leben angekommen, ihres früheren und des ihres Vaters.
Sie wartete darauf, dass sich irgendeine Form der Trauer in ihr breitmachen würde, doch nichts davon. Nicht mal ein Anflug. Sie fühlte auch kein Mitleid, keinen Zorn mehr; alle Schuldzuweisungen oder Rechfertigungen blieben ebenso aus.
Und da, ganz plötzlich, spürte sie das Kribbeln an ihren Händen, ihren Füßen, vom Schoß bis hoch zum Scheitel, als die Torquellen ihre Kanäle öffneten, die Wirbel zu kreisen begannen und sie mit dem Feld verbanden.
Etwas anderes begann nun aus ihr zu sprechen und ganz ruhig und weit sagte sie:
„Leb wohl. Tu, was du tun musst. Ich kann dich nicht daran hindern. Und ich bin dir wegen nichts böse und für vieles

dankbar. Auch wenn du alles, was du der kleinen Claire zuliebe getan hast, nicht ihrer Mutter getan hast. Doch das ist weder für sie noch für mich weiter von Belang. Ich bin jetzt groß und gehe. Mehr habe ich dir nicht zu sagen. Adieu, Papa." Sie drehte sich um und wollte fort, doch da tönte die Stimme ihres Vaters plötzlich laut durch den Raum:
„Ich werde alles daransetzen, dich von dieser Insel zurückzuholen! Das schwöre ich dir! Und Jerome wird mich dabei unterstützen. Er wird das ebenso wenig zulassen."
Der heftige Tonfall holte Claire zurück in die Realität ihres Vaters.
„Ihr wisst nicht mal, wo sie ist, diese Insel!"
„Ich kenne Mittel und Wege. Du wirst dich wundern."
„Da bin ich aber gespannt."
„Was ist nur aus dir geworden?! Du verzogenes Miststück!"
Wie sehr sich Jerome und ihr Vater doch ähnelten. „Dafür habe ich also all die Jahre meine Zeit vergeudet, mein Geld in dich investiert, dir die beste Ausbildung zukommen lassen, eine Wohnung in erster Lage für dich gekauft?! Glaube nicht, dass ich dir auch nur einen Cent hinterlassen werde! Vorher spende ich alles der Armee oder überschreibe es an Jerome."
Claire fixierte ihn quer durch den Raum, überlegte kurz, griff in eine Innentasche ihrer Weste, holte den Wohnungsschlüssel hervor, näherte sich dem Schreibtisch und legte den Schlüssel darauf.
Ein letztes Mal blickte sie ihren Vater an, wandte sich um und ging mit festen Schritten aus dem Zimmer. Die Tür ließ sie offen stehen und wurde so bis zum Verlassen des Hauses von

zeternden Flüchen und Vorwürfen begleitet.
Erst, als die schwere Eingangstür hinter ihr ins Schloss gefallen war, kehrte auch um sie herum Ruhe ein. Was Claire zu diesem Zeitpunkt jedoch nicht ahnen konnte, war, wie sehr diese jener sprichwörtlichen vor dem Sturm glich.

# 24

„Unsere Programmierer haben in den vergangenen Tagen ihre Suchprogramme laufen lassen, die Medienberichterstattung genau verfolgt und täglich die Ausgaben von Le Monde durchforstet. Doch nirgendwo war etwas über uns zu finden.“ Étienne saß Claire gegenüber und blickte sie, eine Erklärung abwartend, freundlich an. Lucia hatte sich zu ihm gesetzt, Ajan blieb dahinter, an den Türrahmen gelehnt, stehen und wartete ebenso gespannt auf ihren Bericht. Die Atmosphäre im Arbeitszimmer des Gründerpaares war wohlwollend und heiter.

Die vielen, langen Stunden der Schiffsfahrt über den Atlantik, zurück Richtung *Share*, hatte Ajan zumeist am Steuer verbracht, während Claire sich oft unter Deck aufgehalten, lange geschlafen und die Ereignisse der letzten Tage verarbeitet hatte. Sie wollte erst wieder ganz zu sich selbst finden, die vielen Entscheidungen, die ihr eher passiert waren, als dass sie auch nur eine davon getroffen hätte, ein letztes Mal überdenken, um dann ihr bisheriges Leben endgültig loslassen zu können.

Die herzliche Begrüßung der *Sharer*, als sie wieder in der Kolonie eingetroffen waren, das Häuschen am See, die Blumendüfte, die Kraterhügel in der Ferne und der Lorbeerwald ringsum hatten dann noch das Ihrige dazu beigetragen.

Claire war glücklich, wieder zu Hause zu sein; denn so fühlte es sich ganz und gar an, obwohl sie kaum zwei Wochen hier verbracht hatte. Ein neues Leben lag vor ihr. Sie durfte sich fallen lassen und darin eintauchen.

Nun berichtete sie, so ausführlich es eben ging, ohne die weniger erfreulichen bis haarsträubenden Teile preisgeben zu müssen, von den Ereignissen in Paris und der endgültigen Ablehnung ihres Artikels.
Sie erwähnte zwar die Überlegung, ihn an anderer Stelle unterzubringen, war sich jedoch selbst nicht mehr im Klaren darüber, ob sie das eigentlich noch wollte oder ob es vielleicht besser wäre, einen anderen Weg zu wählen, beispielsweise den der Romanform. Diesen Gedanken ließ sie allerdings zunächst unerwähnt und beendete ihren Bericht mit:
„Das war's. Also: keine Gefahr von irgendwoher." Sie sah lächelnd zu Lucia, die erleichtert zurücklächelte.
Ajan sah eher skeptisch zu ihr herüber. Allzu gern hätte sie jetzt seine Gedanken gelesen. Doch so schnell sie in den wenigen Tagen die neuen Techniken auch erlernt hatte, so rasch schienen ihre Fortschritte unter dem Druck der Stunden in Paris auch wieder verloren gegangen.
Sie würde später noch Zeit finden, ihn nach seinen Zweifeln zu befragen. Für jetzt war sie froh, die Bedenken des Gründerpaares zerstreut zu haben, und freute sich auf das für den Abend angekündigte kleine Fest zu Ehren ihrer Ankunft.

Mias Kleid war nun mit sehr unterschiedlichen Erinnerungen behaftet. Nachdem sie es aus dem Rucksack gezogen hatte, kam es erst einmal in den Korb für Schmutzwäsche, der sich schnell mit weiteren Kleidungsstücken füllte. Das musste sie in den nächsten Tagen erledigen, sonst wäre sie noch auf weitere Unterstützung von Mia angewiesen.

Sie entschied sich, für den Abend ein leichtes Sommerkleid aus besseren Pariser Tagen anzuziehen, verzichtete, wie alle Tage in der Kolonie, auch diesmal auf Make-up und machte sich auf den Weg.
Die untergehende Sonne fiel auf den kleinen Kratersee und zauberte einmal mehr magische Schemen aus Licht auf die gekräuselte Wasseroberfläche. Der Wind strich ihr durchs Haar und während sie auf das Gemeinschaftshaus zuging, atmete sie tief und voll die von den betörenden Düften satte Luft ein.
Ajan erwartete sie am Eingang und betrat mit ihr gemeinsam den großen Saal. Nicht alle *Sharer* waren versammelt, doch schienen die meisten der alten Gründerfamilien und auch der Rat der jungen Hohen vollzählig anwesend zu sein.
Die langen Tische waren in einem einzigen, großen Kreis aneinandergereiht, festlich geschmückt und mit allerlei Köstlichkeiten beladen worden. Nachdem sich alle gesetzt hatten, erhob sich Lucia zu einer kurzen Rede:
„Heute ist ein besonderer Tag. Nicht nur, dass wir wieder voll Hoffnung in die Zukunft blicken können – denn Claire hat ihren Plan, einen Artikel über die Kolonie in Le Monde zu veröffentlichen, letztlich aufgegeben –, sondern vor allem dürfen wir sie als neues und volles Lebensmitglied in unserer Mitte begrüßen. Sie hat ihre Vergangenheit hinter sich gelassen und ist nun eine von uns.“ Lucia warf einen vielsagenden Blick zu Ajan. „Möge sie unter unseren Männern den oder die richtigen finden und auch mit ihren Nachkommen zum Fortbestand der Kolonie beitragen. Liebe Claire, du bist allen *Sharern* in *Aeterna* willkommen und somit in unsere Kreise aufgenommen.“

Von allen Seiten waren Beifallsbekundungen zu vernehmen und Claire erkannte in den begeisterten Blicken auch, dass man nun eine Entgegnung von ihr erwartete. Sie erhob sich langsam und während sich rundum gespannte Stille ausbreitete, bemühte sie sich, passende Worte zu finden.

„Ich bin es nicht gewohnt, große Reden zu halten, aber eine kleine schaffe ich vielleicht.“ Sie sah in die Runde, blickte durch die hohen Fensterscheiben zum See, der bereits im tiefen Blau der nahenden Nacht lag, und sagte: „Ich bin angekommen. In einer Heimat der Seelen, der Heimat meiner Seele.“ Sie blickte zu Ajan. „Ob ich so bald schon für Nachkommen werde sorgen können, will ich mal dahingestellt lassen“, sie blickte reihum, in lachende Gesichter, „doch will ich gern mein Bestes dazu beitragen.“ Auch Ajan lächelte sie nun an. „Meinen Plan, über *Share* zu berichten, habe ich, das stimmt, erst einmal aufgegeben. Unglückliche Umstände haben dazu beigetragen oder wäre es treffender zu sagen: die Führung des Feldes? Ich weiß es nicht. Es wird sich zeigen. Nach wie vor glaube ich jedoch, dass Errungenschaften und Erkenntnisse der Kolonie allen Menschen zugänglich sein sollten und das rund um den Planeten. Daran werde ich weiterarbeiten und die Gründer wie auch den Rat der jungen Hohen über jeden meiner Schritte auf dem Laufenden halten. Ich danke euch allen und, wenn ich mir erlauben darf, den ehrwürdigen Gruß der Kolonie auszusprechen: Möge das Feld uns in *Aeterna* führen.“

Der Beifall für ihre Worte war noch herzlicher, als der zuvor für Lucias. Claire nahm Platz, blickte zu Ajan und bekam ein zustimmendes Kopfnicken als Bestätigung, es gut gemacht zu haben. Die Gläser wurden gehoben, das kleine Fest konnte beginnen.

Viel später am Abend saßen Claire und Ajan auf den Holztreppen vor dem Gemeinschaftshaus. Sie hatten eine Flasche Wein ins Freie mitgenommen, aus der sie nun abwechselnd tranken. Claire war während Lucias Rede zu Beginn des Abends nicht entgangen, dass die Mitglieder des Rates einander immer wieder kritische Blicke zugeworfen hatten. Darauf hatte sie Ajan nun angesprochen.
„Das ist nicht so ganz einfach zu erklären. Es geht um dieselben Themen und Fragen, die auch mich beschäftigen." Sie sah ihn an. „Etwas stimmt daran nicht."
„Woran?"
„Dass du deinen Artikel nicht veröffentlicht hast. Weißt du, Marc hat es vorhergesehen. Und niemals, verstehst du, niemals zuvor ist, was wer gesehen hat nicht auch eingetroffen. Mit anderen Worten, entweder irrt er sich zum ersten Mal oder etwas anderes steht uns bevor."
„Was denkst du?"
„Ich weiß es nicht. Meine Träume und Visionen dazu sind vage und ich bin noch nicht dazu gekommen, mit ihm darüber zu reden. Eines solltest du jedenfalls noch wissen: Der Rat hat die Veröffentlichung stets befürwortet. Wie auch du glauben wir, dass *Share* sich öffnen muss. Schon allein deshalb, um nicht den Weg aller Privilegierten zu gehen, nämlich sich abzuschotten und das Elend der Welt den Armen, Schwachen oder weniger Bemittelten zu überlassen."

„Was also soll ich tun? Oder besser: kann ich tun?“

„Erst einmal nichts. Jetzt gönnst du dir ein paar ruhige Tage. Du hast ja schließlich, wenn ich dein Feld richtig gelesen habe, einiges mehr zu verarbeiten als nur die Ablehnung deines Artikels.“

Claire sah ihn mit einem traurigen Lächeln an.

„Du weißt, ich bin jederzeit für dich da, wenn du reden oder laut denken oder fühlen willst.“

„Ich weiß, danke.“

„Gut. Dann gehen wir jetzt zurück zu den anderen. Oder willst du, dass ich dich zu deinem Haus begleite?“

„Sei mir nicht böse, aber ich habe genug für heute. Ich werde allein gehen. Wäre das in Ordnung?“

„Solche Fragen brauchst du mir nie zu stellen.“ Er sah sie liebevoll an.

„Ich danke dir.“

„Und du musst dich auch nie mehr in deinem Leben für etwas Selbstverständliches bedanken“, sagte er sanft und fügte grinsend hinzu: „Geh ruhig. Ich bleibe hier noch ein wenig sitzen und leere die Flasche.“

Claire stand auf, ging zwei Stufen nach unten, drehte sich zu ihm um und küsste ihn kurz auf den Mund. Dann lief sie in Richtung ihres Häuschens davon.

„Diesen Dank lass ich mir immer gefallen“, rief Ajan ihr lachend hinterher und freute sich, ihre bezaubernde Silhouette im Mondlicht, vor dem funkelnden Wasser, entschwinden zu sehen.

# 25

Jerome wollte keine Zeit verlieren. Sein Zorn trieb ihn an, der genährt wurde von der Kränkung des männlichen Stolzes, einer schlaflosen Nacht in Panik vor bleibenden Schäden und der Scham, sich vor dieser Frau jede nur erdenkliche Blöße gegeben zu haben.

Er würde ihr nicht verzeihen, sondern sich im Gegenteil an ihr rächen.

Und das würde ihm am besten gelingen, wenn er zerstörte, dem sie verfallen war: ihre so geliebte und verteidigte *Kolonie des Glücks*. Jetzt sollte sie ihn erst recht kennenlernen.

Mit den zusätzlichen Fakten, die er sich, per Mail von Claires Pad aus, zugeschickt hatte, machte der Stoff auch tatsächlich etwas her und schien ihm ausreichende Inhalte für eine gute Story zu bieten.

Er arbeitete sich akribisch durch jede Notiz, las über die Lehren von *Share*, versuchte Einblicke in die Techniken des *Drüsens* und *Seelens* zu erlangen, die ihm als Gehirnwäsche mit eindeutig sektiererischen Tendenzen erschienen, erfuhr zudem, unter welch lebensbedrohlichen Umständen sie erlernt werden mussten, extrahierte das links-anarchistische Gedankengut aus den Scans zahlreicher alter Schriften der Gründer, leitete daraus die religionsfeindlichen Ansätze ab, stieß auf die Befürwortung der Vielehen und polyamoren Beziehungen, verfiel dem Glauben, daraus auf eine Abkehr von jeglicher Sitten- und Tugendhaftigkeit schließen zu können, und wusste obendrein, wie sich auch aus der Völkervermischung

ein strategischer Vorteil würde ziehen lassen, da diese gerade in jüngster Vergangenheit, bis weit in liberale Kreise hinein, an den Pranger gestellt worden war.
Drei Tage nach dem beschämenden Zwischenfall mit Claire in seinem Penthouse hatte er den Artikel schließlich fertiggestellt.
Von Claires ursprünglicher Fassung war so gut wie nichts übrig geblieben.
Das Positive und Hoffnungsvolle war weitestgehend verschwunden, stattdessen las er sich wie die Beschreibung einer bedrohlichen, linksradikalen Terrorzelle mit Sektencharakter, auf einer Insel im Atlantik, deren exakten Standort er ebenso enthüllte wie zahlreiche Namen der Gründerfamilien und ihre Methoden der Gehirnwäsche.
Dabei war Jerome raffiniert genug, es so wirken zu lassen, als würde der Urheber des Artikels auf subversive Weise mit den Ansichten der Inselbewohner sympathisieren.
Einen Tag später gab er den Layoutern die Anweisung, den Beitrag auf Seite zwei und dazu noch ganzseitig unterzubringen. Er fügte missverständlich deutbare Fotos hinzu und plante zu allem Überfluss, nachdem die Tagesausgabe morgen erschienen sein würde, eine Aussendung in voller Länge an Agence France Press, die den Artikel dann in die halbe Welt verteilen würde.
Unter all das ließ er den Geburtsnamen von Claire setzen – auch von ihrem Vater hatte er endgültig genug – und bestand bei seinen Untergebenen sogar darauf, den Namen diesmal, ausnahmsweise, fett zu drucken.

Sollte die Familie Boulanger Probleme machen, würden ihn die Firmenanwälte, bei der Beweislage des Recherchematerials, zweifelsfrei entlasten können.
Danach war er äußerst zufrieden mit sich, verschwand auf die Dachterrasse des Redaktionsgebäudes, zündete sich seit Langem wieder eine Zigarette an und erklärte den Lebensabschnitt mit Claire Boulanger für beendet.

Yves Montagnier, der persönliche Assistent des Staatssekretärs, stand, einen Tag später, am Schreibtisch seines Chefs und wartete auf weitere Anweisungen.
Gleich am Morgen, nachdem er die tagesaktuelle Weltpresse studiert hatte, war er zu ihm geeilt und hatte ihm die schlechten Neuigkeiten überbracht. In diesen Tagen war die Lage kritisch. Der letzte Einsatz der Streitkräfte in Gibraltar hatte keine nennenswerten Ergebnisse gebracht und war allgemein als Rückschlag gewertet worden. Zahlreiche politische Gegner von François Boulanger hatten das ausgenutzt, um lauthals gegen den überalteten, konservativen Handlanger der rechtstendenziösen Regierung Stellung zu beziehen. Dieser Artikel seiner Tochter würde zusätzlich Öl ins Feuer gießen. Nun mussten schnell Gegenmaßnahmen ergriffen und Krisenmanagement betrieben werden. Eine Pressekonferenz sollte umgehend einberufen werden, in der sich Boulanger deutlich von seiner Tochter zu distanzieren hatte, und zusätzlich sollte eine neue, vielversprechende Offensive an einem völlig anderen Schauplatz angekündigt werden, um davon abzulenken.
Das alles hatte Yves Montagnier, in seiner üblichen unterkühl-

tem Art, dem Staatssekretär bereits vorgeschlagen, noch bevor er ihm die Ausgabe von Le Monde überreicht hatte.
Dieser hatte den Redefluss seines Assistenten schließlich mit einer überdrüssigen Geste gestoppt und sich in die Lektüre des Artikels vertieft.
Nun saß er schon eine Weile mit offenem Mund da und starrte vor sich hin, oder blickte in Richtung des Kaminsimses – so genau konnte Montagnier das nicht erkennen.
Claires Vater war mit seinen Gedanken in eine lang vergangene Zeit entschwunden.
*Étienne und Lucia Santos*. Die Namen hallten in seinem Kopf wie das Echo eines Schusses, der ihn zu Tode erschrocken hatte. Es war ein einziger Schock.
Nun blickte er zu dem vergilbten Foto auf dem Kaminsims, das dort, zwischen anderen, hervorlugte und fühlte sich zurückversetzt in jene Zeit vor über vierzig Jahren, als Lucia seine Geliebte gewesen war, die über alles angebetete, einzige große Liebe seines Lebens, die er damals hoffte bald schon heiraten zu können. Nach der Schulzeit hatte er ein halbes Jahr lang gemeinsam mit Étienne und ihr auf La Gomera verbracht.
Ohne, dass François es bemerkt hatte, waren Étienne und Lucia einander irgendwann ebenfalls nähergekommen – schließlich war die freie Liebe angesagt – und hatten ihm dann, an einem Abend, im Rausch aus Alkohol und Cannabis, ihre Liebe gestanden und ihre Absicht erklärt, auch eine Beziehung miteinander eingehen zu wollen. François könnte doch mit ihnen leben, eine *Liaison à trois* sozusagen, und er solle sich

mit ihnen freuen und das Leben und die Liebe feiern. *Peace and Love – forever, for everyone.*
François hatte es mitten ins Herz getroffen. Doch dieser damalige Schlag war nichts gegen den jetzigen. Denn diesmal ging es um seine Tochter, die zweite große Liebe seines Lebens, die er nun ebenso an den verhassten Étienne verlieren sollte.
Hatten die beiden doch tatsächlich eine Kolonie von Aussteigern auf irgendeiner Hippie-Insel gegründet und dort ihre fragwürdige Existenz aufgebaut. Und scheinbar hatte Étienne dann den Namen von Lucia angenommen. Ja. Das klang ganz nach ihm. All das linke, emanzipatorische Gewäsch, die Abkehr von jeglicher Tugend und Moral, das Sektiererische, das dem charismatischen, weltgewandten Étienne schon in die Wiege gelegt worden war.
Ein einziges Mal in seinem Leben hatte François ihn übertreffen können: Als er die Liebe jener, der schönsten aller Frauen, gewinnen konnte.
François war damals, nur einen Tag später, von La Gomera abgereist. War nach Paris zurückgekehrt, hatte sich auf der Universität umgesehen, sich für ein Jurastudium entschieden, war politisch in diversen Studentenverbindungen tätig geworden, hatte so begonnen, seine Seilschaften zu knüpfen, und war schließlich gleich nach dem Studium in die Politik gegangen. Er hatte eine hübsche Vorzeigefrau aus bestem Haus geheiratet, die er zwar nie geliebt, die ihm aber Claire geschenkt hatte.
Er hätte es bis zum Präsidenten bringen können, doch das hatte ihn nie interessiert. Er wollte eine andere Form von Macht, eine direktere, unmittelbarere, die ihm schließlich Hebel in die

Hand geben sollte, die er nun seit Jahrzehnten erfolgreich hinter den Kulissen bediente. Nach seinem Ermessen und ohne je an vorderster Front dafür geradestehen zu müssen; als Mitläufer in der Öffentlichkeit verrufen, als letztentscheidender Beamter, und vor sich selbst, in direkter Machtbefugnis.

Heiß loderte nun der alte Hass erneut in ihm auf. Étienne! Das würde er unter keinen Umständen zulassen. Und dieser Artikel, bei dem zweifelsohne Jerome seine Finger im Spiel haben musste, denn beinahe nichts davon klang nach seiner Tochter, gab ihm schließlich jedes Recht einzugreifen.

Er tippte auf sein Pad, um den Wandscreen hinter sich zu öffnen, drehte sich in seinem Sessel der Projektion zu, lud die aktuellen Dateien über die auf Gibraltar stationierten Streitkräfte hoch, las den tagesaktuellen Stand der Operation ab: Ein halber Helikopterverband, das hieß, fünf einsatzbereite und voll bestückte Kampfhubschrauber des Typs Eurocopter EC725, war noch immer vor Ort. Er wies seinen Assistenten Montagnier an, eine sichere Leitung zum befehlshabenden Offizier auf Gibraltar herzustellen, um ihm per Videokonferenz seine Marschbefehle erteilen zu können.

Die Insel im Atlantik würde der neue Schauplatz einer vielversprechenden Militäroperation gegen eine, mit Sicherheit, gefährliche Terrorzelle werden, die seinen guten Ruf wiederherstellen würde und zu deren Aushebung seine Tochter auch noch wertvolle Informationen geliefert hatte. Das würde sich auch pressetechnisch hervorragend verkaufen lassen.

Und das Wichtigste daran war: Er würde sie nach Paris zurückholen, sich zugleich an Étienne rächen und Lucia beweisen

können, dass sie damals, letztlich, die falsche Entscheidung getroffen hatte.
Auf dem Bildschirm vor ihm erschien nun das Gesicht eines seiner treuesten Untergebenen.
Es brauchte nur wenige Worte, um die *Operation Sharedown* ins Rollen zu bringen.

# 26

Claire hatte Ajans Vorschlag, sich ein paar Tage Zeit zu gönnen, gern angenommen.

Gleich am zweiten Tag jedoch hatte sie ihn gebeten, auch die anderen *Sharer* darüber zu informieren – sie wollte auf keinen Fall für faul oder nachlässig gehalten werden. Ajan hatte ihr daraufhin versichert, dass keiner der *Sharer* von einem anderen mehr erwarten würde als dieser von sich selbst und dass es völlig legitim und Brauch wäre, sich so viel Zeit für sich zu nehmen, wie man gerade benötigte. Müßiggang läge nicht in der Natur des Menschen, dessen größter Antrieb, neben dem der Fortpflanzung und Selbsterhaltung, die Schaffenskraft wäre. Und selbst Müßiggang in Anbindung an das Feld würde ausreichen, um seinen Teil zu Lebenserhaltung und Fortschritt beizutragen. Auch meditierende Mönche in einem Bergkloster leisteten schließlich nicht viel mehr und damit doch Wesentliches.

Und sollte man Zeit brauchen, um große Veränderungen im Leben zu verarbeiten, so drängten die *Sharer* sogar darauf, sich mehr Zeit als nötig dafür zu nehmen, da erst ein Gefühlskörper, der sich im Ausgleich befand und sich neu orientiert hatte, offen und bereit war, um anderen in *Aeterna* zu begegnen. Jede Zeit des Rückzugs galt somit automatisch als Zeit des Fortschritts.

Niemand verlangte also etwas von ihr oder erwartete ihre Hilfe, Lernbereitschaft oder Produktivität.

Wie wunderbar und doch auch ungewohnt. Zwei weitere Tage

lang war es Claire schwergefallen, ihrer Gewohnheit, täglich Leistung zu erbringen, zu entgehen.
Doch mit jedem Tag gelang es ihr schließlich besser.
Sie schlief immer mehr und immer länger, spazierte zu den Feldern, um mit Mia zu tratschen, besuchte Ajan im Haus der Heiler, aß mit ihm am Ufer zu Mittag oder am Abend in der Runde mit anderen. Sie erzählte ihm ein wenig von den Ereignissen in Paris, ließ es dann aber auch wieder gut sein – selbst er musste schließlich nicht jedes Detail kennen.
Mit jedem Tag fühlte sie sich besser und besser.
Bald begleitete sie Lucia wieder zu den Felsen und Höhlen, um mit ihr und den Kindern das *Drüsen* zu vertiefen; suchte ihren Torplatz am Kraterrand über dem Lorbeerwald auf, um sich erneut im *Seelen* zu üben; nahm zum ersten Mal am Gefühlskarussell teil, in dem die erfahrenen *Sharer*, teils aus Spaß, teils zur Übung, alle erdenklichen Stimmungen, Gefühle, Emotionen und Affektzustände in schneller Abfolge durchlebten; verfolgte als Zuschauerin ein Diskursforum in der Schule des Geistes, in dem engagiert neue Thesen vorgetragen wurden, die dann von anderen widerlegt oder weiterentwickelt werden mussten; wohnte in der Schule des Herzens einer Vorlesung über die sieben Formen der Liebe bei und erfuhr zum ersten Mal, was es mit dem siebten Himmel auf sich hat; über all dem blickte sie mit Spannung und Vorfreude auf die kommenden Monate, in denen sie auch alle anderen Schulen der *Sharer* kennenlernen und durchlaufen würde.
So verlebte sie eine erste friedvolle und erlösende Woche in ihrer neuen Heimat.

Am Vormittag des achten Tages klopfte Ajan an ihre Tür, um sie zu einer, am Abend zuvor vereinbarten, Zweitageswanderung abzuholen. Sie wollten jene Felsformation über dem kleinsten der Kraterseen besuchen, die von den *Sharern* als *Aeternas Wiege* bezeichnet wurde. Dort war es nicht nötig, auch nur einen Gedanken an die Technik des *Seelens* zu verschwenden. Die Dichte des Feldes, hieß es, wäre an diesem Ort so hoch, dass sich schon nach wenigen Augenblicken alle Torquellen des Körpers wie von selbst öffneten.
Claire war gespannt, voll Vorfreude und stand in Jeans und Hemd und ihrem mit Proviant und Ersatzbekleidung gefüllten Rucksack strahlend und abmarschbereit in der Tür. Die Nacht würden sie vor Ort in einer geräumigen Höhle verbringen und Ajan hatte dafür auch Matten und Decken in einen Seesack gepackt.
Als die beiden sich nun gut gelaunt auf den Weg machten, da und dort noch herzlich angesprochen wurden und, an vielen lachenden Gesichtern vorbei, in den Lorbeerwald schritten, hätte niemand erahnen können, dass der letzte Tag der Kolonie angebrochen war.

Was nicht ganz stimmte.
Denn an diesem Morgen war Marc früher als alle anderen aufgewacht, hatte leise, um Mia nicht zu wecken, das Bett verlassen und war an den See vor dem Haus getreten.
Mit seinen halblangen, blonden Haaren, den beinahe milchigblauen Augen, dem unter den Haaren unauffällig vergrößerten Hinterhaupt und seinen kräftigen, langen Gliedmaßen sah

er ein wenig aus wie ein Wesen von einem anderen Stern. In Wahrheit hatte die hohe Entwicklungsstufe der *Sharer* bei ihm nur einen weiteren, kleinen, evolutionären Schritt bewirkt. Aber davon wussten die anderen kaum etwas. Das hatte er stets für sich behalten.

Lange stand er nun am Ufer, hatte in den von grauen Wolkenstreifen durchzogenen Himmel geblickt und sich von diesem segensreichen Ort, seiner und ihrer aller Heimat, verabschiedet.

Er wusste aus Erfahrung: In vielen Fällen war es unumgänglich, sein hohes Wissen für sich zu behalten. Besonders dann, wenn der Seher erkennen konnte, dass die Weitergabe eines Wissens das Vorhergesehene verändern würde. Und das war ihm verboten. Denn das hieße, dem Feld in die Quere zu kommen und den Weg des angemessenen Wachstums zu verlassen. Selbst dann, wenn das Bevorstehende Chaos und Vernichtung bringen würde. In manchen Fällen konnte den Belangen menschlicher Entwicklung einfach nur so und nicht anders Genüge getan werden.

*Denn das Feld ist weder gut noch böse. Es steht den menschlichen Prozessen vorwiegend gleichgültig gegenüber. Es ist, was es ist. Nicht mehr, nicht weniger. Es ist, in sich, nur eine einzige Kraft: die der Entwicklung. Und da alles Negative, Zerstörerische auf lange Sich, Entwicklung verhindert, wird es im Laufe der Jahrtausende weniger und das Gute wird mehr. Und mit ihm wird der Mensch besser. Und je besser der Mensch wird, desto stärker empfindet er, im Augenblick der Anbindung, etwas wie Liebe. Oder die Ahnung jener grenzenlosen, freundlichen Kraft, die ihn trägt, ihn umhüllt, ihn durchdringt und die ihn voranschreiten lässt, bis er zurückkehren darf und: weit darüber hinaus.*

Marcs Vermögen, das Feld zu erkennen und dessen Wirkungsweisen zu verstehen, überragte das der anderen Mitglieder, des Rates und auch der Gründer um einiges. Doch auch er wusste noch lange nicht alles. Immerhin aber genug, um weise damit umzugehen, denn:

*Aus höchstem Wissen geht unumstößlich höchste Verantwortung hervor.*

Viele Wege kannte Claire nun selbst schon wie ihre Westentasche. Lange Zeit wanderte sie an Ajans Seite in Richtung des Kraters, unter dessen Rand sie mittlerweile bereits Stunden verbracht hatte. Bevor die beiden dort jedoch ankamen, verließ Ajan die ausgetretenen Pfade, führte sie querfeldein durch struppiges, hüfthohes Steppengras in kleine Täler sowie über sanfte Blumenhügel und steuerte einen anderen, weit abgelegenen Vulkankegel an.

In diese Richtung ging es nun lange dahin. Nach gut vier, fünf Stunden Wanderung, mit wenigen kurzen Pausen, legten sie eine Rast auf einer felsigen Anhöhe ein. Sie setzten sich auf eine flache Stelle, von der aus man die darunter liegende Ebene, die sie gerade durchwandert hatten, gut überblicken konnte.

Claire holte etwas Proviant aus dem Rucksack, reichte Ajan eine der Bierflaschen und eines der belegten Brote. Auch für sich holte sie ein Brot hervor, freute sich aber vor allem auf einen kräftigen Schluck Bier, das zwar nicht mehr kalt, aber, ganz unten im Rucksack, zumindest kühl geblieben war.

Claire wollte gerade zum Trinken ansetzen, als sie, nicht weit entfernt, im Tal unter sich eine kleine Menschengruppe ausmachen konnte.
„Ich wusste gar nicht, dass die Insel noch andere Bewohner hat.“
„Hat sie auch nicht“, entgegnete Ajan.
„Aber diese da unten gehören nicht zur Kolonie, oder täusche ich mich?“
Ajan blickte in die Richtung, die sie ihm wies, und sein Blick wurde ernst.
„Du täuschst dich nicht. Das sind Fremde. Doch das ist äußerst ungewöhnlich.“
Claire blickte ihn fragend an.
„Einzelne verschlägt es manchmal hierher, aber es ist noch nie vorgekommen, dass eine ganze Gruppe plötzlich auftaucht. Als wären sie auf einem Ausflug oder einer Erkundungstour. Sie sind auch so gekleidet.“ Er überlegte kurz. „Komm, das müssen wir uns ansehen.“
Sie tranken ihre kleinen Bierflaschen in einem Zug leer, packten ihre Brote wieder ein und liefen, bedacht darauf, nicht entdeckt zu werden, den Hang hinab, bis sie, hinter einigen Felsen, nahe an die Gruppe herangekommen waren.
„Die sprechen Französisch“, flüsterte Claire erstaunt.
„Seltsam“, antwortete Ajan ebenso leise.
„Gehen wir zu ihnen und sprechen sie an?“
„Tun wir das, ja.“
Sie traten hinter den Felsen hervor und gingen über den nahen Pfad auf die Gruppe zu, als kämen sie zufällig des Wegs.

Claire grüßte ihre Landsleute freundlich und erkundigte sich, ganz ungezwungen, was sie denn alle hierher verschlagen habe. Einer der Männer – etwas untersetzt, mit einem Schnauzbart, kurzen Hosen und einem Knautschhut auf dem Kopf – gab ihr Antwort. Sie wären auf einer gecharterten Schiffsreise in der Nähe der Kanarischen Inseln gewesen, als einer von ihnen diesen interessanten Artikel in Le Monde im Netz gefunden hätte. Sie hätten daraufhin spontan beschlossen, den Angaben zu folgen und nach dem beschriebenen Eiland zu suchen.
Claire wurde leichenblass und versteinerte förmlich.
Auch Ajan hatte verstanden.
Während der Mann von einer sagenhaften, utopischen Gemeinschaft schwärmte, die hier in einer versteckten Kolonie im Lorbeerwald leben sollte, sah Ajan zwischen ihr und der Gruppe hin und her und bemühte sich, einen tieferen Blick in die Bewegungen des Feldes zu werfen. Selten hatte Claire ihn so bekümmert gesehen.
Nach wenigen Augenblicken sagte er aufgewühlt:
„Zurück zum Dorf! Los! Folge mir!“

Nachdem sie über gut drei Stunden gelaufen waren, nur die nötigsten Pausen eingelegt hatten und sich kaum noch auf den Beinen halten konnten, erreichten sie die Kolonie schließlich in den späten Abendstunden.
Die Häuser lagen dunkel und verlassen um den See. Nur das Gemeinschaftshaus am gegenüberliegenden Ufer war hell erleuchtet. Es schien eine große Versammlung stattzufinden. Claire musste sich auf Ajan stützen, um diese letzten Meter zurückzulegen.

Als sie die Doppelflügeltüre in den großen Saal öffneten, richteten sich alle Blicke auf sie. Die Stille war unheimlich. Claire blieb noch kurz bei Ajan stehen, wurde aber gleich von Étienne nach vorne, zu einem langen Podium gerufen, auf dem, wie üblich bei großen Versammlungen, die ersten Gründerpaare und der Rat der jungen Hohen Platz genommen hatten.
Claire schritt den Mittelgang zwischen den Reihen in Richtung der Bühne. Sie fühlte sich wie auf dem Weg zu einem Prozess, in dem sie die Hauptangeklagte war. Und dem würde es ja gewiss nahekommen.
Im Vorbeigehen sah sie, dass die Trinkgläser auf vielen Tischen beinahe schon geleert waren. Scheinbar war also bereits lange diskutiert und somit möglicherweise auch ein Urteil gefällt worden. Und diesmal war sogar den *Sharern* die Anspannung anzumerken.
Étienne ergriff das Wort:
„Gut, dass ihr zurück seid.“ Er klang eher erschöpft, denn vorwurfsvoll. „Hier, Claire, lies das. Wir haben viele Fragen an dich.“ Er hielt ihr den Onlineausdruck eines Artikels der heutigen Ausgabe von Le Monde entgegen. Claire griff danach und das Erste, was ihr auffiel, war ihr fett gedruckter Geburtsname unter dem ganzseitigen Artikel. Sie begann zu lesen und schon nach der Überschrift und den einleitenden Zeilen wurde ihr übel. Die Tränen standen ihr in den Augen und mit jeder weiteren Zeile liefen ihr mehr davon über die Wangen.
Sie wischte sich übers Gesicht, um weiterlesen zu können, und hatte den Bericht, Jeromes Bericht, schließlich durch. Unter Schock stand sie da, das Papier glitt ihr aus der Hand, sie

starrte vor sich hin und schüttelte nur noch stumm den Kopf. „Das“, schluchzte sie, in sich gesunken, beinahe tonlos, „das, habe ich nicht ...“

„Das wissen wir, Claire.“ Étienne sprach beinahe väterlich zu ihr. „Wir haben viele deiner älteren Artikel studiert. In keinem einzigen davon hast du je einen Menschen diffamiert. Im Gegenteil. Du glaubst an etwas. Bist die Erste dieser Rebellen der Menschlichkeit, über die du geschrieben hast. Und zudem ist das nicht dein Schreibstil. Wer hat das geschrieben? Woher hat er all diese Fakten und Daten?“

„Jerome, mein“, sie unterbrach sich, „mein Chefredakteur. Er muss“, die Worte kamen nur stockend, wie auch ihre Gedanken, da sie krampfhaft versuchte, sich alles zusammenzureimen, „er muss es in der Nacht, jener Nacht, während ich“, sie schüttelte abermals den Kopf, „da muss er alles aus meinem Pad kopiert haben. Die Daten waren geschützt, ich hätte sie nie, nie verwendet, aber er kennt mein Passwort. Wir waren,“ sie blickte, immer noch unter Tränen, zu Ajan, „ein Paar.“

„Das weiß ich doch längst“, sagte er leise zu ihr gebeugt, „mach dir deswegen nicht auch noch Gedanken.“

„Du willst also behaupten“, ergriff nun Lucia, sichtlich enttäuscht, das Wort, „du hast all diese Informationen über uns zusammengetragen – ohne unser Wissen, nebenbei bemerkt –, und hattest nicht vor, sie zu verwenden?“

„Ich bin Journalistin.“ Claire hob ihren Kopf. „Das ist Teil meines Berufs: Recherche. Ich kann das. Und ich bin gut darin. Doch was man von einem Material verwendet und wann und für oder gegen wen man es einsetzt, untersteht dem

Berufsethos, dem man sich verpflichtet fühlt. Und was ungesagt bleiben soll, wird auch nicht preisgegeben. Das ist Berufsehre."

„Material?" Lucia war aufgestanden. „Du nennst unser Leben, unsere Errungenschaften, ein Material?"

„Lucia, bitte. Setz dich wieder." Étienne hatte sich ebenso erhoben. „Das bringt uns jetzt nicht weiter." Er nickte ihr beruhigend zu und Lucia folgte, nach einem kurzen Blick in den Saal, seiner Bitte. Étienne wandte sich wieder an Claire:

„Da ist noch etwas anderes."

Claire sah zu ihm hoch.

„Wir haben dich nie nach deinem Nachnamen gefragt. Du weißt, wir messen der Vergangenheit unserer Neuankömmlinge keine große Bedeutung bei. In diesem Fall jedoch ist sie von Bedeutung. Deine älteren Artikel sind alle unter dem Namen Claudel erschienen. Nun lesen wir hier: Boulanger." Er seufzte tief, als er den Namen aussprach, und warf einen Blick zu Lucia. „Was davon stimmt nun, oder besser: Wer bist du, Claire?"

„Claudel ist der Geburtsname meiner Mutter. Ihr Großvater war ein berühmter Schriftsteller."

„Paul Claudel?", warf Étienne erstaunt ein.

„Ja. Ihm und vor allem meiner Mutter zu Ehren habe ich diesen Namen als Pseudonym verwendet. Mein richtiger Name ist: Claire Boulanger."

„Und du bist die Tochter von François Boulanger? Dem Staatssekretär des französischen Verteidigungsministeriums?"

Claire nickte nur.

Ein Raunen ging durch den Saal.
Étienne musste sich vorn am Tisch aufstützen. Lucia eilte herbei, um ihm zur Seite zu stehen.
Ajan sah Claire ungläubig an.
Claire begriff nicht, was vor sich ging.
„Claire“, erhob Étienne abermals seine Stimme und kam nun langsam, sich von Lucia lösend, vom Podium herab und auf sie zu, „François, dein Vater“, er stand aufrecht vor ihr und sah sie mit großen Augen an, „ist mein jüngerer Bruder. Lucia“, er wies nach hinten zu ihr, „war die große Liebe deines Vaters, die er, meinetwegen, vor vielen Jahren verloren hat. Und du, Claire, du bist demnach meine Nichte.“ Und dann umarmte er sie zärtlich.
In Claire wurde es völlig still. Sie glaubte erst noch, sich verhört zu haben. Stand nur da, spürte die Umarmung des Mannes, der ihr Onkel sein sollte, sah über seine Schulter zu Ajan, der demnach – *Das darf doch alles nicht wahr sein!* – ihr Vetter wäre. Ajan schien ihr etwas sagen zu wollen, doch Claire wollte nicht noch mehr hören, wollte das alles nicht glauben, konnte es nicht glauben. Da fiel ihr Blick auf Lucia und auf einmal erinnerte sie sich an das eine Foto, über dem Kamin im Arbeitszimmer ihres Vaters und erkannte in ihr die junge, bildhübsche Frau wieder, an deren Seite sie ihren Vater – das einzige Mal in ihrem Leben und das auf einer alten vergilbten Fotografie – glücklich gesehen hatte.
Im Saal war es ebenso still wie in den tiefsten, innersten Räumen von Claires Herz.

Der jähe Lärm von Helikopterrotoren, der rasend schnell anschwoll, unterbrach die Stille. Im selben Moment zerriss eine ohrenbetäubende Explosion den letzten gemeinsamen Augenblick der *Sharer*: Das Ende der Kolonie war angebrochen.
Was nun folgte, war ein einziger Albtraum.
Nach dem ersten Schrecken, der alle in Schock versetzt hatte, brach Chaos aus. Étienne lief zurück zu Lucia, wollte Claire mit sich ziehen, doch diese blieb wie angewurzelt stehen. Noch bevor sie und die *Sharer* zu einer Entscheidung fanden, was jetzt zu tun wäre, erschütterte eine weitere Explosion das Gemeinschaftshaus und brachte Teile der hinteren Holzwände zum Bersten, deren scharfe Splitter teils weit in den Raum hineinschossen und die einige trafen. Schmerzensschreie und Panik machten sich breit, doch immer noch kam keine Bewegung in die Gruppe, außer von denen, die den ersten Verletzten zu Hilfe eilten. Auch Ajan lief zu einem seiner Freunde aus dem Rat, den es getroffen hatte.
Ein klaffendes Loch aus zerfaserten, brennenden Holzteilen gab den Blick auf den Lorbeerwald frei. Von draußen waren Maschinengewehrsalven zu hören und aufeinanderfolgende kleinere und größere Explosionen. Aus den Helikoptern schienen die Angreifer das ganze Dorf zu bombardieren, wohl in der Annahme, damit auch seine Bewohner zu eliminieren.
Claire sah im Augenwinkel, dass Marc sich zu Étienne und Lucia begeben hatte, sich zu ihnen beugte und, nach einem kurzen zustimmenden Nicken von Étienne, seine Stimme erhob: „Teilt euch in Gruppen auf! Je ein Gründerpaar oder einer der jungen Hohen führen die Gruppen an!“, schrie er laut über

den tosenden Lärm hinweg. „Und dann: Flieht! Widerstand ist zwecklos! Flieht auf allen Routen, die von der Kolonie wegführen. Schlagt euch zu den Schiffen durch und rettet euch aufs offene Meer! Rennt um eure Leben! Möge das Feld in *Aeterna* mit euch sein! Los! Jetzt!“

Und, als wäre es ein lange zuvor vereinbartes Zeichen, folgten alle dem wahren, dem jungen Anführer von *Share* und drängten, trotz allem Chaos sonderbar geordnet, zu der durch die Explosion aufgerissene Rückwand und strömten aus dem Saal.

Claire nahm den entgegengesetzten Weg.

Denn während die Explosionen und Bewegungen nach Marcs Anweisung ihren Höhepunkt erreicht hatten, war ihr klar geworden, wer und was hinter diesem Angriff stand. Es musste sich also tatsächlich um ihre Landsleute handeln, die den Befehlen ihres Vaters folgten. Und vielleicht saß er ja selbst in einem der Hubschrauber und beobachtete das Geschehen. Doch warum ließ er das Dorf dann auf diese Art angreifen? Konnte es sein, dass er sogar ihren, seiner Tochter Tod wollte? Das konnte sie sich nicht vorstellen. Also musste wohl einer der übereifrigen Kommandanten auf eigene Faust gehandelt haben oder seinem Auftrag allzu pflichtbewusst nachkommen. Jedenfalls war ihr klar, dass sie persönlich niemand angreifen würde. Zudem lag die ganze Schuld bei ihr und sie war auch die Einzige, die diesen Wahnsinn beenden konnte. Also preschte sie, während die *Sharer* den Raum durch die zerborstene Rückwand verließen, zur großen Eingangstür vor, öffnete sie nur einen Spalt breit und lief, in den Himmel winkend und schreiend, auf den näherkommenden Strahl eines

Suchscheinwerfers zu. Ajan, der ihren Plan sofort durchschaut hatte, war ihr, nachdem er seinen verwundeten Freund einem der anderen Heilkundigen überlassen hatte, sofort hinterhergerannt, um sie davon abzuhalten.
Als er sie eben eingeholt hatte – und es war ihm, als wäre auf den letzten Metern seines Weges plötzlich eine seltsame Stille eingekehrt –, sah er im Augenwinkel das Aufblitzen eines Mündungsfeuers an dem Helikopter und warf sich instinktiv vor Claire in die Schussbahn. Sein Körper wurde herumgerissen und er stürzte, wie leblos, vor ihren Füßen zu Boden.
Seine Augen standen offen und noch während Claire an seiner Seite in Ohnmacht fiel jagten ihr einzelne Worte durch den Kopf: *diese Augen. Mein Geliebter. Mein Blut. Mein alles. Alles. Meine Schuld.* Dann wurde es schwarz und kalt in ihr.

# 27

*Lodernde Feuer.*
*Fliehende Menschen in Wäldern.*
*Ein Streiflicht vom Himmel herab.*
*Das tiefe Brummen der Rotorblätter.*
*Dann:*
*plötzlich Stille.*
*Ein Schuss.*
*Ein einzelner tödlicher Schuss.*
*Und dann:*
*nur noch Blut.*
*Das Blut auf ihren Händen.*

Claire fuhr mit einem Schrei aus dem Albtraum. Sie hielt sich am Holzrahmen der Pritsche fest und rang entsetzt nach Luft. Schweiß lief ihr übers Gesicht. Oder waren es Tränen, Bäche von Tränen? Sie spürte die nass geschwitzte Kleidung an ihrem Körper kleben, nahm zugleich das Schwanken des Schiffsrumpfes wahr und fühlte sich für einen Moment zurückversetzt in eine lang, so lang, so schnell vergangene Zeit. Das Bewusstsein fiel über sie her wie ein reißendes Raubtier und verschlang sie noch im selben Moment. Sie stürzte nach oben an Deck, blickte sich um, konnte jedoch nichts anderes erkennen als Schwärze, die dunkelste, tiefste Schwärze einer sternlosen Nacht.
Ein Mann kam auf sie zu und sie erschrak ein weiteres Mal. Erst, als das spärliche Licht aus der Kajüte auf ihn fiel, erkannte

sie Jorge, der sie nun vorsichtig umarmte.
„Ich muss“, stöhnte sie, „muss zu ihm. Zurück. Sofort.“
„Wir sind schon viel zu weit auf dem Meer.“
„Warum habt ihr mich nicht bei ihm gelassen?! Mich mit ihm sterben lassen?!“
„Auch nur ein Menschenleben zu vergeuden, widerstrebt dem Feld. Noch dazu ein Leben wie deines.“
„Was redest du?! Das alles ist meine Schuld!“
„Das Gegenteil ist der Fall: Es ist dein Geschenk an uns.“
Claire glaubte sich in diesem Moment einem Wahnsinnigen gegenüber und sackte erschöpft und haltlos zusammen. Jorge fing sie auf und legte sie sachte auf die Planken des Decks.
„Ajan. Étienne“, flüsterte Claire, während sie still zu weinen begonnen hatte. „Ich muss zurück zu ihnen. Bitte.“
„Selbst, wenn ich wollte, es geht nicht. Es würde uns alle erneut in Gefahr bringen.“
„Uns alle?“
„Wir sind über zwanzig auf diesem Schiff. Und ich denke, die meisten anderen *Sharer* haben es ebenso zu den Schiffen rund um die Insel geschafft.“
„Und Ajan?“
Jorge sah sie an und schüttelte langsam, kaum sichtbar, den Kopf.
Claire wurde von einem heftigen Weinkrampf gepackt und fiel kurz darauf abermals in Ohnmacht.

Nachdem die letzten Brandbomben abgeworfen, die letzten Gewehrsalven verklungen waren und der Kreis aus brennenden

Häusern rund um den Kratersee die Nacht zum Tag gemacht hatte, setzte ein großer Transporthelikopter, etwas abseits vom Gemeinschaftshaus, zur Landung an. Die Luftverdrängung der Rotoren peitschte den Wind bis hinüber zu der kleinen Gruppe von Menschen, die über einen am Boden liegenden Körper gebeugt, einander umarmend, zusammenhockten.

Als der Hubschrauber am Boden zum Stillstand gekommen war, wurde eine der großen Seitenschläge nach innen geschoben. Ein hagerer Mann stieg aus und betrat die verbrannte Erde der ehemaligen Kolonie des Glücks. Trotz der gebückten Haltung eines Greises wirkten seine Züge um vieles jünger, sogar jetzt, da sie aus Zorn und Gram verzerrt schienen. Bevor er auf die kleine Gruppe zuging, blickte er sich kopfschüttelnd um und betrachtete das Inferno. Für diese Missachtung seiner ausdrücklichen Befehle – effektiv vorzugehen, doch ohne jedes Risiko auf menschliche Verluste – würde er den verantwortlichen Kommandanten ans Kreuz nageln.

Er schritt auf die paar Menschen zu und schon im Näherkommen erkannte er, im flackernden Licht der brennenden Häuser, die gealterten Gesichter seines Bruders und der ehemals so geliebten Frau. Er blickte auf den am Boden liegenden Körper eines jungen Mannes. Aus dem Verhalten der beiden schloss er, dass es sich um ihren Sohn handeln musste. Er sah in die Gesichter der drei anderen Alten, erkannte jedoch keines von ihnen wieder. Er drehte sich um, spähte über die Häuser, in den Wald, fand nicht, wonach er suchte, und wandte sich mit kalter, brüchiger Stimme an Étienne:

„Wo ist sie?“

Étienne sah seinen jüngeren Bruder an und empfand, trotz allem, Mitleid.
„Du kommst zu spät. Sie ist mit den anderen geflohen. Aufs Meer."
François blickte ihm lange, ohne sichtbare Reaktion in die Augen. Dann fragte er, auf den leblosen Ajan deutend:
„Euer Sohn?"
Étienne nickte still und es war ihm, als sähe er in den Augen seines Bruders etwas wie Genugtuung aufblitzen, als dieser nun sagte:
„Auge um Auge, nicht wahr?"
Dann wandte François sich ab, ging ein paar Schritte Richtung Gemeinschaftshaus, blieb noch einmal stehen und drehte sich zu Lucia um, die er bislang keines Blickes gewürdigt hatte.
Er wollte etwas zu ihr sagen. Versuchte, es mit Gewalt über die Lippen zu bringen. Doch die Worte fanden nicht den Weg dahin, als würden sie von einer unsichtbaren Kraft daran gehindert, als sollte er daran ersticken müssen. Ein heftiges, keuchendes Husten entfuhr ihm. Mit einer wegwerfenden Geste begab er sich, Schleim spuckend, auf die verzweifelte Suche nach Claire; obwohl er wusste, dass sein Bruder die Wahrheit gesagt hatte und er sie – unter den Trümmern und Ruinen von *Share*, seinem Vermächtnis – nicht mehr finden würde.

Étienne fuhr fort, seine Hände über den immer noch reglosen Körper Ajans zu bewegen. Während der unvermeidlichen Begegnung mit seinem Bruder hatte er die Behandlung unterbrechen müssen. Erneut öffnete er nun seine Torquellen, bezog Leben und Wissen aus dem Feld und ließ es in Ajan einfließen. Seine Hände hatten ihm schon zuvor verraten, dass keine lebenswichtigen inneren Organe betroffen waren. Der Druckverband, den Lucia und er angelegt hatten, kurz nachdem Claire von Jorge davongetragen worden war, hatte die Blutung der Wunde am rechten Unterbauch auch bald zum Stillstand gebracht.

Aus dem Hubschrauber stiegen nun Sanitäter und machten sich mit einer Bahre auf den Weg zu ihnen.

Für einen Augenblick schien es Étienne, als käme auch Bewegung in Ajans Seelenfeld, als wäre es zurückgekehrt in den Körper. Kurz huschte ein Lächeln über sein Gesicht, doch verbarg er es gleich wieder – er wollte Lucia auf keinen Fall falsche Hoffnungen machen. Denn unter diesen Umständen vermochte selbst er nicht mit Sicherheit zu sagen, ob er mit seiner Wahrnehmung richtig lag.

Doch immerhin: Es bestand Hoffnung!

Und schließlich dachte er jetzt seit Langem wieder in seiner Muttersprache:

Le Monde c'est à ceux, qu'espérent – die Welt gehört denen, die hoffen.

Als sich das Licht des neuen Tages über die Insel erhob, war von dem ehemaligen Paradies nichts mehr geblieben. Die einst liebevoll errichteten Bauten glichen Ruinen, die nährenden Felder waren verbrannt, angrenzende Wälder zerstört und Rauchsäulen wanden sich, durch den nun in Faden fallenden Regen, in den Himmel, als stünde ein neuerlicher Ausbruch

der alten, erloschenen Vulkane bevor.
Der große Transporthelikopter hob als letzter ab. Darin Étienne und Lucia Santos, deren Bruder Paolo sowie der leblose Körper von Ajan und noch ein weiteres ehemaliges Gründerpaar, das ihre vertrauten Weggefährten in diesen schweren Stunden nicht allein zurücklassen wollten.
François Boulanger stand, mit unbewegter Miene, gebeugt am offenen Seitenschlag und blickte im Abflug über das Land. Er hatte *Share* zerstört, hatte den Sohn seines Bruders getötet – die einst geliebte Frau war für ihn schon lange zuvor gestorben gewesen –, hatte seine Tochter, die letzte Liebe seines Lebens, nicht finden können und damit auch sie, unwiderruflich, verloren.
Und man hätte meinen können, er würde um sie weinen, wenn nicht seine durch die Operationen erstarrten Gesichtszüge jeden Gefühlsausdruck verhinderten. So lief ihm das Wasser wie Tränen über die Wangen und sogar er selbst wusste nicht, ob es nicht vielleicht doch nur der Regen war.
Ihm war keine Hoffnung geblieben. Obwohl sie auch sein wie das Leben jedes Menschen gelenkt hatte. Stets und bei jeder seiner Entscheidungen hatte er im Glauben gehandelt, das Leben erhalten, seine Tochter, sein Land beschützen zu wollen. Doch in Ermangelung besseren Wissens war ihm nur die Gewalt geblieben, um Gut von Böse zu trennen.
So geschah es seit Menschengedenken, so würde es ewig bleiben, solange die Menschen ihren Herzen und nicht ihren Seelen folgen würden.

Das Feld hatte, wie seit Äonen, alle Ereignisse, gleichgültig, aus sich hervorgebracht und wieder in sich aufgenommen.
Es *war* schließlich alles: das Gute wie das Böse, der Hass wie die Liebe.
Doch die *Sharer* hatten überlebt.
Und so schritt die Entwicklung voran.
Und nur das zählte.
Und damit blieb es doch wieder:
Liebe.

# VI

# Der siebte Himmel

# 28

Ein Großer Brachvogel zieht, auf dem Weg zu seinen Brutstätten, Kreise über Island.

Er kennt die Route des Fluges genau; weiß sie aus den Untiefen seines Blutes seit Generationen. Die Späher seines Volkes haben sie schon vor Jahrhunderten ausgekundschaftet und die Sippen waren ihnen gefolgt, haben ihre Heimat hier errichtet, stets aufs Neue, Jahr für Jahr – den Hort der Vermählung, der Geburt, der Jugend.

Und könnte der Große Brachvogel erzählen von dem, was er sieht, würde er von den grandiosen, immer noch unberührten Weiten berichten, den Wasserfällen, den heißen Quellen, den Graten der Bergkämme, den erloschenen und aktiven Vulkanen und von den schroffen Küsten, an die das Meer brandet.

Und er würde erzählen von der Liebe, die er zu diesem Land empfindet, jener völlig freien, leidenschaftslosen, unbedingten Liebe, wie sie nur Tieren zueigen ist und wenigen erleuchteten Menschen.

Und schließlich von dem Tal, das er durchsegelt, und dem kleinen Dorf, in dessen Nähe er auf der Wiese einer Farm landet, mit einem roten Holzhaus, dessen Giebeldach bis an den Boden reicht, und einem gelben Schuppen und einer blauen Laube.

Und er würde von Claire erzählen, die ihm dort entgegenkommt, mit einer Dose voll Schnecken und Würmern, die sie ihm einzeln zuwirft. Auch dies eine Form jener Liebe, *Aeterna*, jener unbeschreibbaren Verbindung, die Wesen eingehen, sobald sie sich im allumfassenden Seelenfeld begegnen.

Von all dem würde der Brachvogel erzählen, wenn er sprechen könnte. Was ihm jedoch unwichtig erscheint.
Die Stimme eines Jungen ruft nach Claire. Es ist Amid, mittlerweile kräftig und zwölf Jahre alt, der nun hinter ihr aus dem roten Haus zu ihr läuft.
Sie hätte doch versprochen, auf ihn zu warten, bevor sie Onkel Ahmed, damit meint er den Vogel, füttert.
Ob der denn seine Rechenaufgaben schon erledigt hätte, fragt sie, Onkel Ahmed hätte schließlich nicht ewig Zeit.
Da würde der Vogel widersprechen, denn für ihn gäbe es nur die Ewigkeit, die in jedem Augenblick enthalten wäre. Doch auch da schweigt er, wie um großmütig auf das Sprechen zu verzichten, und überlässt es Claire, sich einmal mehr daran zu erinnern, dass dies hier, seine Fütterung, für Amid um vieles wichtiger ist als Worte und Zahlen auf Papier.
„Ich habe sie schließlich für ihn gesammelt", erwidert Amid.
Claire hält ihm die Dose hin und Amid füttert nun Onkel Ahmed, der ihn an ein fernes Land erinnert, in das er lange zuvor, eines Krieges wegen, fliehen musste, in dem auch sein Vater den Tod gefunden hatte.
Doch davon weiß der Kleine längst nichts mehr, weder vom Krieg noch von seinem Vater, und es ist auch nicht von Bedeutung für ihn, denn er gehört nun einer anderen, einer größeren Familie an.

Am Abend wird im Gemeinschaftsraum des Dorfes ein großes Fest gefeiert. Es ist der Dreijahrestag der neuen Kolonie *Araboth*. Alle Einwohner, über vierzig an der Zahl, sind anwesend.

Jorge und Marisa, die, als erstes Gründerpaar, in diesen Tagen die Führung innehaben, eröffnen den Abend. Sie wechseln einander in ihrer kurzen Ansprache ab, begrüßen alle Mitglieder der großen Familie und übergeben das Wort an Claire, die Ehrengründerin der Kolonie.

Claire, nach den Jahren, gelöst, erfahren und weit im Feld, erzählt von der Flucht aus *Share*, von ihrer Schiffsfahrt den Küsten Frankreichs und Irlands entlang und der weiteren Route bis nach Island.

Wie sie dann den Ort gefunden, wie sie mit Jana in Rom Kontakt aufgenommen hätte und schließlich eine ganze Gruppe von dort eingetroffen wäre und so der Aufbau der neuen Kolonie beginnen konnte.

Claire wäre zwar nie mehr nach Rom zurückgekehrt, doch wäre Rom schließlich zu ihr gekommen.

Sie bedankt sich bei der isländischen Regierung, von der ein hoher Vertreter, der damals ihre Artikel, auch den über *Share*, verfolgt hat und sich ihnen dann – noch dazu frisch in Jana verliebt und darum zum Unterstützer der Kolonie geworden – angeschlossen hat. Dadurch war ihnen auch das Land zugesprochen und sie waren mit den nötigen Mitteln ausgestattet worden, um es zu kultivieren. Sie nickt ihm, dankbar lächelnd, zu.

Claire erzählt auch von den anderen Kolonien, die mittlerweile überall auf der Welt entstanden wären und sich im Austausch mit ihnen befänden. Es dürften nun bereits über dreißig neue Kolonien sein und die Zahl wachse stetig.

Sie senden den, allen so gut bekannten Gruß aus den Tagen von *Share* in die Weiten des Feldes.

Claire spricht abschließend in würdigender Erinnerung von Étienne und Lucia Santos und auch von Ajan, den sie seit diesem Tag vermisst und über deren Verbleib bis heute nichts in Erfahrung gebracht werden konnte. Alle gehen davon aus, dass damals nicht nur Ajan, sondern die ganze Gründerfamilie der Tod ereilt hätte.

Nach einer, gemeinsam geteilten Stille des Schweigens, setzt sie sich zu den anderen.

Das Fest beginnt, ein Geigenquartett spielt auf, zuerst einen langsamen Walzer, dann Lieder voll Freude und Leben. Sie singen, lachen, tanzen bis weit in die Morgenstunden.

Bevor Claire in dieser Nacht zu Bett geht, Amid schläft schon in seinem Zimmer, steht sie noch lange vor ihrem Haus und blickt versunken auf einen der Bergkämme, die das Tal säumen.

Es fällt ihr nicht leicht, die erst wieder so starken Erinnerungen zu beruhigen. Sie kann sich jedoch schnell ans Feld binden, ist mittlerweile so geübt darin, wie es damals nur wenige der jungen Hohen waren, und stößt dort, ganz unvermittelt, erneut auf Ajans Seelenfeld.

Doch auch diesmal kann sie nicht erkennen, in welcher Realität es sich befindet, und wird sich, einmal mehr, bewusst, dass es ihr Verwandter, ihr Vetter ist, den sie vermisst – und nicht ihr Geliebter.

Dann schärft sich ihr Blick in Richtung des Bergkammes mit einem Mal. Denn etwas erreicht sie von dort, etwas, das größer ist als die neue Kolonie, die Welt, der Kosmos, etwas, so groß wie das Feld selbst.

Der Mann, der seit Tagen, den Zeichen des Großen Brachvogels folgend, über das grandiose Land gewandert ist und ebenso dessen raue Schönheit bewundert hat, fühlt, dass hier der richtige Ort sein, dass er endlich fündig werden könnte.
Er schlägt sein Zelt unter dem Bergkamm auf und blickt über das Tal, mit dem Dorf inmitten, weit vorne, unter ihm.
Dorthin würde er morgen weiterziehen und seine Suche fortsetzen.
Er ist ein *Seeker*.
Einer der ersten Söhne von *Share*.
Nur diesmal sucht er nicht nach neuen Mitgliedern für die erste Kolonie, sondern nach seiner Frau.
Sein Name ist Ajan.
Ajan Toméi.
Er hat überlebt.
Der Sohn einer Frau, die vor bald vierzig Jahren auf La Gomera verstorben ist und den seine Adoptiveltern, Étienne und Lucia Santos, die Gründer von *Share*, großgezogen haben. Das war es, was er Claire an jenem schicksalhaften, letzten Abend von *Share* noch so unbedingt hatte mitteilen wollen, wozu ihm jedoch der Fortlauf der Ereignisse keine Chance mehr gelassen hatte.
Die vergangenen Jahre war er, aus Zuneigung und Dankbarkeit, an der Seite seiner Zieheltern geblieben, zuerst in Verhörräumen, schließlich im Asyl auf einem Landgut in der Provence – einer anderen neuen Kolonie –, bis die Zeit reif war, um sie zu verlassen und sich auf die Suche zu begeben, nach Claire, von der er wusste, dass sie warten würde auf ihn.

Irgendwo auf der Welt, in den Weiten des Seelenfeldes.
Nun steht er vor seinem Zelt und sein Blick fällt auf eines der Häuser am Rand des Dorfes fern unter ihm.
Das Licht aus einem der Fenster flackert und, obwohl es viel zu weit entfernt liegt, ist ihm, als würde eine Gestalt dort stehen und zu ihm hochblicken.

Das ewige Band, das sich zwischen Liebenden flicht, sobald sie einander im Seelenfeld als einer Familie zugehörig wiedererkennen, erstarkte in diesem Augenblick.
Wie ein nun sichtbarer Strang aus reiner Liebe lag es über dem Land – und beide, Ajan und Claire, wussten in diesem Moment, dass ihre Suche ein Ende hatte.

# EPILOG

Marc saß am Berg *Corcovado*, auf dem Sockel der achtunddreißig Meter hohen Statue *Christo Redentor* – Christus, der Erlöser –, und blickte über Rio de Janeiro, die über sechs Millionen Einwohner zählende Megametropole Brasiliens.

Die *Cariocas*, die Bewohner der Stadt, waren seit jeher bekannt dafür, ihr Leben dem Bestreben unterzuordnen, *simpático* – liebenswert, freundlich, verträglich und gutmütig – zu sein.

Hier sollte er sein Werk fortsetzen oder besser, aufs Neue und erst recht damit beginnen.

Er sah, über die Stadt hinaus, auf den Atlantik, in Richtung seiner alten Heimat und erinnerte sich an sie, an *Share*, an jenen Tag, nachdem Ajan, erstmals mit Claire, von seiner Suche in Rom zurückgekehrt war; und er, Marc, dem Rat der jungen Hohen die zukünftigen Ereignisse geschildert hatte; und an seine damalige Einsicht, nicht die ganze Wahrheit enthüllen zu dürfen.

Er hatte alles vorhergesehen gehabt: die späteren Geschehnisse in Paris – rund um Claires Artikel, den Widerstand der Gründer, den Untergang von *Share*, die Bildung neuer Kolonien – überall auf dem Globus.

Darum hatte er ihnen den Rat erteilt, Claire in allen ihren Bemühungen unbedingte Unterstützung zukommen zu lassen; hatte Mia gebeten, Claire diese zu versichern und ihr eine Freundin zu sein.

Nur so war die Auflösung von *Share* möglich geworden, um alle *Sharer* und insbesondere die Gründer dahingehend zu bewegen, sich über die Welt zu verstreuen, um ihre Lehren zu verbreiten und neue Kolonien entstehen zu lassen, mit Menschen, deren Fähigkeiten jene siebte, jene erlösende Liebe in die Welt zu bringen vermochten.
Alles war so eingetroffen, wie er es vorhergesehen hatte.
Nun waren die irdischen Zellen des Feldes, die Keime des Himmelreichs aufs Erden, über den Globus verteilt.
*Share* musste sterben, um auf so vielzählige Weise wiedergeboren zu werden.
Die Entwicklung konnte voranschreiten.
Und bei all dem war es von Anfang an nie darum gegangen, die Kolonie zu retten, sondern um nicht mehr und nicht weniger als das Leben selbst.

# Dank an:

Isa – geliebte Frau, „Feldgefährtin“ und erste Leserin, für deine unschätzbare Hilfe beim Plot und die Geduld, mit der du meine monatelangen Aufenthalte in Fantasiewelten erträgst und unterstützt. (Und bitte verzeih: auch diesmal keine Drachen ... ;))

Cornelia Linder – wundervolle, treue, motivierende, Kraft und Trost spendende Verlegerin, dafür, dass du in allem, auch den Stunden der Zweifel und Schreibnöte, immer hinter mir stehst und an mich glaubst.

Monika Stolina-Wolf – für die Hingabe und Genauigkeit beim Korrektorat.

Corinna Schindler – für die engagierte PR-Betreuung und den Glauben an *Share*.

Martina Weiss – für deine unbezahlbare Hilfe bei der Organisation der vielen Lesungen.

Gerhard Stroitz – für die Möglichkeit, die letzten Kapitel von *Share* auf der Finca Anna Maria im Osten von Mallorca, unter blühenden Mandelbäumen, schreiben zu dürfen.

Markus Malle – für deine Freundschaft und Offenheit; wir hoffen und bemühen uns beide, an einer folgenden, besseren Welt mitzubauen; nicht nur das vereint uns.

Waltraud Hintermann, Martin Dueller, Clemens Lukas-Luderer, stellvertretend für das ganze Team der neuebuehnevillach – ihr seid die Besten, meine Theaterfamilie, mein Rückhalt.

*Mein ältester beruflicher Wunsch ist das Erzählen von Geschichten, die ebenso spannend und berührend wie hilfreich und heilsam sein sollen.*

© Isabella Weitz

**Michael Weger**

Geboren 1966 in Klagenfurt (A); lebt in Villach mit seiner Lebensgefährtin Isabella Weitz und seinem Sohn Luca.
Schriftsteller, Schauspieler, Trainer Human Resources.
Intendant der *neuebuehnevillach* und des Theaterfestivals *spectrum*.
Professor für Schauspiel am Kärntner Landeskonservatorium.
Autor des Romanbestsellers „Octagon. Am Ufer der Seele" und von Sachbüchern mit dem Kernthema Emotionen, darunter die Bestseller „Gefühle heilen" sowie „Gefühle zeigen und gewinnen".
Trainertätigkeit für Bildungseinrichtungen und in Wirtschaftsunternehmen seit 1996; Entwicklung und Patent von EP-Emotionales Programmieren / Emotion Power™; Partner im Institut für Thanatologie.

www.michaelweger.com

## Seminare und Vorträge

Bereits seit 1996 bietet Michael Weger Seminare und Vorträge an, seit einigen Jahren auch mit den Lehrinhalten aus OCTAGON und neuerdings auch aus SHARE.
Die Fortbildungen finden in deutscher oder englischer Sprache statt und erstrecken sich – je nach Format und Bedarf – über einen Zeitraum von zwei Stunden bis zu mehreren Wochen.
Sollten Sie als VeranstalterIn, UnternehmerIn oder Privatperson Interesse daran haben, wenden Sie sich bitte direkt über seine Homepage/Kontakt an den Autor.

www.michaelweger.com

---

In Planung für 2017/2018:

**San Angelo – Wie man Engel erschafft**

**Roman**

Anna Maria, 84, ist eine angesehene Malerin aus Wien. Sie lebt seit zehn Jahren nahe des italienischen Dorfes Monte Sant`Angelo in einer alten Steinvilla mit Blick auf das Meer. Schon länger fühlt sie, dass ihre Zeit gekommen ist.
Der junge Matteo, ihr Enkelsohn, verbringt den Sommer bei ihr. Er hat einen schweren Sportunfall hinter sich, sitzt, von der Hüfte abwärts gelähmt, im Rollstuhl, ist depressiv und hat Selbstmordgedanken.
Im Laufe des Sommers lehrt Anna Maria ihn, *wie man Engel erschafft.*
Und während die alte Frau in den ersten Herbsttagen, mit *ihrem* Engel an der Seite, ins Jenseits übergeht, lernt der Junge die neue heilende Umarmung *seines* Engels kennen und an dessen Hand zurück ins Leben zu finden.

**Michael Weger**

## OCTAGON – Am Ufer der Seele

**Roman**

Ein Abenteuer in heilenden Worten
*Dieses Buch ist magisch. Es berührt tief, verändert und lässt einen wachsen. Es versammelt tiefe Weisheit in sich und wirkt weit über das Erzählte hinaus. Mit Kraft und Sanftmut, mit Bedachtsamkeit und Humor, mit Berührung und Einkehr. Es ist ein wesentliches, ein heilendes Buch, kurzum ein Roman mit Tiefgang – spirituelle Weisheiten charmant verpackt in eine Abenteuer- und Liebesgeschichte.*

**Zum Inhalt:** Das Octagon – einst die Tempelschule eines weit entlegenen, mystischen Königreichs im Himalaya, hat die Zeiten überdauert. Seine Lehren der acht archetypischen Seelenkräfte, die das Wesen der Menschheit bestimmen, sind mit den Jahrhunderten gewachsen. Paul, ein junger Psychotherapeut, macht sich auf den Weg zu einem unbekannten Ziel, um dort seinem Selbst näher zu kommen. Geleitet wird er durch scheinbar zufällige Fügungen, einen sehr besonderen Stein, abenteuerliche Pfade, die Liebe zu einer Frau und die Hand einer Meisterin. Als er endlich ankommt, beginnt die eigentliche Reise: der Pfad in sein Innerstes. Paul muss acht Lehrtempel mit den jeweiligen MeisterInnen durchlaufen, um am Schluss die letzte Prüfung zu bestehen …
Hardcover, Leseband, ISBN 978-3-931560-61-4

Auch erhältlich als **E-Book** und **Hörbuch** (MP3-CD)
Ungekürzte Lesung mit Michael Weger.
ISBN 978-3-931560-62-1

Besuchen Sie unsere Homepage,
dort finden Sie weitere Bücher, Hörbücher und CDs.
Wir freuen uns auf Sie!

**www.sheema-verlag.de**

KONTAKT

**Sheema Medien Verlag**
Bücher. Aus Liebe.

Hirnsbergerstr. 52
D - 83093 Antwort

Tel.: 08053 - 7992952
Fax: 08053 - 7992953

E-Mail: info@sheema.de
http://www.sheema-verlag.de

SHEEMA

MÖGEN ALLE WESEN GLÜCKLICH SEIN